漢詩放談

一海知義

藤原書店

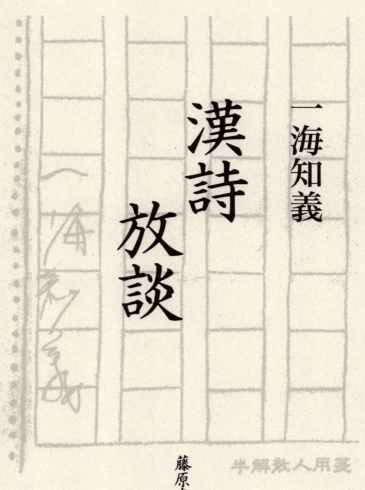

1996年，藤原書店会議室にて

加藤周一氏と
(2006年10月28日，京都佛光寺大善院
における集いにて。撮影・矢吹正夫)

漢詩放談　目次

漢詩放談 一

漢詩入門

漢詩と人間

漢詩放談　二 …… 121

陶淵明研究余話 …… 169

陸游随想 …… 199

漱石札記 …… 239

編集部附記

本書は、二〇一五年十一月十五日に逝去された著者・一海知義氏の単行本及び『一海知義著作集』に未収録の随筆集です。『漢詩逍遥』（藤原書店刊）収録分以後に発表された二〇〇四年以降の随筆のうち、漢詩にまつわるものを集成しました。構成は、生前に著者が準備していた構成案をもとに、歿後に編集部が整理して作成しました。

なお、本書所収「琉球」（二三六頁）は、著者の生前に発表された最後の作品となりました。また、巻末に掲載した「自ら祭る文」は、一九九四年に神戸大学の停年退休記念文集『生前弔辞』のために執筆され、単行本『漱石と河上肇』（藤原書店刊）に収録されたものですが、一周忌を機に刊行する本書の締め括りにふさわしいということで、ご遺族と相談のうえ再録しました。

本書に収録したもの以外に、「ことば」の魅力、面白さをめぐる随筆集『ことばの万華鏡』（仮題）、および大幅に刊行をお待たせしております『一海知義著作集』別巻（索引、対談、自伝、年譜、著作目録等を収録）も近日刊行の予定です。

漢詩放談

漢詩放談　一

漢詩入門

〈講演〉漢詩のリズム——五言と七言

私たちが知っている漢詩は、ふつう一句の字数が「五」あるいは「七」でできています。たとえば、唐の詩人孟浩然《もうこうぜん》（六八九—七四〇）の「春暁《しゅんぎょう》——春の暁《あかつき》」。

春眠不覚暁
処処聞啼鳥
夜来風雨声
花落知多少

またたとえば、同じく唐の張継《ちょうけい》（生卒未詳、八世紀後半）の「楓橋夜泊」。

月落烏啼霜満天
江楓漁火対愁眠
姑蘇城外寒山寺
夜半鐘声到客船

これら五字の詩、七字の詩を、五言詩《ごごんし》、七言詩《しちごんし》というのは、なぜでしょうか。

漢字には一字ずつに意味があり、すべての漢字は、それぞれ一つの言葉をあらわしています。春＝

はる、眠＝ねむり、不＝ない、覚＝おぼえる、暁＝あかつき、というふうに。このように、一つの「字」イコール一つの「言」葉だから、五「言」詩、七「言」詩というのです。

ところでこれら五つの漢字、七つの漢字は、一句の中で一字ずつバラバラに並んでいるのではありません。

漢字には仲の良い漢字と仲の悪い漢字があります。仲の良い漢字同士は二つずつくっつきやすいのですが、仲が悪いとくっつきません。たとえば、「漢」と「字」はくっついて「漢字」となりますが、「漢」と「悪」はくっつけても「漢悪」と意味のある言葉にはなりません。ところがこれは余談ですが、「漢」「悪」をひっくり返すと、くっついて「悪漢」となる。こういう場合もたまにあるのですね。

さて、「春暁」の詩の中で、仲の良い漢字をくっつけ、仲の悪いのを離しますと、次のようになります。

春眠　不覚　暁
処処　聞　啼鳥
夜来　風雨　声
花落　知　多少

この分かち書きに従って、日本語になおしますと、

春眠　暁を　覚えず

処処　啼鳥を　聞く
夜来　風雨の　声
花落つること　知る　多少ぞ

七言詩も同じです。

月落　烏啼　霜　満天
江楓　漁火　対　愁眠
姑蘇　城外　寒山　寺
夜半　鐘声　到　客船

読み下し文になおせば、

月落ち　烏啼いて　霜　天に満つ
江楓　漁火　愁眠に　対す
姑蘇　城外　寒山　寺
夜半の　鐘声　客船に　到る

したがって五言詩と七言詩は、いずれも次の二種類のリズムでできていることがわかります。

五言詩
　2＋2＋1
　2＋1＋2

七言詩
　2＋2＋2＋1
　2＋2＋1＋2

では中国の詩（漢詩）は、なぜこのようなリズムで作られるようになったのでしょうか。

中国の最も古い詩集を『詩経』といいますが、そこには紀元前十二世紀頃から紀元前七世紀頃までの詩が収めてあります。それらは五言詩や七言詩でなく、おおむね四言詩なのです。中国の詩は四言詩で始まった、ということになります。

ところで漢字は一字一音（一音節）一義ですから、二字二音で最短の「文」（主語＋述語）を作ることができます。たとえば、

　花開　　花開く
　鳥啼　　鳥啼く

これらを組み合わせると、詩の最小単位になります。

　花開鳥啼　　花開き鳥啼く

これらの中、それぞれの名詞に形容詞や副詞をつけると、

　紅花早開　　紅花　早く開き
　黄鳥頻啼　　黄鳥　頻りに啼く

かくて四言詩ができあがります。中国最古の詩集『詩経』の詩は、このような四言詩で始まって

いるのです。

『詩経』の詩の多くは北中国、黄河の流域で作られましたが、一方、南中国では、別のリズムの詩が作られていました。たとえば、

大風起兮雲飛揚

真ん中の「兮（けい）」という字は、一種の休止符で、一拍休み、日本語では読みません。これを分かち書きにすると、

大風　起　兮　雲　飛揚

「大風起こりて、雲飛揚す」と読み、リズムは、

2＋1　兮　1＋2

となります。すなわち、3（2＋1、あるいは、1＋2）が基礎単位です。

この3のリズムで作られた南中国の作品を『楚辞』といいますが、この『楚辞』のリズム（3）と北中国の『詩経』のリズム（2）は、やがて秦の始皇帝（紀元前三世紀）の天下統一によって、交流、合体します。こうして生まれた新しいリズム（2＋3）の詩が、五言詩です。

南のリズム3は、もともと2＋1、あるいは1＋2でしたから、新しい五言詩のリズムは次の二種類になります。

一、2＋2＋1
二、2＋1＋2

この五言詩が作られるようになるのは、紀元一世紀の後漢の頃だといわれていますが、やがてのちの唐代（七〜九世紀）にかけて、五言の頭に二文字を加えた七言詩が生まれ、中国の詩の世界では、この二つのリズムが定着します。

春眠　不覚　暁　　2＋2＋1
処処　聞　啼鳥　　2＋1＋2

月落　烏啼　霜　満天　　2＋2＋1＋2
姑蘇　城外　寒山　寺　　2＋2＋2＋1

中国の詩（漢詩）は、全てこの二種のリズムでできているので、初めて読む漢詩も、このリズムに分けてみると、読みやすくなります。

ところで、漢詩はふつう偶数句の最後の文字で韻を合わせます。それは、二句ずつがワンセットであることを示すしるしで、中国語で読む時は二句（七言詩なら十四字）を一気に（息をつがずに）読みます。人間の呼吸の平均的な長さから考えて、この十四文字（十四音の連続）が限度かと思われます。したがってそれより長い八言、九言の詩は作られなかったのではないかと考えられます。

以上が、漢詩がおおむね一句五言、あるいは七言でできている理由です。そしてこの原理を利用することが、漢詩を読み解くコツの一つになります。

〈講演〉漢詩漫談——漢詩判読の七つのハードル

本日は、「漢詩漫談」という題でお話をします。（前に掲げられている題名「漢詩漫談」を指して）ここに書いていますが、「漢詩」は分かる。漫談の「談」も、話、ということで分かりますね。「漫」だけがよく分からない。この字は、いったいどういう意味だ、と正面切って言われると、分かっているようで分からない。

こういう時どうするかというと、三つの方法があることを例会でよく言うんですが、一つは僕の所へ電話を掛けて来る。

二番目の方法は、字引を引くことです。これは非常に簡単です。辞書を引けば、漫談という言葉について説明がしてあります。しかし辞書を引くのは面倒くさいとか、或いは辞書が家にはないとか、家にはあるけど、二階に置いてあるから上がるのが面倒くさいとかですね。

そういう時はどうするか。三番目の方法として、漫という字のつく、他の言葉を探すんです。まず、漫才ですね、それから漫画です。すると漫のつくものは、あまり真面目なものではなさそうだ、ということが分かる。そうすると、今日の私の話も漫才、漫画みたいな話だろう、という想像がつく。

しかしながら、更に詳しく知るためには、漫という漢字について考えてみる必要がある。漢字というのは二つの部分から出来ているものが多い。(漫の字を板書して) この字も、左側と右側に分かれているんです。左のサンズイ偏《へん》は、水と関係がある。漫画と水と、何の関係があるのか、すぐには分かりません。それはちょっと置いておいて、右側は漢字の音、マンという音を表わしています。今朝の新聞を見ていましたら、エアガンで人を撃って、つかまった男がいますね。(蔓の字を板書して) 今やエアガンというのが「蔓延」している、という記事が出ていました。それから同じ紙面に、(鰻の字を板書して)「鰻」についての記事が載っていました。「蔓」と「鰻」、二つの漢字の共通点は何か。(蔓の字を指して) 草かんむりのマン (草の「つる」ですね)、(鰻の字を指して) 魚へんのマン。共通点は、長い、ということですね。蔓はツルですから、長いでしょ。ウナギは、短いウナギもいるかも知れませんが、大体が長いんですね。鰻は長い。(鏝の字を板書して) これもマンですけど、左官屋さんが使ってるコテという道具のことで、コテというのは短いのも長いのもあるじゃないかと言われそうですが、実はコテというのは、壁に土をパンと投げつけて、それを長く延ばしてゆくんです。だからこの字も「長い」ことと関係がある。そうすると、曼がついていれば全部長いという意味を持っているらしい。では、(饅の字を板書して) 饅頭《まんじゅう》は長いのか。いや、昔は長い長い饅頭があったんだ、というふうなこと言って、ごまかさないといけないようになるんですね。ですから、この方法には限界がありまして、もうちょっと、ちゃんと考えないといけないのだろうけれども、しかし大体のところ、右側にある字が、その字全体の発音を示すとともに、そういう共通の性質を表しているということは、他にもいろいろあるんです。例えば、手ではさむ手へんの「挟」、これをカネへんにすると「鋏《はさみ》」になります。右側の字が一緒で、二字とも「キョウ」という音です。そういうことで、ある種の漢字は説明が可能です。

ところで、漫談の漫の、水が長いというのは、どういうことか。これは、ずっと遠くまで水が続いている。漫々たる流水、という言葉があります。長く続いて、とりとめもない、捉え所がないという感じを表す形容詞として使うことが、よくあります。漫画の漫も実はそうなんです。捉え所のないという意味から来ています。ですから、今日の私の話も最後まで聴いたけれども、捉え所がない。そういうことになりかねないことを、覚悟していただきたい。

テーマは漢詩ですので、漢詩についての話をしたいと思います。皆さんにプリントをお渡ししてあります。右側に、なかなか達筆の書がありまして、左側に活字で「漢詩判読の七つのハードル」として七つの項目が書いてあります。これは、漢詩を読むためには、七つの障害物を乗り越えてからでないと読めない、そういう話をだいぶ前にしたことがあるのですが、その時使ったネタとは別のネタで、今日は話をしたいと思います。

七つのハードルを読み上げますと、

1、漢字の判読

2、漢詩のリズム

3、難解な漢語

4、典故

5、作者についての知識

6、作詩の背景

7、中国古典語の知識

漢詩を読む時に第一の障害になるのは、漢字が読めないことです。皆さんにお渡しした、このプリントですね。（プリントの書の字体を説明しながら、以下のように板書。）

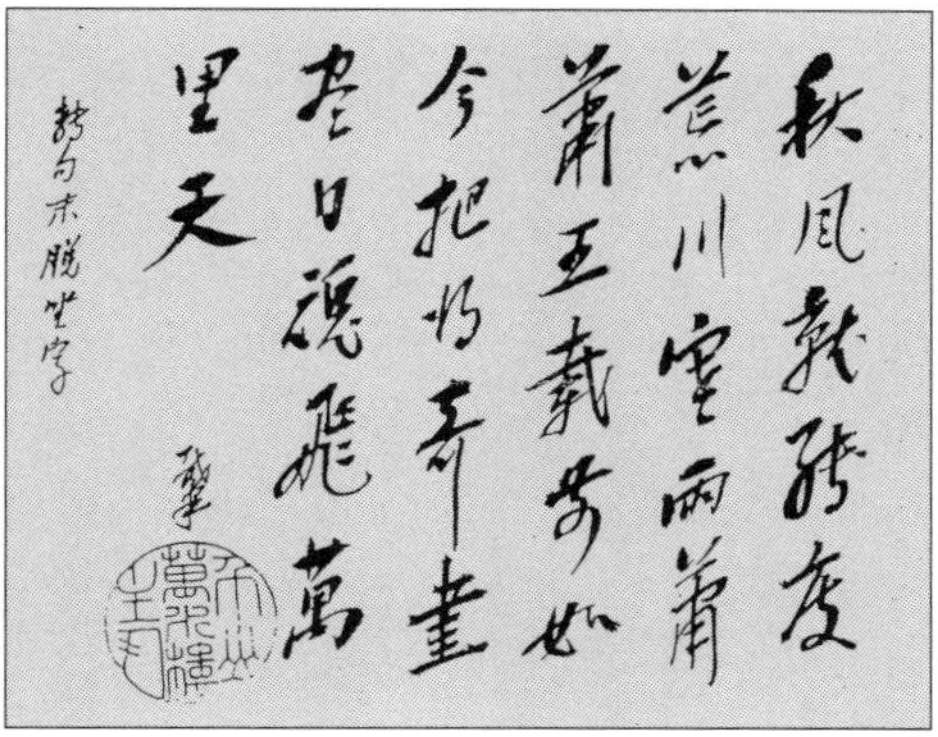

秋風就縛度
荒川寒雨蕭
蕭五載前如
今把得奇書
尽日魂飛萬
里天

これで、一応一字ずつの漢字の判読は、できたことになります。一から七までのハードルのうち、一つは、これで解決したことになりますね。だいたい漢詩というのは、漢文の教科書なんかでしたら、ちゃんとした活字で読みやすくなってますけど、たいてい初めてお目にかかる場合は、色紙に書いてあったり、掛軸になっていたり、石碑に彫《ほ》りつけてあったりして、まず字を判読する必要がある。それがたいへんなんです。第一のハードルはこれで越えました。

ところが、これをどこで切って読んだらよいか分からない。要するに言葉の切れ目が分からないのですね。それで切れ目をどうするかと言いますと、全体の字の数を数えるわけです。これは二十七字。漢詩の中で一番短い詩は、五言絶句といいまして、五言四句ですから二十字です。七言絶句は七言四句で二十八字です。ところが、この書は二十七字しか字がない。どうしたら良いのでしょうか？

そこで左の方を見ますと、小さい字が書いてあります。（「転句末脱坐字」と板書して）これは詩でなくて漢文です。日本式に読みますと、「転句の末《すえ》、坐の字を脱《だっ》す」となります。実は一字書くのを忘れていた、という意味です。転句というのは、（起承転結と板書して）絶句は五言も七言も四句からできていまして、第一句（起句）で起こして、第二句（承句）はそれを承《う》ける。ところが第三句（転句）は、それを承けたらいけないので、方向転換しないといけない。第一、二句で今日のことを言ってたら、第三句では昨日のことになるとか、或いは海のことを言ってたら、次は山のことに換えるとかですね。第三句に変化を与えないといけない。それで第三句のことを転句といいます。最後の第四句（結句）で結び、ということになります。

これは例会の時いつも言っていますので、参加されている方は、ご存じなんですが、昔、頼山陽《らいさんよう》という人が、「大阪本町糸屋《ほんまちいとや》の娘《むすめ》」という歌を作ったといいます。それが第一句ですね。それを聞いた人は、どんな娘だろうと思いますから、次の第二句はそれを承けて、「姉が十六、妹《いもと》は十四《じゅうし》」とうたう。第一句で「大阪本町糸屋の娘」と言っといて、第二句で、最近エアガンが流行し始めた、そんな関係のないことを詠《うた》ってはいけない。全然別のことを詠ってはいけない。第二句は必ず承けないといけない。ところが第三句は、さらにそれを承けて、「姉が十六、妹は十四」と言うといて、その下に十一歳の弟がおる、これがろくでもない弟で、というようなことをつづけて詠ってはいけない。第二句を承けてはいけない。全然別のことをうたう。たとえば「諸国大名《しょこくだいみょう》は刀で斬《き》るが」とする。それを転句というんです。娘のことを第一句と第二句で言うといて、突然大名が出てくる。「諸国大名は刀で斬るが」、ところが次の第四句で大名の家来にもっと残酷なのがいる、というようなことをつづけて詠ってはいけないのですね。娘のことに戻らないといけない。ここで「諸国大名は刀で斬るが、糸屋の娘は目で殺す」とうたい収める。娘たちは刀で斬るような残酷なことはしないで、ちょっとウインクすると、男はコロリとまいってしまう、ということで結びなさいと、昔、頼山陽という人が言ったというのは、多分ウソだと思いますけど、そういう話が伝わっていて、絶句というのは起承転結という形で作らないといけない。その転句です。ということは、第三句ですね。第三句の最後に一字、「坐」という字を足しますと、二十七プラス一ですから、二十八です。これで七言絶句だなということが分かります。そこでこれを七言四句に並べ換えるわけです。(以下のように板書する。)

秋風就縛度荒川
寒雨蕭蕭五載前
如今把得奇書坐

尽日魂飛萬里天

（第三句の末、「坐」の字を指して）こういうふうに並べて、ここの所に一字（坐）が脱けてしまった。この詩を作った人は、かなりそそっかしい人で、そういうふうに、よく間違えるんです。「間違い上手の私」という随筆を書いていています。

ところで七言絶句は、ふつう第一句と第二句と第四句の最後の字で韻を踏むんですね。「川」というのはセン（sen）です。「前」はゼン（zen）で、「天は」テン（ten）ですから、en、en、enと、韻を踏んでいるわけです。ああ、これはちゃんとした七言絶句だな、ということが分かります。

このように並べ換えて、いざ読もうとする時に役立つのが、漢詩独特のリズムです。これも例会の時は、しょっちゅう言ってますから、例会に参加されている方は、耳にタコができるほど聴いておられるんですけれども（以下のように切れ目を入れる）、言葉の意味を考えながら切れ目を入れる。

秋風一就縛一度荒川
寒雨一蕭蕭一五載前
如今一把得一奇書坐
尽日一魂飛一万里天

どの句も、2、2、3と切れるのです。どんな漢詩でも、全部こういうふうに作ってあります。例外というものは、いつもありますから、全く例外がないわけではありませんが、どんな漢詩でも、大体はこういう切れ方で作ってあります。何かの本から漢詩を見つけ出して来て、こういうふうに切ってみると、例外なく2、2、3と切れることが分かります。各句の最後の三字も、そのままではなくて、1＋2か、2＋1か、どちらかの形で必ず切れます（さらに以下のように切れ目を入れる）。

秋風―就縛―度―荒川
寒雨―蕭蕭―五載―前
如今―把得―奇書―坐
尽日―魂飛―万里―天

漢詩を読む時、まず第一にやる作業は、こういう作業ですね。意味の上での切れ目があることが分かり、それで切ってみます。

こうしてみると、日本語として読めるようになるわけです。それに従って読んでゆきますと、（第一句を指して）「秋風縛《ばく》に就《つ》きて荒川《あらかわ》を」、「度」は漢詩の中に出てくる時は、サンズイへんのついた「渡る」という意味で使うのが、むしろ普通なんですね。それで、「度《わた》る」ですが、次の句に続いてゆきますから、「荒川を度りしは」と続けます。（第二句）「寒雨蕭々《かんうしょうしょう》たりし五載《ごさい》の前なり」と、こうなります。そして（第三句）、「如今《じょこん》」は只今《ただいま》という意味ですが、「如今奇書を把《と》り得《え》て坐《ざ》せば」、さらに（第四句）、「尽日魂《じんじつたましい》は飛ぶ万里《ばんり》の天」。

もう一遍読んでみますと、

秋風　縛に就きて　荒川を度りしは
寒雨　蕭々たりし　五載の前なり

如今　奇書を把り得て　坐せば
尽日　魂は飛ぶ　万里の天

ということになります。これで漢詩のリズム、すなわち第二のハードルは越えました。

ところが、その次に待ち構えている第三のハードルがありまして、意味の分からない字（難解な漢語）が出て来ますね。たとえば、「秋風」、これはよく分かります。「縛に就く」の「縛」は、捕縛《ほばく》する、つかまえる、しばる、そういう意味ですが、今風《いまふう》に具体的に言えば、手錠を掛けられて、ということになります。次は「荒川」という川を渡ったということも分かるんですが、荒川ってどこにあるのか。それはちょっと分かりません。それを分かるようにするためには、さらに次のハードルを越えないといけないのですが、そこへ行く前に、第三のハードルである難解な漢語の意味を、辞書を引きながら考えると、まず「寒雨」、これは冷たい雨と理解できます。秋ですからね。「蕭々」というのは、雨の降っている様子をいいます。しとしとと雨が降っている。昔、荊軻《けいか》というテロリストがいて、秦の始皇帝を殺しに行くんですが、その時、易水《えきすい》という川のほとりで、次の詩を作ったという話があって、司馬遷の『史記』に出て来るんですけど、「風蕭々として易水寒し（風蕭蕭兮易水寒）」と詠んだ。こういう風とか雨が、寒々《さむざむ》と音を立てて吹いたり降ったりしている、そういう様子を「蕭々」という言葉で形容する。「五載」というのは、五年を昔風《むかしふう》に言ったのものです。これは唐の杜甫の頃だけ、そういう、年の呼び方があって、玄宗皇帝の時代に、五年を五載と言ったので、それを使っているわけです。ここまで言葉の表面の意味は分かって来ました。

その次の「如今」、これは今日《こんにち》、只今、ということ、今、現在です。「把り得て」、これがやっぱり日本人の作った漢詩なので、中国式に言うと、ちょっと難点があるんですが、分からないことはない。手に取ることができて、という意味で使っておられるのだと思います。それから、「奇書」というのは、珍しい本という意味です。中国には、水滸伝、三国志、西遊記があり、この三つを三大奇書といいます。これに金瓶梅《きんぺいばい》か、或いは紅楼夢《こうろうむ》を加えて、四大奇書ともいいますけど、普通、三大奇書という。血湧《ちわ》き肉躍《にくおど》るような本、珍しい本、奇抜な本。具体的に何を指すかということは、ここではまだ分からないのです。別のハードルを越えてゆかんといけないのです。そのハードルはまだ越えてないから、今のところは第三のハードルである難解な言葉としての「奇書」を、珍しい本という意味で解釈するしか方法はありません。五年前、実は牢屋に入れられ、今は牢屋から出て来て、その珍しい本を手に取って坐って読んでいる。「尽日」は、日を尽くすわけですから、一日中です。最後の一句は、一日中、我が魂は万里の空を駆けめぐる、ということになる。

ところが、表面の意味だけを取って、そうか、そういう意味か、というわけにはいかないのです。奥にもっと深い意味が隠されている。

「秋風の吹く中を、手錠をはめられて荒川を渡った。それは冷たい雨のしとしとと降る、五年前のことであった。ところが五年後の現在は、解放されて、奇書、珍しい本を手にして坐って、それを読んでいると、我が魂は一日中万里の空を駆けめぐる。」

これで日本語としては、何を言っているのか、分かります。しかし、作者は結局何を言おうとしているのかよく分かりません。隔靴掻痒《かっかそうよう》という言葉がありますが、靴の上から痒《かゆ》いところを掻《か》いているみたいなもので、なかなか焦点が定まらない。

それを解決するためには、次のハードルを越えないといけない。第四のハードル（典故）は、少し複雑なので後回しにしまして、第五のハードル、作者についての知識がないと、この詩は分からない。作者は誰であるか。その証拠は、墨で書かれた色紙（プリント）を見ると分かります。「肇」と署名がしてあります。肇という名前で、日本で一番有名な人は、河上肇です。

河上肇という経済学者が昔いました（一八七九―一九四六）。この人は、経済学者だけれども、中国の古典のことに大変詳しくて、牢屋の中でも杜甫や李白の詩を読んでいた。牢屋を出てから、漢詩を作り始める。この人は日本にマルクス主義経済学を紹介した一人として、大変有名で、京都大学経済学部の教授だったんですが、昭和の初めに、思想が悪い、「赤」だということで、京都大学から追放みたいな形になって、大学教授を辞めざるを得ないようになり、実践運動に入って、やがて昭和八年、警察につかまる。治安維持法違反でつかまって、足掛け五年間、牢屋に入れられるんです。マルクス主義は間違っていたと言えと、誘惑されたり脅されたりしたんですけど、結局最後まで、マルクス主義は間違っていたとは言わないで、五年の刑期を終えて、出てくるわけです。

資料（プリント）をご覧ください。書の下にハンコが押してあります。これは今の漢字で書きますと「千山萬水樓主人」となります。篆刻《てんこく》といって、今でもやっている方がおられますけれども、ハンコを彫るんです。その時、普通の字でなくて、ちょっと見ただけでは分からないような字を彫る。

篆書《てんしょ》という変わった形の字を彫るので篆刻という。これは、今から二千年以上前に中国人が使っていた字体なんですね。千円札をお持ちの方は、お出しください。皆さんは毎日この篆書を、ポケットに入れて、或いはハンドバッグに入れて、持ち歩いておられるわけです。非常に身近なものなんですね。今の千円札、野口英世になりましたが、丸に赤でハンコみたいなものが印刷してあります。その中に書いてある字が、実は篆書なんですね。篆刻の字です。よくよく見ると「總裁之印」と彫ってあります。日本銀行総裁のハンコなんですね。日本銀行を入れるとハンコが大きくなりすぎるんで、総裁之印でごまかしているんですが、こういう字体のことを篆書といいます。

千山万水楼主人というのは、河上肇が、明治時代に読売新聞に連載ものの評論を書いた時のペンネームで、雅号です。「社会主義評論」という題の文章を連載して、ものすごく評判をとった。社会主義について論じたわけですが、その連載があったために、読売新聞はバカ売れに売れた、という伝説があります。連載が終わる時に、実は私、河上肇と申します、と暴露するわけです。それまで使ってたのが、千山万水楼主人という号だったのですね。新聞に連載している時、千山万水楼とはいったい誰のことだろう、と一時評判になったこともありました。そのハンコを五十を越えてこの詩を作った頃にまだ持ってまして、押したのがこれなんですね。だから、このハンコは河上肇の書である証拠になるわけです。これで作者についての知識を得ることができました。

河上肇という人は、京大を追放された後、実践運動を始めます。治安維持法違反で昭和八年の一月十二日に捕まって、東京の小菅《こすげ》刑務所に入れられるんですね。小菅刑務所は荒川という川を渡らないと行けないわけで、ああ、「荒川」というのはそういうことか、小菅の刑務所に入れられたということか、と分かります。昭和八年に逮捕されたということは、河上肇の年譜を調べると分かるわけですが、五年前に牢屋に入れられたと詩で詠っていますから、昭和八年に五年を足すと、十三年になります。よって、この詩は昭和十三年に書かれたということですね。河上さんがそれまで作っていた漢詩は、あまり法則に合ってなかったんですが、牢屋を出てから、本式に漢詩の勉強を始めて、平仄という、法則を覚えて、中国人からも褒められる、ちゃんとした漢詩を作るようになります。そういうふうにして作ったのが、この詩です。作者のことが分かったから、この詩を作った時期も分かりました。それは結局、詩を作った背景ということになりますので、ハードルの六番目が、それに当たります。どういう状況の中で、この漢詩が作られたか。牢屋に入れられて釈放された直後に作ったんだということが分かるのです。

ところが、まだもう一つ分かりにくいところがある。それはどこかというと、「奇書」というのが具体的に何を指しているのか分かりません。この人は牢屋から出て来て、何を読んだのか。当時の河上さんについて、さらに詳しく調べてみると、この詩を作った時、かなり長い序文を書いている、ということが分かります。当時、河上さんは特別高等警察、いわゆる特高に、ずっと監視されてましたので、彼らがいつ家に踏み込んでくるか分かりません。事実、時々訪ねてきて、「どうだ、最近は」と言われて、それに対応しなければならない。ですから、うっかり身辺にあるものに本当のことを書いて残しておけない。もし分かったら、もう一度、牢屋に逆戻りになりますので、それで秘かに書きためていたものは別として、他人に渡すような色紙に書いた漢詩などには、奇書の中身のことは、物騒なんで書いてないんです。ところが、長い序文が、河上肇の自撰詩集にひそかに書いてありまして、それを読みますと、事情が分かってきます。ちょっと読んでみますと、

「昭和十三年十月二十日、第五十九回の誕辰《たんしん》を迎へて」、誕生日を迎えたんですね。「五年前の今月今日を想ふ。この日、余《よ》」、私は、「初めて小菅刑務所に収容さる」。ここで小菅刑務所の名がはっきり出て来ます。「当時雨降りて風強く、薄き囚衣《しゅうい》」、囚衣というのは、囚人の着る服ですね。「薄き囚衣を纏《まと》ひし余は」、私は、です。「寒さに震えながら、手錠をかけ護送車に載りて、小菅に近き荒川を渡りたり。当時の光景今なほ忘れ難《がた》し。乃《すなわ》ち一詩を賦《ふ》して」、一篇の詩を作って、「友人堀江君に贈る」。堀江君というのは、堀江邑一《むらいち》という河上さんの弟子です。「詩中奇書といふは」、詩の中で奇書というのは何か、ここで明かしているんですね。「奇書といふは」、「エドガー・スノウの支那に関する新著のことなり」。これは戦争中は一種の禁書で、とても読めなかった。まだ日本語の翻訳が出てなかったので、英文なんですがね。エドガー・スノウという、アメリカの新聞記者がいまして、中国共産党の根拠地に潜《もぐ》りこんで、ルポルタージュを書くわけです。それを昭和十三年という年に、河上さんは弟子の堀江氏から原書を借りるんです。もしそんなものを持ってることが分かったら、すぐにまた牢屋に逆戻りなんですが、その英文の本を読む。そこには中国革命の前段階みたいな状況が書いてあって、ルポルタージュとして、たいへん面白い。これは、戦後になって『中国の赤い星』という題で、筑摩叢書の一冊として翻訳され、私たちも読むことができるように

なりましたが、それを当時昭和十三年に英文で読んで、それこそ血湧き肉躍る思いで、この本を読み終えた。「詩中奇書といふは、エドガー・スノウの支那に関する新著のことなり。今日もまた当年の如く雨ふれども、さして寒からず。朝、草花を買ひ来りて書斎におく。夕《ゆうべ》、家人《かじん》余がために赤飯をたいてくれる」。五十九回目の誕生日祝いに、赤飯を炊いてもらった。

こういう序文が残っているので、作詩の背景が分かるのですね。

以上で七つのハードルのうち、五つを越えて来ました。六つ目は、後回しにしていた、第四のハードル、典故です。典故というのは、古典の中で使われている言葉のことをいいます。

河上さんのこの詩の場合、その一つは、詩の題に見えます。

河上さんの自選詩集を見ますと、この詩には「天は猶《な》お此《こ》の翁《おう》を活《い》かせり（天猶活此翁）」という題がつけられていますが、この言葉、実は南宋の詩人、陸游の「歎《なげ》きを寓《よ》す」という詩に見える詩句、「心は已《すで》に斯《こ》の世を忘るるも、天は猶お此の翁を活かせり（心已忘斯世、天猶活此翁）」に由来するのです。

河上肇は陸游の詩に出遇って心酔し、そして傾倒します。二人の境遇も似かよっていました。体制側に抑えつけられ、言いたいことも言えない状態を体験します。陸游は異民族に占領された北方の領土回復を主張しますが、当時は少数派で受け入れられず、役人を辞めて長い間、故郷で隠遁生活をする。この陸游という人物がなかなかのクセ者で、「心は已に斯の世を忘る」と、世の中に無関心でいるようなことを言いながら、実は領土回復という熱い思いを、一生涯心の中に持ち続け、詩の中に詠みこんだのです。河上さんはそれに共鳴し、詩題では、陸游の言葉を借りて、もはや世の中とは関わりを絶ったと言いながら、詩の中では、中国革命の本を読んで血湧き肉躍ったと、秘かに熱い思いを詠みこんでいるのです。

なお第四句に見える「万里」という言葉は、典故があるというほどではありませんが、注目しておく必要があります。中国の一里は約五百メートルだから、一万里は五千キロ。中国の端から端までが大体五千キロで、万里の長城というのも、確かに五千キロあります。長安の都を起点にして測ると、万里先は辺境地帯に達する。漢詩で万里というと、辺境地帯を指すことがしばしばあります。河上さんは万里という語を、日本から見ての外国、具体的には中国を指して使っています。河上さんの他の詩でも、万里という言葉は、漠然とした遠方ではなく、中国という具体的な場所を指しています。河上さんは、エドガー・スノウのルポルタージュを読んで、心が高ぶり、わが魂は革命の進行しつつある中国の空を終日駆け巡る、と詠っているのです。戦争中、こんな考えを持って、あからさまに発表したら、ただちにつかまって、また牢屋に戻ることになる。漢詩で表現すると、いくつものハードルを越えねばならないので、なかなか本当の深い意味が読みとれない。とりわけ教養のない特高警察などにはわからない。河上さんは、自分の本当の思いをひそかに表現するために、漢詩という表現手段を用いたといえるでしょう。

以上六つのハードル、典故や作者についての知識、作詩の背景などが分からなくても、解釈できる漢詩はあります。しかし漢詩は外国語の詩ですから、日本語の知識だけでは読み間違える、誤解することがあります。そこで第七のハードルである「中国古典語の知識」が必要になります。たとえば、唐の孟浩然の「春眠暁を覚えず、処処啼鳥を聞く（春眠不覚暁、処処聞啼鳥）」。日本語の知識だけでも分かりそうな、やさしい詩です。しかしこの中にも、第七のハードルが存在します。たとえば「処処」という語は、日本式に読むと、「ところどころ」ですが、中国語の意味は「到る所」「あちらこちら」です。また「聞く」という語は、「聞こえて来る」という意味で、「耳を傾けてきく」という意味の「聴」という語とは対をなしています。これは、「みえる」意味の「見」と、「意識してみる」意の「視」との関係と同じです。「見聞」「視聴」と熟するのはそのためです。

また、たとえば、これは日本人が作った漢詩ですが、仙台の伊達政宗に、「馬上少年過ぎ、時平《たい》らかにして白髪多し（馬上少年過、時平白髪多）」という詩句があります。この第一句を、馬に乗った少年が通り過ぎた、と誤訳してはなりません。漢詩に見える「少年」は、日本の少年よりやや年が上で、日本語の青年、若者に相当します。そしてここでは「青年時代」という意味で使われています。すなわち馬の上、軍馬の上、つまり戦場で青年時代を過ごし、平和な時代が来た今は、白髪ばかりが多くなった、というのが二句の意味です。これらのことから、漢字は複雑な字よりも、むしろ基本的なやさしい字の方が、意味がいくつもあって、正しく解釈するのが難しいことが分かります。

以上で私の漫然とした話、漫談を終ります。お帰りになったら、掛軸を取り出してきて、ハードル越えに挑戦してみてください。

耳から入ってくる漢詩を理解して心に留めるために

漢詩を読むには、いくつかのコツがある。ここでは、そのうち最も基本的な二つのコツについて、紹介したい。

その一つは、まず各句の単語の意味を考えつつ、分かち書きにすることである。

漢詩を構成する漢語は、すべて一字か二字でできている。三字の言葉の場合、その三字がくっついていて、雷が鳴っても離れない例はない。必ず一字と二字、あるいは二字と一字に分けることができる。たとえば、

無分別→無　分別（分別無し）

不可解→不可　解（解す可《べ》からず）

しかも漢詩を分解すると、各句は次のA・Bいずれかの型でできており、ほとんど例外のないことがわかる。五言詩ならば、

A　春眠　不覚　暁　2＋2＋1

B　処処　聞　啼鳥　2＋1＋2

A　夜来　風雨　声　2＋2＋1

B　花落　知　多少　2＋1＋2　（孟浩然《もうこうねん》「春暁」）

五言の上に二字を加えた七言詩の場合も、

A　両人　対酌　山花　開　2＋2＋2＋1

B　一杯　一杯　復　一杯　2＋2＋1＋2

B　我酔　欲眠　卿　且去　2＋2＋1＋2

A　明朝　有意　抱琴　来　2＋2＋2＋1　（李白《りはく》「山中にて幽人と対酌す」）

コツの二つ目は、二句ずつをワンセットにして読むことである。先の詩を読み下しになおしてみると、

春眠《しゅんみん》　暁《あかつき》を　覚《おぼ》えず
処処《しょしょ》　啼鳥《ていちょう》を　聞く
夜来《やらい》　風雨の　声
花落つること　知る　多少ぞ

そして、

両人　対酌《たいしゃく》すれば　山花　開く
一杯　一杯　復《ま》た　一杯
我酔うて　眠らんと欲す　卿《きみ》　且《しばら》く去れ
明朝　意有らば　琴を抱《いだ》いて　来たれ

漢詩が偶数句の最後の文字で韻《いん》を踏む（押韻《おういん》する）のは、二句ずつワンセットになっている、その切れ目を示すためである。

韻とは、漢字を音読みした時の後半の音（耳に残るひびき、余韻）を言い、先の詩でいえば、「鳥《ちょう》」と「少《しょう》」（この五言詩は例外的に第一句末の「暁《ぎょう》」も韻を踏んでいるが）、そして「杯《はい》」と「来《らい》」。（七言詩は第一句末でも韻を踏むことが多い。「開《かい》」）。

これら二つのコツを知っていると、はじめて出会った漢詩でもスラスラと、という訳にはいかぬが、かなり読みやすくなる。

次にかかげるのは、このCD（『漢詩をよむ～自然のうた②』）にも入れられている杜甫《とほ》の「江南にて李亀年《りきねん》に逢う」。分かち書きを示しておいたので、これで解読を試み、そのあとCDを聴いてみられてはいかが。

岐王　宅裏　尋常　見
崔九　堂前　幾度　聞
正是　江南　好　風景
落花　時節　又　逢君

漢詩と四季――『漢詩一日一首』に寄せて

三十数年前、平凡社のベテラン編集者、今は亡き長谷川迪子さんの誘いに乗せられて、『漢詩一日一首』という本を書いた。

一年三百六十五日、毎日一首ずつ漢詩を読もう、という趣向である。春と夏で一冊、秋と冬で一冊、上下二冊で七六一ページ、それに、詩人、詩題、詩句の索引をつけたので、七八〇ページを超える巨冊となった。

毎日一首というが、その一首に関係する別の詩もとりあげる、ということがあり、採録した詩の総数は、四百首を超えた。

詩歌を四季で分類するという習慣は、わが国では古くからあった。

すなわち最古の歌集『万葉集』二十巻は、雑歌、相聞、挽歌などで分類するが、巻八と巻十の二巻は、春雑歌、春相聞、……冬雑歌、冬相聞、というふうに、雑歌と相聞が、春・夏・秋・冬と四季で分類されている。

また第二歌集といわれる『古今和歌集』に至っては、全二十巻のうち、はじめの六巻が四季分類である。すなわち第一巻「春歌上」、第二巻「春歌下」、第三巻「夏歌」、第四巻「秋歌上」、第五巻

「秋歌下」、第六巻「冬歌」。

ところが中国のアンソロジーは、四季分類に従わない。最古の詩集『詩経』は、風《ふう》（各地の民謡）、雅《が》（宮廷の楽歌）、頌《しょう》（宮廟の楽歌）の三分類である。またわが国でも王朝時代によく読まれた『文選《もんぜん》』は、詠懐、哀傷、贈答、行旅というふうに、テーマで分類する。そして唐詩の全集である『全唐詩』は詩人別分類であって、いずれも四挙では分類しない。

なぜか。

日本人は四季の変化に敏感で、中国人は鈍感だからだろう、という説をなす人がいる。しかしそれは、無知による誤解である。漢詩にも、四季の変化に対する、微妙で繊細な感受性を示した作品が、すくなくない。

漢詩が四季分類になじまない原因の一つは、多分中国の国土の広大さにあるだろう。中国全土の地図と、ヨーロッパ全土の地図を重ね合わせると、両者がほぼ同じ大きさであることがわかる。中国には、北国ノルウェイも、南国イタリアもある、ということになる。

中国北方の春、そのはじめは、雪と氷に閉ざされている。同じ時期、南方の中国では、爛漫と花が咲き乱れている。また、南中国には梅雨があるが、北にはない。こうした季節感の格差、統一した季節感のないことが、四季分類のアンソロジーを作らせなかった原因の一つではないか。

ところで、一日一首のすべてを、季節と関係する詩で埋めれば、たとえば杜甫の「飲中八仙歌」のごとく、有名でありながら季節と無縁な詩は選べない。

春の詩は、新春、春雷、落梅、春暁、春望など、きわめて多いが、本書では、必ずしも春と関係しない、「葡萄の美酒」、「猫を祭る」など、有名な、また無名だが是非紹介したい作品を、間に挿入した。

夏の場合、日本人にとって、ことにわれわれの世代にとって忘れられないのは、戦争である。原爆や敗戦を詠じた日本人の漢詩、さらに広く戦争の悲惨さをうたった唐詩などを紹介した。

選んだ詩人は、中国では『詩経』の昔から現代の魯迅《ろじん》、毛沢東まで、日本では菅原道真から夏目漱石、河上肇まで。その数、百四十人を超える。

末尾に付した索引は、利用者に便利なように、たとえば詩句索引は第一句だけでなく、有名な詩句でも引けるようにした。李白の「山中にて幽人と対酌す」の場合、第一句の「両人対酌すれば山花開く」だけでなく、第二句「一杯一杯復《ま》た一杯」。曹松《そうしょう》の「己亥《きがい》の歳」では、第一句「沢国の江山戦図に入る」だけでなく、第四句「一将功成って万骨枯る」。

書成って三十余年、同じ平凡社の若い編集者山本明子さんから、春夏秋冬を四分冊にしてライブラリーに入れないか、との誘いあり、かくて若干の補訂を加えて化粧直しをし、「昔の名前で出ています」ということに相成った。

漢文の先生の漢詩

七十年近く前のことだが、私は中学三年の時（日本敗戦の前年、一九四四年）、京都から愛知県の飛行機工場に「学徒動員」され、級友たちとともに寮で暮らしながら、海軍航空機の部品造りをすることになった。

その年の暮、東海大地震が起こり、工場の壁が崩れおちて、上級生十三名の命が奪われた。それから半世紀、敗戦五十年を記念して、中学の同窓会が開かれた。それは十三名の追悼会でもあった。席上、一篇の漢詩を墨書したコピー紙が、みんなに配られた。当日出席されていた「骸骨《がいこつ》」というアダ名の先生、かつての漢文の先生自作の漢詩であった。

当時の中学生は、先生にアダ名をつけるのが実にうまく、先生は五十年後も痩せ細って、ガイコツそのものだったが、矍鑠《かくしゃく》としておられた。

詩は「題殉難学徒紅燃碑」という七言絶句だった。

花落水流懐旧時
友情無限不忘悲
十三玉折名長在

痛恨紅燃熱血碑

のちに私は同窓会誌から頼まれ、この詩に読み下し文を添え、若干の注解を加えたので、ここに抄録する。

殉難《じゅんなん》学徒紅燃《こうねん》の碑に題す

花落ち水流れて　旧時を懐《おも》えば

友情限り無く　悲しみを忘れず

十三の玉は折《くだ》けて　名は長《とこし》えに在り

痛恨す　紅《くれない》燃《も》ゆる熱血の碑

詩題および第四句に見える「紅燃碑」は、地震で亡くなった十三名を偲んで、戦後校庭に建てられた石碑である。

碑には「紅燃」の二文字が刻まれているが、戦時中われわれがよくうたった「学徒動員の歌」の一節、「ああ紅《くれない》の血は燃ゆる」から採ったものであろう。ガイコツ先生の詩中の「紅燃熱血」、漢語としてはやや難があるが、これも右の歌詞に拠ったものである。

先生の詩は、和製漢語をふくむが、悲痛と悔恨の情が率直に表出されていて平明であり、ほとんど解説を要しない。贅語《ぜいご》を加えることは、かえって詩意を削《そ》ぐ。

ただ「玉折」の二文字についていえば、この語、中国の古典に見え、すぐれたものが突然失われる、あるいは人が若くして命を失う、すなわち「夭折《ようせつ》」の意をふくんでおり、先生の痛恨の情がとりわけこの二字に凝縮しているように思える。

＊

同窓会誌は、次回の同窓会の時に配られた。それを見た級友の一人がきく。「漢詩というのは難しい。何か読むコツのごときものがあるのかね」

私の答えは、次のようなものだった。

別にコツはないけれども、ガイコツ先生の詩を例にとっていえば、次の二点は知っておいた方がいいだろう。

一、私たちは中学で教わらなかったけれど、漢詩には一定のリズム（言葉の切れ目）がある。先生の作品のような「七言」詩なら、原則的に次のような二つのリズム、AかBしかない。

2／2／2／1（A）
2／2／1／2（B）

先生の漢詩も、次のように作られている。

花落　水流　懐　旧時（B）
友情　無限　不忘　悲（A）
十三　玉折　名　長在（B）
痛恨　紅燃　熱血　碑（A）

中国の漢詩を例に挙げれば、たとえば李白の「山中幽人と対酌す」。

両人　対酌　山花　開（A）
一杯　一杯　復　一杯（B）
我酔　欲眠　卿　且去（B）
明朝　有意　抱琴　来（A）

七言詩は五言詩の上に二字加えたものだから、五言詩のリズムは、

2／2／1（A）
2／1／2（B）

たとえば李商隠の「楽遊原に登る」。

向晩　意　不適（B）
駆車　登　古原（B）
夕陽　無限　好（A）
只是　近　黄昏（B）

これらA、Bのリズムを知っていれば、漢詩への恐怖は少し薄らぐ。

二、典故について。漢詩では、古典に見える故事、すなわち典拠のある言葉をよく使う。これを典故といい、先生の詩でいえば、すでに注した「玉折」。古典での使われ方を知らねば、「玉が折れるとは何だ」、ということになる。

それから……、と私は話を続けようとしたが、宴会が始まり中断した。級友には、「ぼくの『漢詩入門』(岩波ジュニア新書)を送るよ」といって、それぞれの席についた。

一字不畳用《かさねてはもちいず》の例外規定

漢詩も唐代になると、それまでの「古(体)詩」とは異なる絶句や律詩などの「近体詩」が、新しく作られるようになる。いろいろなきびしい規則(押韻・平仄《ひょうそく》・音数律・対句など)にしばられた詩である。

一首の詩の中で同じ文字を二度使わない(一字不畳用——一字畳《かさ》ねては用いず)というのも、規則の一つだろう。

しかしこの規則には、すくなくとも二つの例外規定がある。

一、畳字、すなわち同じ文字を二つ重ねた語は、許容される。たとえば、

客舎青青柳色新(王維の七言絶句「元二の安西に使いするを送る」)の「青青」。

無辺落木蕭蕭下(杜甫の七言律詩「登高」)の「蕭蕭」。

二、同一句の中での使用も、許される。たとえば、

一杯一杯復一杯(李白の七言絶句「山中にて幽人と対酌す」)の「一杯」。

君問帰期未有期（李商隠の七言絶句「北に寄す」）の「期」。

李白の「一杯」は奇抜な句だが、平仄の法則には合っていない。人間、規則にしばられると、それを破りたくなるものらしく、一つの詩の中で、同じ文字を多用した作品もある。それらは、おおむね近体詩の他の規則も守っておらず、古（体）詩の類だといってよいだろうけれども。

たとえば、極端な例を一つ。

終日山を看て　山に厭《あ》かず
山を買いて終《つい》に待たん　山間に老ゆるを
山花落ち尽くして　山長《とこし》えに在り
山水空《むな》しく流れて　山自《おのずか》ら閑なり

宋の王安石（一〇二一—八六）の「鐘山に遊ぶ」と題する詩であり、各句に二字ずつ「山」の字が出て来る。鐘山は、革新的政治家といわれる王安石が一時期隠遁《いんとん》していた、南京近郊の山。一字畳用の詩は古代からあり、珍しいものではないが、王安石のこの詩、なかなかに巧みで、不自然さがない。

最近私は、芥川龍之介の書簡集を読んでいて、同じく「山」の字を各句に用いた、芥川の漢詩作品を見つけた。

山の経《みち》　誰《たれ》か相問《あいたず》ねん

窓を開けば　山色青し
山頭に　雲見えず
山腹に　一游亭《いちゆうてい》あり

一游亭は、この句を贈った友人の洋画家で俳人の小穴隆一。その雅号であるとともに、別邸の名でもあろう。

才人芥川らしい詩である。

芥川の漢詩集は、単行の書としては刊行されていないが、書簡集の中だけでも、約三十首を楽しむことができる。

五言と七言

中国の古典詩、すなわち漢詩は、一句が五字あるいは七字の作品が多い。漢字は一字ずつが意味のある「言葉」なので、一字を一言ともいい、五字詩は五言詩、七字詩は七言詩と呼ぶ。

なぜ五言詩と七言詩が多いのか。

漢字は二字すなわち二語で主語と述語をそなえた文を作ることができる。

花開　鳥啼

また同じく二語で、形容詞と名詞を組み合わせた単語、副詞と動詞を組み合わせた単語ができる。

高山　長川

速読　多産

さらに漢字は、一字でも単語を作れるが、二字（二語）組み合わせた単語、名詞＋名詞、形容詞＋名詞、副詞＋形容詞などなど、二字の単語がきわめて多い。

人　道　白　紫　動　飛

天地　桜花　黒雲　多発　消滅

そして二字の単語を二つ重ねると、最古の詩集『詩経』に見える詩型となる。

碩鼠碩鼠　碩鼠《せきそ》よ　碩鼠

莫食我苗　我が苗を　食らうこと莫《な》かれ

ところで、二字＋二字は中国語の場合二音＋二音で、その繰り返しは極めて単調なリズムとなる。そこでその単調さを避けるために、一字（一音）を加えて、五字（五音）の詩、すなわち五言詩が生まれる。

江碧　鳥　愈白　江は碧にして　鳥愈《いよ》いよ白く

山青　花　欲然　山青くして　花然《も》えんと欲す

この五言の頭に二字（二語）を加えると、七言詩の形になる。

渭城　朝雨　浥　軽塵　渭城《いじょう》の朝雨　軽塵を浥《うるお》し

客舎　青青　柳色　新　　客舎　青青　柳色　新《あら》たなり

一句を一息で読み上げるには、七言が限界であり、八言、九言の句はほとんどない。

以上が、五言詩と七言詩の多い理由である。

そして、五言詩の一句のリズムは、

a　2＋2＋1

b　2＋2＋1

七言詩の場合は、

a　2＋2＋2＋1

b　2＋2＋1＋2

と、各二種類となる。実例をしめせば、

春眠　不覚　暁
処処　聴　啼鳥
夜来　風雨　声
花落　知　多少

月落　烏啼　霜　満天
江楓　漁火　対　愁眠

姑蘇　城外　寒山　寺
夜半　鐘声　到　客船

漢詩はおおむねこのリズムで作られている。

対句の効用

漢字は、一字一音一義、すなわち一文字は一音節で発音され、必ず一つの意義（意味）を持つ。そのためペアの言葉、対句《ついく》が作りやすい。たとえば、

春前有雨花開早　　春前雨有らば　花の開くこと早く
秋後無霜葉落遅　　秋後霜無くんば　葉の落つること遅し

この成語は、春―秋、前―後、有―無、雨―霜、花―葉、開―落、早―遅と、一文字ずつが、反対語などペアになっているだけでなく、発音してみると、春・秋の二文字以外は、平仄《ひょうそく》もまたペアで構成されていることがわかる。

平平仄仄平平仄
平仄平平仄仄平

詩人たちはこの技術を駆使して、名句を作った。たとえば、杜甫の「春望」。

国破　山河　在　　　国破れて　山河　在り

城春　草木　深　　　城春にして　草木　深し

平仄を示せば、

仄仄平平仄

平平仄仄平

対句の歴史は古く、三千年前の作品を含む『詩経』に、すでにその好例が見え、春秋戦国時代（紀元前八世紀—同三世紀）へと引き継がれる。

すなわち『老子』（五十六章）に、

知者不言、言者不知。

知る者は言わず、言う者は知らず。

また『論語』（為政篇）に、

学而不思則罔。思而不学即殆。

学びて思わざれば則ち罔《くら》し。思いて学ばざれば則ち殆《あやう》し。

対句は左右対称の文字数と音節数によって、独特のリズム感を生み、記憶に深く残る。また語の対比によって、意味の含蓄を深める。

さらにそれは、たった一文字の差し替えによって、時に寸鉄ひとを刺す。

水載舟、水覆舟。

水は民衆、舟は支配者を指す。

詩題

漢詩にはふつう詩題がついている。杜甫「春望」、孟浩然「春暁」。詩題は作者によってつけられ、作品のテーマ、内容を示す。「春望」は、春の眺め、「春暁」は、春の明け方。

詩題には、散文的な長いものもある。王維「送元二使安西」。読み下せば、「元二の安西に使いするを送る」。

さらに長い例を挙げれば、白楽天「香炉峰下新卜山居草堂初成偶題東壁」。これも読み下せば、「香炉峰下《こうろほうか》、新たに山居を卜《ぼく》し、草堂初めて成りしとき、偶《たま》たま東壁に題す」。

このように漢詩には、長短にかかわらず題がついている。ところが、題のない詩もある。『文《もん》選《せん》』（六世紀）が収める「古詩十九首」は、その早い例だろう。

史上最初の五言詩とされる「十九首」は、後漢時代（一～二世紀）の作といわれ、作者もわからず、詩題もない。

ところで、最古の詩集『詩経』の詩にも、各篇に詩題がつけられている、しかしこれらは、作者

でなく後世の編者がつけたものであろう、たとえば、

桃之夭夭　灼灼其華　……

の題は、「桃夭《とうよう》」。

碩鼠碩鼠　無食我黍　……

は、「碩鼠《せきそ》」。

いずれも、第一句から言葉を拾って、詩題にしている。まず題を考えてから詩を作るのでなく、詩ができた後、題がつけられたものと思われる。

この方法は、『論語』の篇名の場合にも見られる。

学而時習之（学びて時にこれを習う）→学而篇

為政以徳（政を為《な》すに徳を以てす）→為政篇

なお後世には「無題」と題する詩があり、これには二つのケースがある。

一、詩題が失われた作。

二、詩に秘められた寓意や諷意を、政治的、個人的理由で、明示せぬもの。難解をもって知られる唐の李商隠に、二の「無題」の作が多い。

詩題もまたいろいろである。

〈講演〉漢詩の和訳

こんにちは。只今ご紹介いただきました一海（イッカイ）です。変わった名字なので、なかなか一回（イッカイ）で正しく読んでくれる人がいない（笑）。

数字の「一」は、「イチ」とも、「イツ」とも読む。「第一」の時は「イチ」、「統一」の時は「イツ」です。そして「一つ二つ」と数える時は「ひと」。人の名前の「一男」は「かず」。それから「海」の方は、「カイ」のほか、「うみ」と読むし、「近江の海」の時は、「み」とも読む。

それで、どう組み合わせたらよいのか、みな困るんですね。いろんな組み合わせがあって、イッカイ、イチカイ、イチうみ、ひとうみ、……ひとカイと読む人はさすがにいない（笑）。それから、ひとみ、かずうみ、……組み合わせがいっぱいできて、どう呼んでいいか、困る。そこで、「イッカイです」と言うと、みな安心する。そして一回覚えると、もう忘れない（笑）。

こういう現象が起こるのはなぜか、と言いますと、原因は二つある。

一つは、漢字には、「音」（カタカナで書いたもの）と「訓」（ひらがなで書いたもの）があること。「音」というのは、むかし中国人に教えてもらった発音ですね。それを日本人は今も使っている。「訓」の方は、もともと「うみ」という日本語があって、「海」という漢字が渡ってきたので、それに「うみ」という日本語を当てた。だから、日本語なんですね。

もう一つは、漢字には発音が二つあるものが多いことです。例えば、「文学」の「文」(ブン)は、「文殊の知恵」というときは、「モン」と読みますね。そういう二つの音のある字が、非常にたくさんある。一つしかない場合もあって、「海」という字は音が一つしかない。ところが「一」は、「イチ」と「イツ」と二つある。一つは呉音、もう一つは漢音と言います。

呉は今の上海、南京の地方をいい、聖徳太子の頃(紀元六〇〇年頃)まで、日本は専ら呉の地方と交流があって、発音も呉の地方、すなわち中国の南方の発音を覚えた。それが呉音なんです。今で言うと、上海語の発音ですね。それから百年ほどして、遣唐使の人たちが長安の都に行きまして、都の標準音を習って、日本に帰って来る。それを日本で普及させるわけです。長安地方のことを、昔、漢といったので、その地の発音を漢音といった。日本人は最初に呉音を習って、今度は漢音を習った。両方使っていたのですが、桓武天皇の時(七〇〇年代の終り頃)に、漢文を読む時は標準音、すなわち漢音で読みなさい、という天子からの命令が下された。しかし呉音の方が先に日本に来ていましたので、呉音の影響がずっと残っている。今でも、日本人は漢音と呉音をまぜて使っているんですね。

たとえば、文化は、ブンカと読んでモンカとは読まない。ブンが漢音で、モンが呉音ですが、文化をブンカと読んでモンカと読まないことは、子どもでも知っている。それを間違ったのが、この間まで総理大臣をしていた、あの人です。あの人は呉音と漢音をごちゃ混ぜにするだけでなくて、音と訓をごちゃ混ぜにして、新聞で大いに笑われた。文化の時はブンと読み、文殊の時はモンと読む、文覚上人の時はモンと読み、文明の時はブンと読むと、日本人は、子供でもちゃんと読み分けて覚えている。常識なんですね。その常識から外れたから、あの人は笑われた。

ところで今日は、中国から伝えられてきた漢詩を日本式に読む、すなわち「漢詩の和訳」の歴史と現状について、お話しします。漢詩が日本に渡ってきた頃は、日本人も漢詩を中国音で読んでいたわけですが、やがてこれを日本語に訳すという、「漢詩の和訳」が始まった。

紀元六〇〇年の頃、聖徳太子が十七条の憲法を書きますが、あれが、日本人が最初に作った漢文だと言われています。それから五十年ほど経って、日本でも漢詩を作る人が出て来るんですね。六〇〇年代の半ばというと、李白や杜甫が生まれたのが七〇〇年代の初めですから、李白や杜甫よりも前に、日本人は漢詩を作り始めていたのです。ですから、中国の詩を読むことは、それ以前から始まっていたはずなんですね。その記録ははっきりしないんですけれども、最初は中国音でそのまま読んでいた。

たとえば「国破山河在」、現在の日本音で読むと、

コク　ハ　サン　ガ　ザイ

これは昔の日本人が中国人から習った発音、それが変化したものです。一方、現在の中国音では、

Guó　pò　shān　hé　zài

と読みます。昔は日中両国人とも同じ発音で読んでいたのに、その後千五百年の間に、日中両国で

それぞれ発音が変化して来たのですが、「山（サン）」とか「在（ザイ）」とかは、ほとんど同じですね。中国から渡って来た漢詩を、初めの頃は日本人も中国音で読んでいた。ところがやがて、日本語で読みこなすということが始まるんです。たとえば、「国破山河在」の五文字を、今は「国破れて山河在り」と読んでいますね。これは、もとの形をそのまま生かしながら、日本語に翻訳して読んでいるわけです。それを漢詩や漢文の「訓読」といっています。

中国語と日本語、この二つの言語には、根本的に違うことが二つあります。

一つは、言葉の順序が違うことです。例えば、「国破れて」という場合は、中国語でも主語・述語の順序は日本語と同じですが、「イモを食う」という時、日本語は「イモ」を先に言って、「食う」は後に来ます。ところが中国語では、「食う」という動詞をまず言っておいて、後に「イモ」が来る。英語と一緒なんですね。動詞と目的語の順序は英語と同じなので、中国語を日本語に直すには、順序を換えないといけない。

もう一つの違いは、動詞などの語尾や、助詞・助動詞などです。送り仮名と言っています。たとえば「国破山河在」という中国語を日本語に直すには、「国破れて」の「れて」と、「山河在り」の「り」を補わないといけない。今は仮名をつけていますが、まだ仮名がなかった時代にはどうしていたのか。

国破　礼天　山河在　利

（と板書する。）漢字だけが並んでいますけれども、一部は日本の仮名にあたるものです。「国破礼《れ》天《て》山河在利《り》」。これはご存知のように、万葉集の時代に、こういう書き方が行われていて、礼・天・利は、万葉仮名といいます。それがやがて片仮名と平仮名に分化していくわけです。

そこに行くまでに、最初は漢字の右や左や上や下に、点を打ちまして、何々ヲ、という時には、ここに点を打つ、どこどこニ、という時には、ここに点を打つ。一番右上に点を打つと、ヲ、その下に打つと、コトと読む。左下に打つと、テと読む。そういう約束で点を打って、漢文漢詩を日本語として読もうとしたのですね。そういうのを漢詩漢文を「訓《よ》む点（しるし）」、すなわち「訓点《くんてん》」ともいいますが、右側の二つの点で代表させて、「ヲコト点《てん》」とも呼びました。このように、漢字の上や下や、右あるいは左などに点を打って、漢文を読んでいた時期があったのですが、やがて仮名が発明された。

礼はむかし禮という難しい字を書きましたが、そのくずし字（草書）が、「れ」になった。天という字が「て」になった。ということで、くずし字が平仮名になった。それに対して片仮名の方は、礼の右側が「レ」になり、天の一部が「テ」になった。片一方（一部分）だけをむしり取りますので、それで片仮名といいます。片仮名と平仮名が生まれた時期は、はっきりしませんが、ほぼ同時期くらいに、発明された。そうすると漢字ばかり書かなくても、漢字仮名交じりで漢文が読める。あるいは漢詩が読める。そういう読み方を発明した。これが、訓読です。

時間がないので、話を先に進めます。

今日の話は、三つに分けまして、一つは、漢詩和訳前史。漢詩の和訳が始まるまでに、どういう作業があったのか、ということです。二つ目は、実際に始まった和訳の形です。「国破れて山河在り」という「訓読」も一つの和訳ですが、訓読という読み方をしても、後世の人にはわかりにくい。そのため、もっとわかりやすい日本語にしよう、ということで、それぞれの時代の言葉による訳が始まりました。

有名な「春暁」という詩があります。「春眠暁を覚えず」という句で始まる有名な詩です。ところで「春眠暁を覚えず」というのは、いわゆる「訓読」です。いわゆる「文語」だけれども、日本語ですから、だいたいの意味はわかるんですが、たとえば土岐善麿という人は、これを「春あけぼののうすねむり」と訳すわけですね。こういう、その時代時代にふさわしい訳が、作られ始める。それがどういう形で始まったか、というのが第二です。

そして三番目は、現代ではどんな和訳があるか、いろんな和訳が試みられているので、それらをご紹介する。その三つが、今日のお話の内容であります。

ところで、「国破れて山河在り」という訓読を、なぜそれぞれの時代の日本語に訳すようになったのか。その理由はいくつかあります。

一つは訓読というのは、文語文（古文）なんですね。現在私たちは、口語文を使っていますが、文語文（古文）というのはなかなか難しい。

それから二つ目に、訓読の場合は、もとの漢語、すなわち中国語をそのまま使っていること。「山河」をヤマカワと読まずに、サンガと読むのは、もともと中国語なんですね。サンガならまだわかりやすいが、訓読の場合、もっと難しい言葉でも、音読で読んでしまう。それで意味が取りにくい。

そして三つ目は、言葉と言葉のつながりが、訓読ではもうひとつはっきりしない。たとえば、「国破れて山河在り、城春にして草木深し」と訓読した場合、「国破れて山河在り」というのは、国が破壊された「けれども」、山と河、すなわち自然は、そのまま存在する、というのが普通の解釈ですね。後の句の「城春にして草木深し」はどうか。城というのは、中国語ではお城でなくて、町のことを言います。城というのは、もともと城壁のことです。万里の長城に行ってみたら、別に大阪城のようなお城があるわけではなく、ただ城壁が並んでいるだけです。その城壁に囲まれた町のことも、城といいます。この詩の場合は、城壁に囲まれたみやこ長安の町ですね。あの広大な町全体に春が押し寄せて来た「ので」、草木が茂っている、というのが、ふつうの解釈です。従来のふつうの解釈では、前の句は、国が破れた「けれども」山河在り、後の句は、町に春が来た「ので」今年も草木が茂っている、ということになる。そう読むと、それぞれの句の、前半と後半の結びつき方が、これでは対《つい》、ペアにならない。訓読では、意味が曖昧なんですね。「国破れて山河在り、城春にして草木深し」と言うと、「国家が破壊されたけれども」、一方は「町に春が来たので」と読める。前の句は「けれども」で、後の句は「ので」ですから、逆になる。「けれども」は逆接で、「ので」は順接です。しかし考えてみると、この二句はペアになっているから、後の方も「けれども」と違うのだろうか、という疑問が起こるわけです。町に春が来たけれども、今年は戦争で、いつもの年ならたくさんの人が花見なんかに出て来るのに、今年は人の姿は見えず、ただ草木だけが茂っている、そういう意味ではないかという疑問が起こって来る。そう訳すと、前の句と後の句がペアになる。ところが、「国破れて山河在り、城春にして草木深し」と読むと、後の句は「ので」か「けれども」か、いったいどっちなのか、曖昧です。そこで現在使っている言葉で訳さないと、正確な意味がとれない、ということになるのですね。

以上あげた三つの理由（訓読では分かりにくい理由）、くりかえして言えば、一つは、文語文（古文）であること。もう一つは、難しい漢語がそのまま出て来て、もう一度現代日本語に訳し直さないとよく分らないこと。それから三つ目に、言葉のつながりが、「けれども」なのか、「だから」なのか、それが曖昧であること。その三つの点から、やはり漢詩は、その時代時代の言葉でわかりやすく訳さないと正確に意味がとれない、ということで漢詩の和訳が始まるのです。

まず、最も早い和訳の例を、一つ紹介しましょう（配布プリント③）。

③　子夜歌

儂作北辰星
千年無転移
歓行白日心
朝東暮還西

儂《われ》は北辰《ほくしん》の星たり
千年　転移すること無し
歓《きみ》の行《おこな》いは白日の心
朝《あした》に東《ひがし》し　暮《くれ》に還《ま》た西《にし》す

わしがみもちは　いぬかいほしよ
ちとせもうつりかわりはないに

ぬしのしかたは　おひさまのやうで
けさひがしかと思へば　晩《くれ》にはまた西へかはる
（『六朝詩選俗訓』平凡社東洋文庫）

引用した『六朝詩選俗訓』、六朝というのは唐の前の時代（六世紀以前）です。六朝時代の詩を選んで、それを通俗的な読み方で訳したものが、『六朝詩選俗訓』という本です。この本は、四十七士討ち入りの頃に出来た。「時は元禄十四年（一七〇一年）」、と言いますから、江戸も前半の時代ですね。その頃すでに、こういう訳が出来ていた。これは六朝という時代の漢詩ですけれども、もともと民謡なんですね。詩の題は「子夜歌《しやか》」。子夜というのは夜のことですが、昔の人は、真夜中（午前零時）のことを子《ね》の刻と言っていた。午前二時は丑の刻。女の人が、わら人形と五寸釘を持って、そっと出てくる、というのが丑の刻参り。子夜というのは、真夜中のことです。真夜中の歌という題ですが、詩を読んでみると、子夜というのは、実は若い女の子の名前なんですね。昔、「真夜中ちゃん」という名の女性がいて、その娘のことを歌ったのが、「子夜の歌」です。いろんな替え歌が出来ていて、民謡ですから、言葉も、いわゆる漢詩漢文調の堅苦しいものではなくて、俗語がいっぱい出て来ます。

最初の「儂」という漢字は、ふつうの漢文で書けば、「我」。俗語ですから「わし」とかね、関西弁でいえば、女性の一人称「うち」に当る。次の「作」の字は、「何々たり」と読んで、「儂《われ》は北辰《ほくしん》の星たり、千年転移する無し」。次の第三句の「歓」は、これも俗語で、「きみ」あるいは「あんた」です。「歓《きみ》の行いは白日の心、朝《あした》に東し暮れに」、その次の「還」は「また」と読みます。「暮れに還た西す」。私は北辰の星、北極星のことです。だからジッと動かない。千年経っても同じ場所から変らない。女性がそう歌っている。そしてつづけて、ところが、アンタの行為は、まるで太陽の心のようで、太陽だから、朝には東から出て来たと思うと、夕暮れには、また西の方へと移っている。しょっちゅう心変わりをする。ここと思えば、またあちら、というところが、アンタにはある。女が男の浮気心をなじった歌ですね。これを当時の俗語訳では、

「わしがみもちは　いぬかいほしよ」。「みもち」は、品行のことです。「ちとせもうつりかわりはないに／ぬし」、アンタですね。「ぬしのしかたは　おひさまのやうで／けさひがしかと思へば　晩《くれ》にはまた西へかはる」。

たいへん素朴な訳ですが、こういう形で、わかりやすい漢詩の訳が始まるわけです。江戸時代には、その後もこういう本がかなりたくさん出ていました。その訳が、それぞれなかなか面白い。『六朝詩選俗訓』という本は、現在、平凡社の東洋文庫というシリーズの一冊として出ています。

さて次に、プリントの④をごらんください。

④　春暁　　孟浩然

春眠不覚暁　　春眠　暁を覚えず
処処聞啼鳥　　処処　啼鳥を聞く
夜来風雨声　　夜来　風雨の声
花落知多少　　花落つること　知る　多少ぞ

はるあけぼののうすねむり
まくらにかよう　鳥の声
風まじりなる　夜べの雨
花ちりけんか　庭もせに

（土岐善麿『新版　鶯の卵』）

ハルノネザメノウツツデ聞ケバ
トリノナクネデ目ガサメマシタ
ヨルノアラシニ雨マジリ
散ッタ木ノ花イカホドバカリ

（井伏鱒二『厄除け詩集』）

江戸時代から現代にすっ飛びますけれども、現代になると、実にさまざまな訳が試みられていま す。まず最初に、たいへん有名な「春暁」を挙げました。春のあけぼの。作者の孟浩然（六八九―七四〇）という詩人は、杜甫や李白よりも年上で、李白より十ほど、杜甫より二十くらい年上の人です。「春眠　暁を覚えず／処処　啼鳥を聞く／夜来　風雨の声／花落つること　知る　多少ぞ」。これはべつに説明を加えなくても、たいへんわかりやすいように思います。ところが、漢詩は外国語の詩ですから、こんな短い詩の中にも、日本語とは違う意味の言葉が、いくつか出て来る。はじめの「春眠暁を覚えず」というのは、その通りです。春の眠りは気持ちがよくて、いつ夜が明けたか気がつかない、という意味ですね。ところが次の「処処」は、日本語では「ところどころ」と読みますが、漢詩の「処処」は「到る所」、「あちこち」です。第三句の「夜来」というのは、「夜が来る」のではなくて、「夜になってから」という意味です。「夜来香《イエライシアン》」という歌がありますが、あれと同じで、「夜になると」香り出す。「夜来風雨の声、花落つること知る多少ぞ」の「多少」が、また日本語と違う。日本語の多少、「君、カネ持ってるか?」「多少はある」の多少は、「ちょっと」という意味ですが、漢詩の多少は「どのくらい」という疑問詞なんですね。花は「どのくらい」散ったのだろうか。そういう意味になるのです。

ところで、まったく関係のない話ですが、私は去年、八十歳になりまして、お祝いの会を大阪の繁昌亭という落語の寄席を借り切って、やっていただきました。そして、桂あやめさんという女性の落語家が出演して、自分で作った創作落語を一席やっていただいた。その中に「春眠暁を覚えず」が出て来るんですね。登場人物が、ニカイ先生といいまして、一海先生より二倍も漢文のことをよく知っている(笑)。そのニカイ先生が、漢詩の講釈をするんですが、まず「春眠暁を覚えず」について。「春眠」というのは落語家の名前やと言うんですね。「桂春眠といって、桂春蝶の弟弟子で、それが大酒呑み。春眠という男は、酔っぱらうと、暁を覚えず、夜が明けても気がつかない、という意味や」。

ニカイ先生にそう言われて、「へえ、そうですか。次の処処啼鳥を聞くは、どんな意味ですか」。ニカイ先生こたえていわく、「これはそのとおり読んだらよろしい。処処というのは、ショーショーと読む。そして『聞啼鳥』は、聞いてチョ、と読む。しょうしょう聞いてちょ。ちょっと聞いてちょうだい。こういうふうに読むんやな」。

全部紹介すると、桂あやめさんの著作権を侵害しますので（笑）、言いませんけれど、最後にはもちろん落ちがあって、たいへん面白い落語だった。「春眠暁を覚えず」を読むと、私はその落語を思い出して、つい笑《わろ》うてしまいます。

さて、土岐善麿さん（一八八五―一九八〇）という人は、石川啄木の友人で、また元朝日新聞の記者、さらに歌人としても有名な方です。『鶯の卵』というしゃれた題の訳詩集があります。それは専ら中国の詩を日本語に訳したもので、「春眠暁を覚えず」を次のように訳している。

「はるあけぼのの　うすねむり／まくらにかよう　鳥の声／風まじりなる　夜《よ》べの雨／花ちりけんか　庭もせに」。

「せに」というのは、「いっぱいに」という意味です。庭いっぱいに。軟らかな言葉で、たいへんうまく訳されています。これはいわゆる七五調ですね。「はるあけぼのの」、七です。「うすねむり」、五です。「まくらにかよう　鳥の声」、七、五。日本語の歌には、七五調と五七調がありまして、その調子でかなり雰囲気が違うんですね。たとえば、「花も嵐も踏み越えて」という歌がありますね。「愛染かつら」。あれは七五調です。それと、島崎藤村の「小諸なる古城のほとり／雲白く遊子悲しむ」、これは五七調です。ガラッと雰囲気が変わるんですね。ただし、使う言葉によっては、雰囲気が逆になる場合もあります。そういうことを考えさせる、面白い訳だと思います。

その同じ「春暁」の詩を、小説家の井伏鱒二さん（一八九八―一九九三）が訳しています。よく知られた方で、皆さんもご存知でしょう。その井伏さんが、唐の詩十七首、五言絶句ばかりですが、それらを集めて来て訳している。片仮名ばかりで、もちろん漢字もちょっと混じっていますが、訳を作って『厄除け詩集』という詩集に収められている。

「ハルノネザメノウツツデ聞ケバ／トリノナクネデ目ガサメマシタ／ヨルノアラシニ雨マジリ／散ッタ木ノ花イカホドバカリ」。

土岐さんとは、全然調子が違うんです。片仮名というのは一種の滑稽さというか、わざとギクシャクさせたような面があります。そしてこれの調子は、「ハルノネザメノウツツデ聞ケバ」、七七です。「トリノナクネデ目ガサメマシタ」、七七です。「ヨルノアラシニ雨マジリ」、七五。「散ッタ木ノ花イカホドバカリ」、七七。すなわち、七七／七七／七五／七七と、これはどういう調子かと言いますと、私にはあまり知識がありませんが、日本の端唄《はうた》とか、小唄とか、さらに少し品が落ちますと、都々逸《どどいつ》とか、そういう類の唄の調子に似てるんですね。たとえば、「浮いた浮いたで この世を過ごし ふと気がつけば とも白髪」。都々逸ですね、わざとそういう調子で作っている。

井伏さんの訳で有名なのは、次の⑤です。

⑤ 勧酒　于鄴《うぎょう》

勧君金屈巵　君に勧む　金屈巵《きんくっし》
満酌不須辞　満酌　辞するを須《もち》いず
花発多風雨　花発《ひら》けば　風雨多し

人生足別離　人生　別離足《た》る
コノサカヅキヲ受ケテクレ
ドウゾナミナミツガシテオクレ
ハナニアラシノタトヘモアルゾ
「サヨナラ」ダケガ人生ダ
（井伏鱒二『厄除け詩集』）

これは于鄴《うぎょう》（八一〇—?）という人、ふつう于武陵《うぶりょう》と呼ばれている、于鄴という人の作です。題は、「酒を勧む」。これも訓読しますと、「君に勧む　金屈巵《きんくっし》」。金屈巵というのは、金属で作った、取っ手のある、大きなジョッキです。「満酌　辞するを須《もち》いず」。なみなみと酒を注がれたら断るでないぞ。断る必要はない。「花発《ひら》けば　風雨多し／人生　別離足《た》る」。足るというのは、十分、たっぷりある、ありすぎる、という意味です。

「コノサカヅキヲ受ケテクレ／ドウゾナミナミツガシテオクレ／ハナニアラシノタトヘモアルゾ／『サヨナラ』ダケガ人生ダ」。

この『「サヨナラ」ダケガ人生ダ』というのは、有名になりすぎまして、本の題名になったりしています。

次は、小説家佐藤春夫（一八九二—一九六四）の訳です。

⑥　杜秋娘《としゅうじょう》

勧君莫惜金縷衣　君に勧む　金縷《きんる》の衣を惜しむこと莫かれ

勧君須惜少年時　君に勧む　須《すべから》く少年の時を惜しむべし
花開堪折直須折　花開きて折るに堪《た》えなば　直《ただ》ちに須く折るべし
莫待無花空折枝　花無きを待ちて　空しく枝を折る莫《な》かれ

綾《あや》にしき何をか惜しむ
惜しめただ君若き日を
いざや折れ花よかりせば
ためらはば折りて花なし

（佐藤春夫『車塵集』）

佐藤春夫は、谷崎潤一郎と奥さんの交換をしたというエピソードで、たいへん有名な人ですが、小説家で詩人でもあります。中国の詩に深い関心を持って、いろんな訳や文章を書いています。この人は、専ら女性の詩、中国では女性がたくさん詩を作っているのですね。その軟らかな漢詩を軟らかに訳すという、そういうのがたいへん得意な人で、その一つをここに挙げました。杜秋娘《としゅうじょう》という女性が作った詩。訓読してみますと、「君に勧む　金縷《きんる》の衣を惜しむこと莫かれ／君に勧む　須《すべから》く少年の時を惜しむべし」。少年は、日本語の少年と違って、若い頃という意味です。「花開きて折るに堪《た》えなば直《ただ》ちに須く折るべし」。花が咲いて、それを手折る時期が来たら、すぐ折ってしまわないといけない。「花無きを待ちて空しく枝を折る莫《な》かれ」。花がなくなってしまってから、枝を折っても仕方がない。花のあるうちに枝を折れ。これは女性の作った歌ですから、自らに対する誘いかけで、若いうちに私を何とかしてよ、そういう意味の詩なんですね。それを佐藤春夫は次のように訳しています。

「綾《あや》にしき何をか惜しむ／惜しめただ君若き日を／いざや折れ花よかりせば／ためらはば折りて花なし」。

なかなか巧い訳です。

次は、独創的というか、少し変わった訳を三つほど、集めてみました。一つは⑦の武部利男さん（一九二五—一九九八）。

⑦　三月三十日題慈恩寺　白楽天

慈恩春色今朝尽　　慈恩《じおん》の春色《しゅんしょく》　今朝《こんちょう》尽《つ》き
尽日徘徊倚寺門　　尽日　徘徊《はいかい》し　寺門《じもん》に倚《よ》る
惆悵春帰留不得　　惆悵《ちゅうちょう》す　春帰りて留め得ず
紫藤花下漸黄昏　　紫藤《しとう》花下《か》　漸《ようや》く黄昏《こうこん》

さんがつ　さんじゅうにち　ジオンの　てらで
ジオンの　てらの　はるげしき
きょうで　いよいよ　おしまいだ
あさから　いちにち　さまようて
みてらの　もんに　よりかかる
かなしいことに　ゆく　はるを

ひきとめたいが　ままならぬ
ふじむらさきの　はなぶさに
たそがれの　とき　せまりくる

（武部利男『白楽天詩集』）

武部利男さんは、私より三つ四つ年上で、立命館大学の先生をしておられましたが、残念ながらもう亡くなりました。本人も詩人で、中国文学者ですが、『白楽天詩集』という、白楽天の詩の訳を出されました。それは全部平仮名だけで訳してあります。平仮名訳の白楽天詩集です。平仮名ばかりというのは、なかなか読みにくいのですが、武部さんの訳は、不思議にすらすらとわかるんですね。

この詩は「三月三十日」、旧暦では春の終りの日ですが、「慈恩寺に題す」、長安の都にあるお寺、それをテーマにして書いているのですけれども、訓読しますと、「慈恩《じおん》の春色《しゅんしょく》　今朝《こんちょう》尽《つ》き／尽日」、一日中です。「尽日徘徊《はいかい》」、うろつき回るのです。「徘徊し　寺門《じもん》に倚《よ》る／惆悵《ちゅうちょう》す」、深い悲しみにおそわれる。「惆悵す　春帰りて留め得ず」、春が行ってしまうのを留めることが出来ないのを。「紫《し》藤花下《とうかか》」、紫の藤の花の下。「漸《ようや》く黄昏《こうこん》」、次第次第に、少しずつ、夕暮れがせまってくる。そういう意味なんですが、これを武部さんは、平仮名ばかりで訳しています（固有名詞は片仮名）。

「ジオンの　てらの　はるげしき／きょうで　いよいよ　おしまいだ／あさから　いちにち　さまようて／みてらの　もんに　よりかかる／かなしいことに　ゆく　はるを／ひきとめたいが　ままならぬ／ふじむらさきの　はなぶさに／たそがれの　とき　せまりくる」。

平仮名ばかりですが、すらすらとわかるように、軟らかに訳してあります。

次は、マルクス経済学者の河上肇（一八七九―一九四六）。

⑧　移花遇小雨喜甚為賦二十字　陸游

花を移して小雨に遇う、喜ぶこと甚だしく、為に二十字を賦《ふ》す

独坐閑無事　独り坐して　閑《かん》にして無事《ぶじ》
焼香賦小詩　香《こう》を焼《た》きて　小詩を賦《ふ》す
可憐清夜雨　憐れむ可《べ》し　清夜《せいや》の雨の
及此種花時　此の花を種《う》うる時に及べり

ひとりゐのしづけさにひたり
香をたきて詩を賦す
あはれこの清き夜を
音もなく雨のふるらし
けふ移したる花の寝床に

（河上肇「放翁鑑賞その六――放翁絶句十三種和訳」、『陸放翁鑑賞』所収）

漢詩の最も短いものは、四句で出来ています。五言絶句とか、七言絶句とか呼ばれて、四句の詩です。四句ですから、たいていの人はこれを四句で訳す。その常識というか、タブーを破って、河上肇は五句（五行）で訳している。河上肇という人は、戦前、思想が悪い、赤い、というので、長いあいだ牢屋に入れられていた。そういう体験をした人ですが、漢詩が大好きで、自分でも漢詩を

作っている。ここに掲げたのは宋代の、陸游（一一二五―一二一〇）という詩人の詩をいくつか訳した、その一つです。「花を移して小雨に遇う、喜ぶこと甚だしく、為に二十字を賦す」。二十字というのは、五言絶句のことです。花を移植したら、ちょうどうまい具合に、小雨が降って来た。うれしくてこの詩を作った。五言絶句ですから、四行ですね。「独り坐して　閑《かん》にして無事《ぶじ》／香《こう》を焼《た》きて小詩を賦《ふ》す／憐れむ可《べ》し　清夜《せいや》の雨の／此の花を種《う》うる時に及べり」。

「時に及べり」とは、時間に間に合ったということです。この詩を、次のように訳しています。

「ひとりゐのしづけさにひたり／香をたきて詩を賦す」。

ここまでは、もとの詩の二行に対して訳も二行ですが、次の第三句を、

「あはれこの清き夜を／音もなく雨のふるらし」

と二行に分けて、最後は一行。

「けふ移したる花の寝床に」。

巧い訳ですね。このように訳した、五行訳のものが、他にもいくつかあります。

次は、京都弁の訳です。

⑨　長干の行《うた》　崔顥《さいこう》

君家住何処　君が家は何処《いずく》にか住む
妾住在横塘　妾《わらわ》は住んで横塘《おうとう》に在り
停船暫借問　船を停《とど》めて暫《しばら》く借問《しゃもん》す

或恐是同郷　或《あるい》は恐らく是れ同郷ならんかと
あんさん　どちらに住んではるの
うちは横塘に住んでます
船停《と》めて　ちょっとおたんね　しますんやけど
ひょっとしたら　田舎いっしょや　おへんのやろか

古別離　孟郊

欲別牽郎衣　別れんと欲して郎《ろう》の衣を牽《ひ》く
郎今到何処　郎は今何処《いずく》にか到る
不恨帰来遅　帰り来たることの遅きは恨みざるも
莫向臨邛去　臨邛《りんきょう》には去《ゆ》くこと莫《な》かれ
さいならする時　うち　あんさんの袖引いて　言うた
あんさん　何処《どこ》に行かはるつもりや
帰りが遅なるんは　しゃあないけど
臨邛《りんきょう》の街にだけは　行ったら　いやえ

（筧文生「京都弁訳唐詩」、『漢語いろいろ』所収）

これはちょっと変わったもので、京都弁の訳です。このごろ、たとえば憲法の前文や九条を方言で訳すということを、各地方でやっていますけれども、あの堅苦しい法律の文章が身近に感じられて、非常に面白い。ぴったり来る面がある。

まず唐の崔顥《さいこう》（七〇四？―七五四）の詩。この詩も、もともとは民謡調の歌なんですね。「長干の行《うた》」、干というのは、岸、浜辺のことです。日本でも長浜という町が、琵琶湖のほとりにありますが、中国の長浜の歌。行は、歌という意味です。

「君が家は何処《いずく》にか住む／妾《わらわ》は住んで横塘《おうとう》に在り」。横塘という所に住んでいる。「船を停《とど》めて暫《しばら》く借問《しゃもん》す」。借問すというのは、ちょっと尋ねてみる。「或《あるい》は恐らく是れ同郷ならんかと」。故郷を離れて暮らしている女性が、故郷の方からやって来た船乗りに尋ねた、というのです。それを京都弁で訳しています。

「あんさん　どちらに住んではるの／うちは横塘に住んでます／船停《と》めて　ちょっとおたんねしますんやけど／ひょっとしたら　田舎いっしょや　おへんのやろか」。

実感が出ていますね。これは、立命館大学の学生が訳したのだそうです。私の友人が先生をしていまして、レポートを書かしたところ、こういうのが出て来た。とても喜んでいました。

その学生が訳したのを、もう一首。孟郊（七五一―八一四）の詩です。白楽天と同じ時代の人です。「古別離」、「古風な別れの歌」という、これも民謡調の詩です。「別れんと欲して郎《ろう》」、郎は、俗語で、アンタといった感じの、男に対する女の呼びかけです。「郎の衣を牽《ひ》く／郎は今何処《いずく》にか到る／帰り来たることの遅きは恨みざるも／臨邛《りんきょう》には去《ゆ》くこと莫《な》かれ」。臨邛という地名が出て来ますが、これは有名な遊郭のある、たとえば京都でいえば祇園みたいなところですね。その京都弁訳。

「さいならする時　うち　あんさんの袖引いて　言うた／あんさん　何処《どこ》に行かはるつもりや／帰りが遅なるんは　しゃあないけど／臨邛の街にだけは　行ったら　いやえ」

実に活き活きしています。こういうふうに訳してみると、漢詩というのは、必ずしも堅苦しいものではないということが、わかってくるんですね。

それでは君自身はどんな訳をしているんだ、と言われそうなので、ちょっと恥ずかしいですが、私の訳を紹介します。私は詩人ではありませんから、ふだんは極めて散文的な訳を書いているのですが、時々次のようなイタズラもします。

⑩　朝飢食虀麵甚美戯作　二首其一　陸游

朝飢《ちょうき》に虀《なます》の麵を食するに甚《はなは》だ美《うま》く、戯れに作る　二首　其の一

一杯虀餺飥　一杯の虀《なます》の餺飥《はくたく》
老子腹膨脝　老子　腹　膨脝《ほうこう》
坐擁茅簷日　坐《ざ》して茅簷《ぼうえん》の日《ひ》を擁《よう》す
山茶未用烹　山茶《さんちゃ》　未《いま》だ烹《に》るを用いず

一杯のシッポクうどん。
じいさまはそれで腹ポンポン。
ぼろ家の軒端《のきば》で日なたぼっこ。
お茶の用意はまだいいぞ。

（一海知義『陸游詩選』岩波文庫）

宋代の詩人陸游の五言絶句です。
ついでに、同じ陸游の、七言絶句二首の、私の試訳をお目にかけます。

⑪　雑感

小軒幽檻雨絲絲　　陋屋ノ窓ノ手スリニ　雨シトシト
種竹移花及此時　　花ノ移植ハ　間ニ合ヒマシタ
客去解衣投臥榻　　オ客モ帰ッテ　寝椅子ニクツロギ
半醒半酔又成詩　　ホロ酔ヒ気分デ　マタ詩ガデキタ

斎中に急雨を聞く

一味疎慵養不才　　怠ケ者ユヱ　世渡リハヘタ
飯蔬亦已罷銜盃　　粗末ナ食事ニ　酒マデヤメタ
衡茆終日人声絶　　ボロ屋ハ一日　人声モナク
臥聴芭蕉報雨来　　芭蕉ノ葉ヲ打ツ　ニハカ雨　（一海知義「漢詩の戯訳」、『閑人侃語』所収）

時間が来ましたので、私の話はこれで終らせていただきます。今日ご紹介したさまざまな漢詩の和訳を読み返してみられて、みなさんも和訳に挑戦していただけたら、と思います。和訳は、漢詩を深く理解する方法の一つです。

ご清聴ありがとうございました。（拍手）

ひらがなの漢詩訳

立命館大学の武部利男さんのひらがな漢詩訳『白楽天詩集』が出版されて、もう三十年以上になる。

以前にも佐藤春夫や井伏鱒二などによる、味わい深い仮名の漢詩訳があったが、武部さんの訳はまた別の味があって、楽しませてくれた。

たとえば「麦刈りを観る」という白楽天の五言古詩（二十六句）の末尾六句、原文は、

今我何功徳
曽不事農桑
吏禄三百石
歳晏有余糧
念此私自愧
尽日不能忘

読み下し文になおせば、

今　我　何の功徳《くどく》ぞ

曽《かつ》て農桑を事とせず
吏禄《りろく》　三百石
歳の晏《くれ》に余糧あり
此《これ》を念《おも》えば　私《ひそ》かに自ら愧《は》じ
尽日　忘る能《あた》わず

そして、武部訳、

この　おれは　なんの　おかげか
ひゃくしょうの　くろうを　しらず
ほうろくは　さんびゃくこくで
としの　くれ　たべもの　あまる
このことを　ひそかに　はじて
よなかまで　むねが　うずいた

武部さんの訳は、一九五三年、同人雑誌『VIKING』に載ったのが、活字になった最初である。その連載二十二篇は、五七年、『白楽天詩集』と題して、東京創元社から刊行された。その後、七五年から八〇年まで、ほぼ百篇が同誌に連載され、さきの二十二篇と合わせ、同じく『白楽天詩集』と題して東京の六興出版から刊行された。

仮名だけの日本文は読みづらいものだが、武部さんの訳は、さきに掲げた例からもわかるように、たいへん読みやすい。分かち書き、五七調（あるいは七五調）という工夫も加えてあるが、言葉がよく選びぬかれているからだろう。

長篇の「長恨歌」や「琵琶行」も、武部さんのやわらかな訳で、読むことができる。

ゆくはるの歌

前回につづいて、武部利男さんのひらがな訳漢詩を一首。白楽天の七言絶句「三月三十日、慈恩《じおん》寺に題す」。

三月三十日は、旧暦、春の最後の日。慈恩寺は、みやこ長安（今の西安市）の進昌坊《しんしょうぼう》にあった寺。

まず、原詩。

慈恩春色今朝尽
尽日徘徊倚寺門
惆悵春帰留不得
紫藤花下漸黄昏

よみ下し文。

慈恩の春色　今朝尽《つ》き

尽日　徘徊して　寺門に倚る
惆悵《ちゅうちょう》す　春帰りて　留め得ず
紫藤花下《しとうかか》　漸《ようや》く黄昏《こうこん》

そして、武部訳。

ジオンの　てらの　はるげしき
きょうで　いよいよ　おしまいだ
あさから　いちにち　さまようて
みてらの　もんに　よりかかる
哀しいことに　ゆく　はるを
ひきとめたいが　ままならぬ
ふじむらさきの　はなぶさに
たそがれの　とき　せまりくる

武部さんの訳が読みやすい理由は、言葉がわかち書きにしてあること、そして固有名詞はカタカナに、また全体が日本人に親しみやすい七五調であること、など。

漢詩は、一句が五言あるいは七言のものが多い。武部さんは、おおむね五言詩は五七調に、七言詩は七五調二句に訳して、バランスをとっている。

先に挙げたのは七言詩なので、七五調、そして五言詩なら五七調、たとえば、

久為京洛客
此味常不足

の訳。

ながいこと　みやこに　すんで
この　あじに　いつも　うえてた

「長恨歌」は七言詩なので、たとえばその最初の二句。

漢皇重色思傾国
御宇多年求不得

その武部訳。

カンの　みかどは　いろごのみ
すごい　びじんを　もとめてた
てんしに　なって　ひさしいが
てんかに　びじんは　いなかった

武部さんの『白楽天詩集』（六興出版、一九八一年、のち平凡社ライブラリー、一九九八年）は、私の愛読書である。

漢詩の方言訳

日本国憲法の条文を各地の方言で言い直す試みが行われ、なかなか評判がいいようだ。たとえば戦争放棄を決めた第九条なども、方言で語ることによって、身近な訴えとして心にしみる。

ところで最近、筧文生《かけひふみお》氏（立命館大学名誉教授）が「京都弁訳唐詩」なるものを紹介していて、これがまたなかなかおもしろく、味がある（二〇〇六年一月岩波書店刊『漢語いろいろ』所収）。

学生のレポートだそうで、たとえばその一首。原詩は唐の孟郊《もうこう》の「古別離」。まず原詩（五言四句）を読み下し文で示せば、

　別れんと欲して郎の衣を牽《ひ》く
郎は今何処《いずく》にか到る
帰り来たることの遅きは恨みざるも
臨邛《りんきょう》には去《ゆ》くこと莫《な》かれ

その訳。

さいならする時　うち　あんさんの袖《そで》引いて　言うた

あんさん　何処《どこ》に行かはるつもりや
帰りが遅《おそ》なるんは　しゃあないけど
臨邛《りんきょう》の街にだけは　行ったら　いやえ

「臨邛」は、四川省の町の名。ここは色町のことをさす。

先に示したように元の詩の題は、「古別離」。いわゆる楽府《がふ》で、もともと民間歌謡であり、内容もくだけた訳にふさわしい。

方言訳というのは、試みてみるとなかなかむずかしいが、ふだんの話言葉で漢詩を訳してみるだけでも、一興である。

春眠　暁《あかつき》を覚《おぼ》えず
処処《しょしょ》　啼鳥を聞く
春の目覚めは　とろとろ気分
あちらこちらで　鳥の声

漢詩と人間

謡曲「白楽天」

日本の古典文学に対し、中国の詩人白楽天（名は居易《きょい》、七七二―八四六）が与えた影響の大きさは、よく知られている。しかしそれが、謡曲の世界にまで及び、白楽天自身が登場するとは、知らなかった。

謡曲「白楽天」で、楽天はワキとして初めから登場、何と日本に渡来する。句読点、振り仮名などを補って示せば、

そもそもこれは唐の太子の賓客《ひんかく》、白楽天とはわが事なり。さてもこれより東《ひんがし》にあたって国あり。名を日本と名付《なづ》く。急ぎかの士《ど》に渡り、日本の智恵を計《はか》れとの宣旨《せんじ》（ご命令）に任《まか》せ、只今海路に赴《おもむ》き候《そうろう》。

そして実際に「舟漕《こ》ぎ出《い》でて日《ひ》の本《もと》の国」を訪ねんものと、その道中を簡単に描写する。

波路遥かに行く舟の、あとに入日《いりひ》の影残る、雲の旗手《はたて》（果て）の天《あま》つ空、月また出づるそなたより、山見え初《そ》めて程もなく、日本の地にも着きにけり。

日本に到着した白楽天は、一人の年老いた漁師に出会う。そして問答が始まる。問答のテーマは、日中両国の文学、すなわち中国の漢詩と日本の和歌である。

「なほなほ尋ぬべきことあり。舟を近付け候へ。さてこのごろ日本には何事を翫《もてあそ》ぶぞ」「さて唐土には何事を翫び給ひ候ふぞ」「唐には詩を作って遊ぶよ」「日本には歌を詠みて人の心を慰《なぐさ》み候」「そも歌とはいかに」「天竺《てんじく》の霊文《れいもん》を唐土の詩賦《しふ》とし、唐土の詩賦をもつてわが朝《ちょう》の歌とす」

両人は、中国の詩と日本の歌の例を、それぞれ具体的に挙げ、問答はつづく。

まず、白楽天が挙げた詩の例。

青苔衣《ころも》を帯びて　巌《いわお》の肩に懸《か》かり

白雲帯に似て　山の腰を囲《めぐ》る

年老いた漁師（漁翁）は、直ちにこれを和歌に訳し、いささか詩意を変えて答える。

苔衣《こけごろも》着たる巌はさもなくて

衣着《きぬ》ぬ山の帯をするかな

二人が通訳なしで語り合うのは、もともとフィクションだからわかるとして、一漁翁に、どうしてこんな知識と教養があるのか。

この漁翁、実は住吉大明神が漁師に身をやつしたものだという。

世阿弥作とされるこの謡曲、記録によれば寛正五（一四六四）年に演じられた。

内容はおもしろいし、短い作品なので、興味のある方は、たとえば『新潮日本古典集成』（謡曲集、一九八八年）などで、お読みいただきたい。

漢詩の遺言

『日本人の遺書』という本が出た（合田一道著、二〇一〇年七月、藤原書店）。サブタイトルに「一八五八〜一九九七」とあるように、「幕末維新から平成の現代までのおよそ百五十年」の中から選んだものである。

「遺書」について、著者は次のように定義する。

「自らが死を意識し、自らの意志で書いた文章。辞世も死にぎわに残す詩歌であるから同様の意味をもつ」。

百人近い故人の「遺書」を蒐めたこの巨冊について、門外の私は論評する資格を持たず、ただ本書の採らぬ「遺書」を一つだけ補っておきたい。

本書は前述のごとく、「辞世」の詩歌を「遺書」に数え、吉田松陰以下、何人かの「漢詩」を紹介している。

たとえば吉田松陰については、『留魂録』の冒頭に記された和歌、「身はたとひ武蔵の野辺に朽《くち》ぬとも留置《とどめおか》まし大和魂」がよく知られているが、処刑直前、獄吏に促されて立った松陰は、自作の漢詩を朗誦したという。

我今為国死
死不背君臣
悠悠天地事
鑑照在明神

本書にはこのほか、高杉晋作などの漢詩も紹介する。しかしマルクス経済学者河上肇（一八七九―一九四六）の辞世「漢詩」は採録しない。

河上は亡くなる前の月（一九四五年十二月）、「擬辞世」と題する作品を遺している。作者による読み下し文を示せば、

多少の波瀾《はらん》　六十八年
聊《いささ》か信ずる所に従ひ　流に逆《さかろ》うて　船に棹《さおさ》す
浮沈得失　衆目の憐《あわれ》むに任《まか》す
俯して地に恥ぢず　仰いで天に愧《は》づるなし
病臥已《すで》に久しきに及び　気力衰《おとろ》へて煙の如し
此《こ》の夕風《ゆうべ》特に静か　願くは枕を高うして永く眠らん

翌月、すなわち日本敗戦の翌年一月、河上は栄養失調で、世を去った。

地震の多さに驚いた清国外交官——黄遵憲

一《ひと》たび震《ふる》えば　雷驚《はため》きて　衆籟号《しゅうらいさけ》び
沈沈《ちんちん》たる地底に　波濤湧《はとうわ》く
人を累《わずら》わせて　日夜　天の堕《お》つるを憂えしめ
頗《すこぶ》る怨む　霊鼇《れいごう》の載すること　未だ牢《かた》からざるを

明治初期、清《しん》国外交官として来日した詩人黄遵憲《こうじゅんけん》（一八四八—一九〇五）は、自国にくらべて地震があまりにも多いのに驚き、右の詩を作った。

原詩を示せば、

一震雷驚衆籟号
沈沈地底湧波濤
累人日夜憂天堕
頗怨霊鼇載未牢

第一句、衆籟の衆は、多くの、籟は、穴やすき間を吹き抜けるはげしい風の音。第二句の沈沈は、静まり返ったさま。波濤湧くは、ゴーゴーと大波のような音を立てて地鳴りすること。第三句は、杞《き》の国の人々が天に支えがないので、何時落ちてくるかと毎日心配した話（杞憂）をふまえる。第四句、霊鼇は、空想上の巨大な亀。大地はその背に載っているという、中国古代の説話にもとづく。

この詩には、次のような詞書《ことばがき》（説明文）がつけられている。語注を補って引用すると、

「地の震《ふる》うこと、月に或いは数回。甚だしければ、牆壁《かべ》も棟宇《やね》も皆揺《ゆ》れ簸《うご》く（簸は、箕《み》に穀物を入れてゆさぶること）。先《ま》ず洶洶《きょうきょう》たる（ゴーゴーという）声の、大風の濤《おおなみ》を鼓《ふる》いたたせて来たるが如きを聞く。初めて至りしときは頗《すこぶ》る怪しみしも、久しくして亦《ま》た習い慣《な》る。月を累《かさ》ねて震わざれば、土人（土地の人、すなわち日本人）反《かえ》って疑う。安政の乙卯《いつぼう》（一八五五年）、江都（江戸）大いに震い、死者、二、三万人。父老《ふろう》、数十年に当《まさ》に一厄《いちやく》あるべしと謂《い》い、惴惴《ずいずい》として（おののいて）常にこれを懼《おそ》る。」

黄遵憲は、清国公使の参賛官《さんさんかん》（書記）として日本を訪れ、四年間滞在した。

彼は祖国中国とは異なる日本の政治・自然・風俗・行事等を観察し、これを詩で描いた。それら七言絶句二百首は、『日本雑事詩』としてまとめられており、右の地震の詩は、その一首である。

詩人の関心と観察は広く、たとえば仮名文字について作詩し、その詞書にいう。

「伊呂波《いろは》四十七字、已《すで》に衆音（あらゆる発音）を綜《す》ぶ。点画《てんかく》もまた簡《かん》、習い識《おぼ》ゆるには易《やさ》し。故に彼の国の小児は、語を学びて以後、能《よ》く仮字《かな》に通ずれば、便《すなわ》ち能《よ》く小説を看、家書（手紙）を作る。……」

ここには自国の識字情況への反省をもふくむ。

『日本雑事詩』の多くは、単に異国情緒を写すだけでなく、鋭い文明批評にもなっている。

てんこもり——後藤新平（一）

現在藤原書店から刊行中の『正伝 後藤新平』を読んでいて、最初に気づいたのは、中国の古典をふまえた表現、すなわち典故のある言葉の使用が、きわめて多いことである。

たとえば「別離」の描写に、次のような古典の言葉を引く。

社燕秋鴻《しゃえんしゅうこう》相逢ウテ未《いま》ダ穏《おだやか》ナラザルニ、早ク既ニ相送ルノ嘆ニ接ス。

これは宋代の詩人蘇東坡《そとうば》（名は軾《しょく》）の「陳睦《ちんぼく》の潭州《たんしゅう》に知《ち》（知事）たるを送る」と題する七言古詩の次の二句をふまえる。

　社燕と秋鴻の如き有り
　相逢うて未だ穏ならざるに還《ま》た相送る

「社燕」とは、春の社日（祭の日）に姿を見せる燕。その燕も、秋の社日にはもう姿を消す。そして秋の鴻（大型の雁《がん》）は、秋に訪れて春には去って行く。「未ダ穏ナラザルニ」とは、ゆっくりと落ち着いていているひまもなく、という意味だろう。

ところでこの程度の典故なら、出典である東坡の詩を知らなくとも、その意味は理解できる。

しかし次のような表現になると、典拠の知識なしには、読解のしようがない。

玉柱軾《ぎょくちゅうしょく》ヲ霑《うるお》スノ情、豈河梁《あにかりょう》ノ別ニ劣ランヤ。

「玉柱」は、玉《ぎょく》で作った琴柱《ことじ》。「軾」は、古代の乗用車の手すり。「河梁」は、河にかかる橋。紙幅の関係で詳説はできぬが、前半は六朝・梁の江淹《こうえん》「別れの賦」（文選）に見え、旅立つ者の平常の別れ。後半は十九年間匈奴《きょうど》で捕虜だった漢の使者蘇武《そぶ》の帰国を、同じく捕虜の李陵将軍が見送る故事（史記、文選）をふまえた複雑深刻な別れ。

しかし二つの別れに真情の差異はない、というのである。

関西では、丼に飯などを山盛りにすることを「天《てん》こ盛《も》り」という。『正伝 後藤新平』全八巻は、まさに中国古典の「典故盛《てんこも》り」である。

雲煙過眼――後藤新平（二）

現在藤原書店から刊行中の『正伝 後藤新平』には、中国の古典にもとづく言葉、則ち典故のある言葉が、ふんだんに出て来て、いうなれば「てんこもり（典故盛り）」だ、という前回の話の続き。

たとえば、後藤は時の桂首相と寺内陸相に覚書を送って言う。

「雲煙過眼、此ノ時機ヲ逸セバ、将来ノ禍根満州問題ニ輳《あつ》マリ、両国（日本と中国）ノ不幸、焉《これ》ヨリ大ナルハナシ」。

「雲煙」の「煙」は、ケムリではなくモヤ、カスミの類をいう。「雲煙過眼」は、宋の文人蘇軾《そしょく》（東坡、一〇三六—一一〇一）の文章「宝絵堂記《ほうかいどうき》」に、「煙雲ノ眼ヲ過ギ、百鳥ノ耳ニ感ズ」と、一瞬の時間を示す表現として見える。

ところで典故にもとづく言葉には、もとの古典を知らなくても、その意味をほぼ推察できるものと、出典が分からねば、皆目見当のつかぬものとがある。

たとえば「老馬路ヲ知ル」という言葉は、路に迷って命を落としかけていた人が、たまたま連れていた老練な馬の導きで助かった、という『韓非子』に見える話にもとづく。この場合は出典を知らなくても、見当はつくだろう。

しかし「古稀」が「七十歳」をさすことは、杜甫の「人生七十古来稀ナリ」という詩句を知らねば、分からない。

さきの「雲煙過眼」は前者の例だが、おなじく後藤の文章に見える「旧阿蒙《きゅうあもう》」という言葉は、後者の例だろう。

「故ニ動《やや》モスレバ彼等（欧米遊学ノ徒）ヲ視ルニ旧阿蒙ヲ以テス」。

この語、『三国志』呂蒙《りょもう》伝にもとづく。

無学だった呂蒙は、のちに学問にはげみ、ひとから「今や君は昔の無学な阿蒙じゃない」といわれた。

「蒙」は童蒙というように、物を知らぬ子供をさし、「阿」は「〇〇ちゃん」という呼称。「阿蒙」

は子供をさす言葉でもある。

その時、呂蒙は胸を張って言った。「士ハ別レテ三日セバ、刮目《かつもく》シテ待テ」。この語は、日本人もよく知っているはずである。

香風花雨——後藤新平(三)

先日、後藤新平の遺墨だという扁額の写真が、送られて来た。
　香風花雨
骨太な四文字のあと、「新平」の署名があるが、日付も落款《らっかん》(印)もない。
出典が知りたいという注文なので、少し調べてみた。
「香風」は「かぐわしい風」だが、「花雨」にはふつう二つの意味がある。
一、花時の雨。花の咲く時節に降る雨。
二、花の雨。雨のように空から舞い落ちる花びら。
　香風
　花雨
は、左右対称の対句構成になっており、「香の風」に対して「花の雨」だから、後者、すなわち雨のように散る花びら、という意味だろう。

この二語、唐詩を検索すると、たとえば顧況《こきょう》という詩人（八世紀）の五言絶句「山頂の寺に題す」の第三、四句に見える。

日暮香風時　　日暮　香風の時
諸天散花雨　　諸天　散花の雨

「諸天」は、天上に住まう仏たちをいう。「散花（散華）」は「さんげ」と読み、仏を供養するために、花びらを散布すること。

この詩、「山頂の寺に題す」というように、内容は仏事に関係し、「香風」「花雨」ともに仏教用語であることがわかる。

なお、中国山西省に仏光寺という古寺があり、寺内の建物の一つに「香風花雨楼」という高楼がある。寺の創建は五世紀六朝時代だというから、「香風花雨」は古くから使われて来た言葉なのだろう。

また李白の五言古詩「山僧を尋ねて遇わず」に、

香雲徧山起
花雨従天来

とあり、ここでも「花雨」は、仏教の縁語として使われている。

香・花は、仏に供える線香と花。香風花雨は、極楽浄土のような風景をいうのであろうが、後藤新平が基づいたのは、何か。博雅の示教を俟《ま》つ。

秋水百年

今年（二〇一一年）は「大逆事件」百周年に当る。

一九一一年（明治四十四年）一月二十四日、事件の「首謀者」幸徳秋水ら十二名が、処刑された。秋水はすぐれた文章家であるとともに、漢詩人でもあった。正岡子規は十二歳の時に漢詩を作ったが、秋水はすでに八歳の時、祖母の還暦を祝った七言絶句一首を作っている。題して、「大母の還暦の辰《とき》を賀し奉《たてまつ》る」。

賀寿筵開六十春
満堂迎客酒千巡
鳳雛繞膝相伝称
誰似侃母緑髪新

読み下せば、

賀寿の筵《えん》は開く　六十の春
満堂　客を迎えて　酒　千巡す

鳳雛《ほうすう》　膝《ひざ》を繞《めぐ》りて　相伝称《あいでんしょう》す
誰か似ん　侃母《かんぼ》の緑髪　新たなるに

「鳳雛」は、前途有望な孫たち。「相」は、相互に、ではなく、相手（祖母）のことを。「伝称」は、ほめたたえる。「侃母」は、厳母、ここは祖母をさす。「緑髪」は、みどりの黒髪。孫たちは祖母をとりかこみ、「おばあさまの年で、こんなつやつやした黒い髪の人はいないよ」、とほめる。

平仄には少し難点があるが、押韻その他、規格に合った七絶である。当時、作詩法に関する「虎の巻」が多く市販されていたから、それらを参照したのだろうが、それにしても早熟である。

秋水の故郷、高知県中村市には「秋水研究会」があり、私はその会報（第二号、二〇〇〇年十二月八日発行）で、この詩のことを知った。

秋水は以後折りにふれて漢詩を作り、四十年の短い生涯に、百五十首に近い作品を遺している。そして死刑を宣告された時も、二首の漢詩に託してその真情を吐露した。

一首は、「死刑宣告之日　秋水」と自署した七言絶句であり、もう一首は「獄中書懐　辛亥一月死刑宣告後二日　秋水囚人」としるした七言律詩である。

前者は、秋水自筆の書跡が石碑に刻まれ、故郷中村市の公園、その一角に建てられた。そして碑の傍には、私の釈文をしるした「解説板」が添えられている。それは二〇〇一年、秋水の名誉回復が中村市議会で決議されたのを記念して、私が依頼され、「幸徳秋水を顕彰する会」が立てたものである。

それらのこと、また二首の詩については、かつて本欄二五〇回（二〇〇二年一月二十五日、「絶筆と辞世」）、および二五三回（同年二月二十五日、「秋水の絶筆」）で、紹介した。

庶民は尊い――秋水の絶筆

夏目漱石の小説『それから』（第十三章）に、幸徳秋水のことがチラと出てくる。

漱石の生年は一八六七（慶応三）年、秋水は一八七一（明治四）年だから、漱石が四歳年上である。

いわゆる「大逆事件」（明治天皇暗殺計画容疑というフレームアップ、二十六名起訴、十二名死刑）の首謀者と目された秋水は、一九一〇（明治四十三）年六月に逮捕、翌年一月処刑された。

一方、小説「それから」は、東京朝日新聞の一九〇九（明治四十二）年六月二十九日から十月十四日まで連載され、幸徳秋水にふれるのは、九月二十日号である。したがって、「大逆事件」の前年ということになる。

当時秋水は、社会主義者として時の権力に抗し、警察に監視されながら、さかんに言論活動をおこなっていた。

明治初期に少年時代を過ごした人々の中には、職業のいかんを問わず、漢詩を作る人がすくなくない。河上肇などもその一例だが、漱石と秋水も例外ではなかった。

漱石は今では漢詩人としてよく知られているが、秋水も早くから作詩を始め、刑死直前まで作りつづけた。

秋水の第一作は、わずか八歳の時の、七言絶句だという。題して、「大母の還暦の辰《ひ》を賀し奉る」。おばあちゃんの還暦祝いの詩である。

賀寿の筵《えん》は開く　六十の春
満堂　客を迎えて　酒　千巡す
鳳雛《ほうすう》　膝を繞《めぐ》りて　相伝称す
誰か似ん　侃母《かんぼ》の緑髪　新たなるに

筵は、宴会の席。鳳雛は、孫たち。伝称は、口々にほめる。侃母は、厳母。緑髪は、みどりの黒髪。

七言絶句の音数律や脚韻の規格にあった作品である。

それから三十余年、投獄され、死刑を宣告された秋水は、一編の詩を揮毫《きごう》し、牢獄の看守に与えた。

区区たる成敗　且《しばら》く論ずるを休《や》めよ
千古　唯《た》だ應《まさ》に意気を存すべし
是《か》の如《ごと》くして生き　是くの如く死す

罪人　又た覚《まおぼ》ゆ　布衣《ほい》の尊きを

罪人は、無実の罪を背負わされた自分をいう。又覚は、あらためて自覚した。布衣は、平民、庶民。

この詩、秋水の絶筆として、石碑に刻まれ、故郷高知県中村市（現四万十市）の公園に建てられている。

なお秋水の漢詩は、元高知新聞記者・中島及氏によって、丹念に集められ、『幸徳秋水漢詩評釈』（高知市立図書館、一九七八年）として出版された。

中島氏は、明治十九年生まれ。秋水とも旧交のあった人で、秋水の閲歴については、きわめてくわしく、貴重な注釈書である。ただし本人の言によれば、漢詩については「ズブの素人」で、その解説も「詩句の典故や字解についてはあえて詮索せぬことにした」という。「素人」でない人が「典故や解字について詮索」を加えた、新しい研究書の刊行が望まれる。

〝将軍と寒村の民〟対比した魯迅

漱石と魯迅《ろじん》、どちらが年上？　と聞かれて、即答できる人は多くないだろう。

漱石は一八六七年、魯迅は一八八一年の生まれだから、漱石が十四歳も年上、ということになる。

魯迅が留学生として日本に滞在したのは、一九〇二年〜〇九年。帰国した時はまだ二十代だったが、漱石はもう四十代になっていた。魯迅は漱石を読んでいたが、『漱石全集』に魯迅の名はない。二人の共通点の一つは、現代作家でありながら、漢詩人でもあった、ということである。両者の漢詩の内容は、きわめて異質なものだけれども。

魯迅の詩句で最もよく知られているのは、次の二句だろう。

横眉冷対千夫指
俯首甘爲孺子牛

読み下せば

眉を横たえて冷やかに対す　千夫の指
首《こうべ》を俯《ふ》して甘んじて爲《な》る　孺子《じゅし》の牛

「自嘲」と題する七言律詩の頸聯《けいれん》（第五・六句）である。千夫は、千人の、すなわちたくさんの男たち。孺子は幼児。前者は多くの敵をさし、後者は味方、人民大衆をさすだろう。

魯迅は自国の古典への造詣が深く、その漢詩作品も古典をふまえて作られている。さきの「孺子の牛」も『春秋左氏伝』に見える語。難解さは、時に風刺の気味がこめられることにもよる。

しかし、次のようなわかりやすい作品もないではない。題して「二十二年元旦」。

「二十二年」とは、中華民国が成立して二十二年目、一九三三年。ヨーロッパでは、ドイツのナチス政権樹立、アジアではその前年に日本が「満州国」をデッチ上げ、日本軍は中国領土内に侵略を開始していた。

当時蒋介石にひきいられた国民党の軍隊は、日本軍の攻撃を避けて、江西省の別荘地廬山《ろざん》に総司令部を置き、一般人民を「共匪《きょうひ》」と称して空から攻撃し、殺りくをくりかえしていた。魯迅の詩にいう、

雲封高岫護将軍
霆撃寒村滅下民
到底不如租界好
打牌声裏又新春

読み下せば、

雲は高岫《こうしゅう》を封じて　将軍を護《まも》り
霆《いかずち》は寒村を撃ちて　下民を滅ぼす
到底如《し》かず　租界の好《よ》ろしきに
牌《ぱい》を打つ声の裏《うち》に　また新春

将軍たちは山上の名勝地で雲に守られ、戦闘機をくり出して貧村を襲い、人民たちを殺す。一方、上海の租界には金持ちどもが集まり、「こんな好い所はほかにありませんな」。徹夜マージャンのパイの音がひびく中で、また新春を迎える。めでたし、めでたし。

この数年後、日中戦争が始まり、その前年、魯迅は亡くなった。

子規の詩

「子規の詩」という言葉には、二つの意味がある。
一、正岡子規《まさおかしき》（一八六七―一九〇二）が作った詩。
二、「ほととぎす」という鳥を詠じた詩。
鳥の「ほととぎす」には、「子規」のほか、さまざまな漢字が当てられて来た。
霍公鳥　郭公　杜宇　杜鵑　不如帰　沓手鳥　時鳥　蜀魂
ところで、子規が子規を詠んだ詩がある。「しき」が「ほととぎす」を詠じた詩である。題して、「子規《ほととぎす》を聞く」。

一声孤月下
啼血不堪聞
半夜空欹枕
古郷万里雲

読み下せば、
一声《いっせい》　孤月《こげつ》の下《もと》

啼血《ていけつ》　聞くに堪《た》えず
半夜　空《むな》しく枕を欹《そばだ》つ
古郷　万里の雲

「啼血」は唐詩に見える言葉だが、「鳴いて血を吐く」ような、その声。「半夜」は、真夜中。「枕を欹つ」は、枕に頭をつけたまま。

子規十二歳の作。それにしては、絶句の法則（押韻、音数律など）にほぼ合い、よくできた作品である。

しかし十二歳の少年が、遠く旅に出て、真夜中に宿屋でほととぎすの声を聞き、故郷を想うだろうか。

明治期に少年時代を過ごした人々の多くは、ごく若い頃から漢詩を作った。鷗外や漱石も、十代後半の作をのこしている。

漢詩を作るためには、かなりの訓練が必要である。簡単には作れない。

右の子規の詩も、作詩練習時の作品、習作の一つと考えてよいのではあるまいか。

王妃と狼煙——正岡子規

「狼と少年」の話はよく知られているが、古代中国にも似た話があった。

周の幽王といえば、在位紀元前七八一—同七七一年、今から二千七百年も前の王だが、その妃《きさき》褒《ほう》似《じ》はいつもツンとすましていて、一度も笑ったことがない。王は何とか笑わせようと、いろいろ手を尽くしてみたが、笑わない。

ところがあるとき変事があって、王が狼煙《のろし》をあげて部下の将兵を集めた。将兵たちは何事かと、あわてふためいて集まる。そのあわてぶりを見て、妃は初めて笑った。

王は妃の笑顔見たさに、何もないのにたびたび狼煙をあげる。そのため、いざ外敵進入という時、狼煙をあげても将兵は集まらず、王は外敵に殺されたという。

この故事を使って作られた漢詩がある。

作者は、夏目漱石の漢詩友だちだった正岡子規。詩題は「寄席《よせ》に遊ぶ」。

漱石は若い頃から落語好きだったが、子規もまた落語通だった。

詩は、子規が落語を聴きに寄席へ行った時の作。七言六句の古詩である。

まず最初の二句にいう。

絶えざること糸の如く　口便便《べんべん》たり
三寸の舌頭《ぜっとう》　世情を穿《うが》つ
「便便」は『論語』に見える語で、よくしゃべるさま。
そして、次の二句。
半言隻句《せっく》　皆頤《おとがい》を解《と》き
楼上震《ふる》うが如く　人喧然《かん》たり
「頤を解く」は、頬をゆるめて笑う。「喧然」は、顔を見合わせて笑う。
そして、最後の二句。
当年《とうねん》　若《も》し褒似をして聴かしむれば
一笑　何ぞ用いん　百の狼煙
「当年」は、そのかみ、昔。
王妃を笑わすのに、次々と狼煙などあげる必要はない。落語を聴かせてやれば、大笑いしただろう、というのである。

別に史眼あり――大内兵衛と漢詩

今年の『東京新聞』五月二十六日号に、次のような見出しの記事が載った。

故大内兵衛氏の漢詩発見

弾圧下の心境　拘置所で筆に

記事の最初の部分を摘録すると、

マルクス経済学者で、美濃部都政のブレーンを務めた大内兵衛（一八八八―一九八〇年）が日中戦争下の三八年、人民戦線事件の治安維持法違反容疑で逮捕され、拘置先の警視庁早稲田署（当時）で揮毫《きごう》した漢詩が（五月）二十六日までに、東京都三鷹市の社会運動資料センターで見つかった。

この記事を配信した共同通信社の白井慎一記者の手許には、表装されたこの漢詩の写真のほかに、同じく大内が墨書した漢詩二首の書軸の写真があるという。

その一つは、「勝敗兵家事不期」という句ではじまる漢詩であり、末尾に、

杜牧題烏江亭為堀見俊吉君大内兵衛書

とある。唐の詩人杜牧《とぼく》（八〇三―五三）の「烏江亭《うこうてい》に題す」という七言絶句を、堀見俊吉なる知人の

ために揮毫したものだとわかる。
もう一つは、「独上高楼望八都」という句ではじまる七言絶句で、末尾に、

堀見君清嘱　鷗痴生

と自署する。「鷗痴《おうち》」は、大内の雅号であり、同じ知人の求めに応じて書いたものである。詩は、『全唐詩』（巻八五八）が「絶句」と題して収める呂巌《りょがん》（通称呂洞賓《りょどうひん》、生没年不明、俗に八仙人の一人といわれる）の作品である。

杜牧の詩は、

勝敗兵家事不期
包羞忍恥是男児
江東子弟多才俊
捲土重来未可知

読み下し文に直せば、

勝敗は兵家《へいか》も事期《き》せず
羞《はじ》を包み恥《はじ》を忍ぶは是《こ》れ男児
江東の子弟　才俊《さいしゅん》多し
捲土重来《けんどちょうらい》　未《いま》だ知る可からず

これは、秦朝末期、いわゆる「楚漢の争い」で、項羽《こうう》が劉邦《りゅうほう》の軍に追われて、北方から揚子江岸

の烏江亭（亭は村）に逃げのびて来た時のことをうたう。

烏江の村長は一艘の船を用意し、項羽に故郷の江東へ逃れて再起を謀るように勧める。しかし項羽は「何の面目あってかこれ（江東の父兄）に見《まみ》えんや」と言って、これを断り、敵の陣地につっこんで、自刃する（『史記』項羽本紀）。

詩人杜牧はこの史実をふまえて、逆転劇を想像する。

――もし項羽が江東に戻っていれば、なお多くの人材が残っている。彼らを引き連れて捲土重来、砂塵を巻き起こして再蹶起すれば、事態はどうなっていたかわかるまい。

大内兵衛は、官憲による自由剝奪に対し、屈辱に耐えるのが男児だとし、さらに捲土重来の思いを、ひそかにこの詩に託したのであろう。

一方、呂洞賓の詩は、

独上高楼望八都
黒雲散尽月輪孤
茫茫宇宙人無数
幾箇男児是丈夫

読み下し文に、若干の語釈を添えれば、

独り高楼に上《のぼ》りて　八都を望めば
黒雲散じ尽くして　月輪《げつりん》孤なり

茫茫《ぼうぼう》たる宇宙　人は無数なるも
幾箇の男児か　是れ丈夫《じょうぶ》なる

〇八都　八方。〇月輪　月。〇茫茫　果てしない。〇丈夫　ますらお。真の男児。

ここでも、杜牧の詩と同じく「男児」という言葉が使われており、当時の大内の抑えがたい心情がうかがえて、興味深い。

さて、詩は後半に至って言う。この世界には無数の男がいるが、そのうちの幾人が、「ますらお」と呼ぶにふさわしいか。大内はこの詩に託して、権力に屈せぬ、真の男児たらん、との自負を示したのであろう。

ところで、大内自身の漢詩は、どのようなものだったのか。書軸（次頁写真参照）によってこれをうつせば、

朝見梟盗擢銕錠
夕聞王師圧徐州
誰云幽囚必徒然
別有史眼壺中濶
昭和十三年初夏於早稲田署　大内兵衛書

この詩、末尾に、

と自署されており、はじめに引いた新聞記事のごとく、「拘置先の早稲田署で揮毫した漢詩」であ

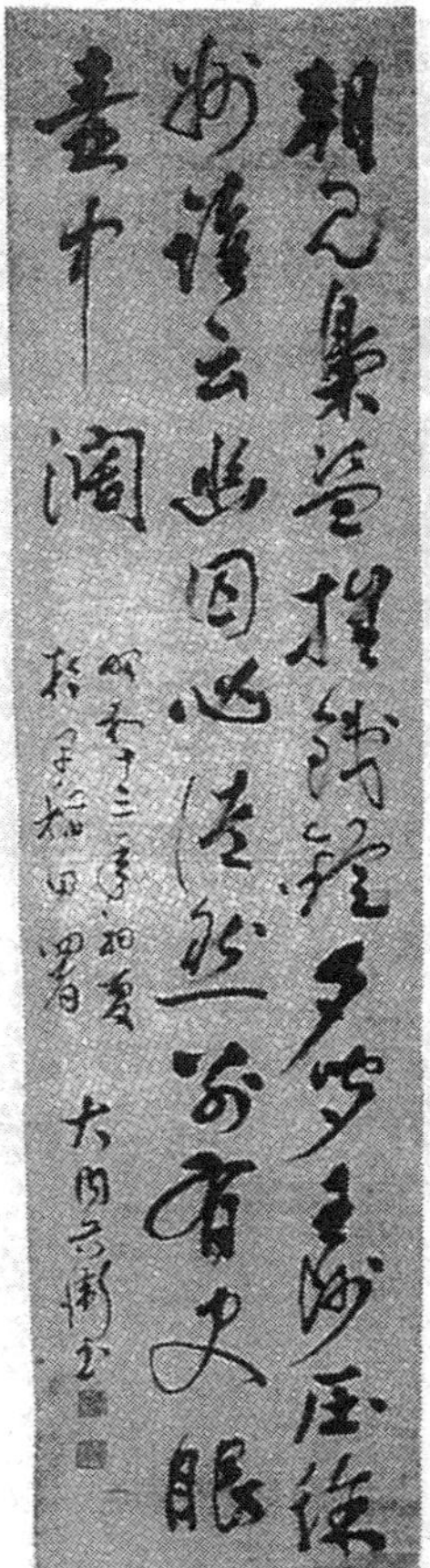

…ることは、確かであろう。

思想犯として捕らえられた大内が、狭くて不自由な拘置所の中で、どうしてこのような大きな書が揮毫できたのか。

そのことについて、政治学者石田雄の近著『一身にして二生、一人にして両身』（岩波書店、二〇〇六年六月刊）に、次のような記述がある。

一九三八（昭和一三）年二月一日の朝、私の父（引用者注、石田馨）は熊本の五高時代からの親友であった大内兵衛（当時東京帝国大学経済学部教授）の夫人から、電話で彼が逮捕されたことを知らされた。（中略）この報に接した父は早速、大内が留置されている淀橋署に面会に出かけた。そこでみた光景は父に衝撃的な驚きを感じさせた。というのは父はそれから約一年余り前の三七年一月まで警視総監であり、（中略）自分の親友が狭い雑居房でスリや強盗と一緒に劣悪な条件でスシ詰めにされているということは、それまで想像もしてみなかった事態だった。（以下略）

元警視総監はさっそく警視庁に出かけて、大内の待遇改善を要請した。かくて「淀橋署より混み方の少ない早稲田署」に移されることになった。当時早稲田署の署長は、これも五高での同窓で、東大では同僚だった南原繁（のちに東大学長）の教え子だったという。

大内に揮毫の道具が与えられ、条幅に筆を揮う大きなスペースが用意されたのは、異例の待遇改善の結果だったのだろう。

さて、大内の詩を読み下してみると、

朝《あした》に梟盗《きょうとう》の銕錠《てつじょう》を摧《くだ》くを見
夕《ゆうべ》に王師の徐州を圧するを聞く
誰か云う　幽囚《ゆうしゅう》は必ず徒然《とぜん》たらんと
別に史眼ありて　壺中《こちゅう》も濶《ひろ》し

第一句の、梟盗（凶悪な盗賊）が銕錠、鉄の錠前を砕くというのが、どんな事件をさすのか、つまびらかにしない。しかし第二句は、王師（天皇の軍隊）が中国の徐州を制圧した、という事実をふまえる。中国を侵略した「皇軍」は、この年（昭和十三年）の五月十九日、徐州を占領した。

そうした不穏な情況の下で、大内は「幽囚」、囚人として暗い牢獄に閉じ込められる。しかし、

誰か云う　幽囚は徒然たらんと

囚人は徒然、することもなくムダな日を過ごしていると、誰が言うのか。決してそうではない。わたしには特別に史眼、歴史を視る眼がそなわっていて、この世界の先が視透せる。壺の中のよ

うな狭い牢獄でも、私の視野はひろびろとしたものだ。

末句の「壺中」という語は、中国の故事にもとづく。ある仙人が小さな壺を住み家としていたが、壺の中にはひろびろとした別天地があったという。

大内は、おのれの現在を悲観せず、「史眼」をそなえていることによって、権力に抵抗し未来への展望を持ち得ることを、この故事を借りて、ひそかに主張したのであろう。

私はこの詩を読んで、同じく経済学者で京都帝国大学教授だった河上肇（一八八九―一九四六年）のことを、思い出していた。

河上は大内逮捕の五年前、一九三三年の一月、やはり治安維持法違反容疑で、東京の中野署に留置され、のち豊多摩刑務所に移された。彼は刑務所から夫人にあてた手紙に、次のような自作の漢詩を書き添えている。

年少夙欽慕松陰
後学馬克斯礼忍
読書万巻竟何事
老来徒為獄裏人

読み下せば、
年少　夙《つと》に松陰を欽《うやま》い慕《した》い
後に学ぶ　馬克斯《マルクス》　礼忍《レーニン》

読書万巻　竟《つい》に何事ぞ
老来　徒《いたずら》に為《な》る　獄裏《ごくり》の人

第三句の「読書万巻」は、吉田松陰（一八三〇—五九）が長州の萩で開いていた松下村塾、その塾聯の句をふまえている。読み下し文で示せば、

万巻の書を読むに非ざるよりは、寧《なん》ぞ千秋の人と為るを得ん。
一己《いっこ》の労を軽《かろ》んずるに非ざるよりは、寧ぞ兆民を安きに致すを得ん。

この句をふまえて、河上はいう、万巻の書を読破したのは、おのれ一人の労を軽んじて、億兆の民を安きに致さんがためであった。しかし獄中に閉じ込められた今は、それもかなわぬ。

これが、一首の意である。

大内の詩は、起承二句を対句仕立てにするなど技巧も見られるが、押韻、平仄など絶句の基本的な規格に合わぬ。

河上はのちにすぐれた漢詩を作るようになるが、それは出獄後、晩年のことであり、刑務所でのこの詩は、同じく押韻、平仄のほか、リズムにも規格に合わぬところがある。

しかし二篇とも、漢詩の要件のひとつである「典故」、表現に深みを与える「典故」を的確に使用し、また「詩は志を言う」との漢詩本来の伝統をよく守って作られている。

両人の詩は、その見事な書とともに、学者、文人の風格と気概を示していると言えよう。

ホー・チ・ミンの漢詩

ベトナムの故ホー・チ・ミン大統領（一八九〇―一九六九）は、漢詩人でもあった。

一九四二年、五十二歳の時、ベトナム独立同盟の使命を帯びて中国に入り、蔣介石《しょうかいせき》の軍隊によって逮捕投獄される。

彼は獄中で漢詩を作り、それらは出獄後、『獄中日記』と題して出版された。日本でもその和訳が、新日本出版社および飯塚書店から刊行されている。

詩集全体の「序詩」のごとき作品にいう。

老夫　原《もと》より詩を吟ずるを愛さず
囚中為《た》るに因《よ》って　為《な》す所なし
聊《いささ》か吟詩を借りて　永き日を消す
且《か》つは吟じ且つは待たん　自由の時

わかりやすい詩だが、大意をいえば、

「この老爺《じじい》はもともと詩を作ることなど好まぬが、囚人として捕らえられたので、することがない。まずは詩など作って、長い日を過ごすつもりだ。詩でも作りながら、自由の身になるのを待つこととしよう」。

『獄中日記』には、諷意《ふうい》をこめ戯れに作った詩がすくなくない。たとえば、

清明の時節　雨紛紛《ふんぷん》たり
籠裏《ろうり》の囚人　魂を断たんと欲す
借問《しゃもん》す　自由　何《いず》れの処《ところ》にか有る
衛兵　遥《はる》かに指す　弁公門

「清明」は、日本でいえば、春の彼岸にあたる日。雨の多い時節である。「紛紛」は、降りしきるさま。

「籠裏」は、かご（すなわち牢屋）の中。「魂を断つ」は、さみしさに胸がしめつけられる。

「借問」は、ちょっとたずねてみる。

「衛兵」は、番兵。「弁公門」は、役所の門、すなわち刑務所の門。

一読、どこかで見たことのある詩だな、と思う人がすくなくないだろう。実は唐の詩人杜牧《とぼく》（八〇三―五三）の詩「清明」のパロディーである。杜牧はうたう。

清明の時節　雨紛紛たり
路上の行人　魂を断たんと欲す
借問す　酒家　何れの処にか有る
牧童　遥かに指す　杏花《きょうか》の村

獄中のホー・チ・ミンにとって、作詩は手なぐさみであったが、一方、戦いの武器でもあった。

『獄中日記』の別の詩にいう。

古詩　偏《ひと》えに愛す　天然の美
山水　煙花　雪　月　風
現代の詩中には　應《まさ》に鉄《はがね》あるべし
詩家もまた会《かなら》ず衝鋒《しょうほう》するを要す

「衝鋒」は、敵陣に向かって突撃することである。

芥川と陸放翁

芥川龍之介の中島汀（従姉の子）宛書簡（大正九年五月十八日付、岩波書店版全集第十九巻、一九九七年刊）にいう、

園林春已に空し
坡港雨新に足る
泥深くして黄犢健《すこやか》に
桑老いて柴楳熟す

豊年逋負少く
村社酒肉に饜《あ》く
微風酔を吹いて醒む
起つて和す飯牛の曲

作者放翁は陸游也陸放翁は范石湖、楊誠斎と共に宋末の三大詩宗と称せらる詩意は晩春初夏の候村家歳豊にして生計を楽めるを云ふ丁度今頃床がけにするに適当ならむ　筆者杏坪が頼杏坪なる事は御存知なるべし　以上

引用の詩は、一二〇一年、放翁七十七歳の作。詩題は、「三月十二日、児輩出謁《じはいしゅつえつ》し、孤《ひと》り北窓に坐す」。児輩は、息子。ここは第六子子布《しふ》。出謁は、役所に挨拶に行くこと。詩と書簡の語注。坡港《はこう》は、船着き場。黄犢《こうとく》は、茶色の仔牛。柴楳《さいばい》は、紫椹《しじん》の誤写。紫色の桑の実。逋負《ほふ》は、税金の滞納。村社は、村祭。飯牛の曲は、牛飼《うしか》いの歌。春秋時代、斉《せい》の寧戚《ねいせき》が不遇な時にうたった歌だが、ここは農民の歌の意。陸游の游は、名。放翁は号。范石湖《はんせっこ》は、范成大（一一二六―九三）。楊誠斎《とうせいさい》は、楊万里（一一二七―一二〇六）。床がけは、床の間《とこのま》に掛ける。筆者杏坪は、この詩を（あるいは画も）書いた頼杏坪《らいきょうへい》（頼山陽の叔父）。その詩（画）を書簡に同封したのだろう。

芥川が自ら漢詩を作っていたことについては、以前ある雑誌に書いた（「芥川と漢詩」、二玄社『書画船』四号、一九九七年十一月）。

一方で彼は、唐宋の詩人の作品を、書簡の中でしばしば引用している。詩人名を挙げれば、李白、

杜甫、劉禹錫《りゅううしゃく》、賈島《かとう》、盧仝《ろどう》、蘇軾《そしょく》など。

芥川の文学と漢詩の関係については、なお論ずべきことが少なくないだろう。

漢詩放談　二

詩話

過去の中国には、「詩話」というジャンルの詩論、詩人論があった。詩の理論について論じ、また詩人のエピソードを語るという、硬軟両様のエッセイをまじえた書で、読者を大いに楽しませた。この手法は日本にも伝わり、江戸時代、日本の漢学者、漢詩人による「詩話」が少なからず出版されている。

旧中国の図書分類法を示す『四庫全書』によれば、「詩話」は文学書の中で一つの独立した分類項目になっており、そこには宋・歐陽修『六一詩話』、宋・厳羽『滄浪詩話』といった著名な書が挙げられている。また日本でも、津阪東陽『夜航詩話』、菊池五山『五山堂詩話』などの詩話が、多くの読者に迎えられた。

ところで先日、その「詩話」に私のことが書かれている、と知らせてくれた友人がいた。まさか私がタイムスリップして、清朝以前や江戸時代の書物に登場するはずがない。「詩話」といっても、現代日本の漢詩人が書いた詩話である。

友人がコピーして見せてくれたのは、太刀掛呂山《たちがけろざん》著『呂山草堂詩話』第三輯。

そこには、昭和五十一年（一九七六年）、『朝日新聞』「研究ノート」欄に載った、南史一という陶淵明研究家と私との論争が取り上げられていた。陶淵明「帰去来辞」序文に見える、「猶望一稔、当斂裳宵逝」という一節の解釈についての議論である。

この一節について、私は世界古典文学全集第二十五巻『陶淵明』（一九六八年筑摩書房刊）の中で、「猶《な》お一稔《いちじん》して、裳《もすそ》を斂《おさ》めて宵に逝くべしと望みしも」と訓読し、「あと一年で、すそをからげ闇にまぎれて逃げ出そうと待ちかまえていたが」、と和訳していた。

南氏はこれに対し、訳文がフマジメであるばかりでなく、間違っている、と批判された。私は同じ『朝日』紙上でこれに反論を加え、南氏はさらに再反論された。議論は陶淵明の人物評価にまで及び、私は再々反論しようとしたが、担当記者は、これではキリがないし、相手は「素人」なのだから、この辺りで打ち切ってほしい、と言って来た。

私は、言葉の探求に「素人」も「プロ」もない、と言ったが、論争は打ち切りになった。

『呂山草堂詩話』はこの論争を紹介し、「いずれに軍配をあげるかと言うと、もちろん一海氏にあげる。その答えは一海氏のあげる二点につきている」というのだが、今その詳細を示す紙幅がない。興味のある方は、「詩話」の原典を見ていただきたい。

漢詩と理屈

白楽天に「老子を読む」という七言絶句がある。

言う者は知らず　知る者は黙す
この語　吾　老君より聞けり
若《も》し老君は知者なりと道《い》わば
何に縁《よ》りてか自ら五千文を著《あらわ》せし

『老子』という書物に、

知者不言
言者不知

という言葉が見える。老子は知者だといわれているが、それならどうして、五千文字もの本を書き残したのか。真の知者なら、黙っているはずじゃないか。

理屈の詩である。詩は「情」をうたうものだが、詩に「理」（理屈）が持ちこまれたのは、唐代の後半、白楽天の頃からだといわれている。

唐の次、宋の時代になると、詩で理屈をこねるのは、常識になっていた。

宋の蘇東坡の詩「西林（寺）の壁に題す」は、その典型の一つだといわれている。

横に看れば嶺《れい》を成し側《かたわら》には峰《ほう》を成す
遠近高低　一も同じきなし
廬山《ろざん》の真面目《しんめんぼく》を識《し》らざるは
只《た》だ身のこの山中に在るに縁《よ》る

廬山は不思議な山である。横から見ると山脈だが、別の側面にまわるとたった一つの峰の形になる。遠近高低、見る距離や角度によって、その姿は変わる。廬山の真の形が人にわからぬのは、人がその山中に身を置いているからだ。

この理屈、実は人生や社会に対するアレゴリーを含んでいる。

こうした詩が作られるようになったのは、前述のように唐代後半からだといわれている。しかし白楽天より七十年も前に生まれている李白の、次のような詩句（「月下独酌」第二首）に、すでにそうした理屈の気配が感じられぬか。

天もし酒を愛さずんば
酒星　天に在らず
地もし酒を愛さずんば
地まさに酒泉無かるべし

李白は笑って答えないだろうけれども。

朝霞暮霞

日本と中国ではともに漢字を書き、漢語を使っているので、日中共通の言葉が多い。たとえば天地、春風、正月など、全く同じ意味で用いている。しかし同じ漢語でありながら、全然ちがった意味や、かなりズレた意味のものも、すくなくない。

たとえば、唐の詩人王維の有名な別れの歌、「元二の安西に使いするを送る」の後半二句、

　勧君更尽一杯酒
　西出陽関無故人

これをわれわれは次のように読みならわして来た。

　君に勧む　更に尽《つ》くせ　一杯の酒
　西のかた　陽関を出《い》ずれば　故人無からん

詩中の「一杯の酒」。千三百年も前の異国の詩人が使った言葉を、現在の日本人は日常生活の中で、全く同じ意味で使っている。

ところが、「故人」はどうか。日本では死んだ人のことを、「故人」という。しかし中国では生き死にには関係なく、古なじみの知り合いのことを「故人」という。

同一の意味ならば問題はないのだが、意味がちがうと誤解を生じたり、理解できない場合がある。

先日知人から、次のような質問の手紙が来た。

「むかし中学の漢文の時間に、

朝霞不出門

暮霞行千里

という言葉を習って、とても印象に残っているのだが、意味がもう一つよくわからぬ。それに出典も知りたい。教えてくれぬか」というのである。

二句は、「朝の霞《かすみ》には門を出《い》でず、暮の霞には千里を行く」と読むのだろうが、わかりにくい原因は、「霞」という言葉の日中での意味のちがいにある。

日本では「かすみ」と読んで、辞書に「微細な水滴が空中に浮遊するため、遠方がはっきり見えない現象」という。ところが中国では、「朝霞・暮霞」は「朝焼け・夕焼け」をいう。漢語の辞書で「霞」を引くと、「淡い霧が日の光を受けて赤く見えるもの」とある「朝焼けの日は雨になるから外出せず、夕焼けだと明日は天気だから遠出してもよい」というのが、二句の意味である。

出典は、『全唐詩』(巻八八〇)。ただし詩の文句ではなく、「占辞」すなわち「うらないの言葉」として記録されている。

日本でも「夕焼けには鎌を研げ」というから、日中共通だが、「朝霞・暮霞」は日本語でなく、外国語である。漢文漢詩は、外国語として読まなければならない。

春宵一刻

宋代の詩人蘇東坡《そとうば》に、「春夜」と題する有名な七言絶句がある。

春宵《しゅんしょう》　一刻　直《あたい》千金
花に清香あり　月に陰《かげ》あり
歌管　楼台　声寂寂《せきせき》
鞦韆《しゅうせん》　院落　夜沈沈《ちんちん》

鞦韆は、ブランコ。院落は、中庭。

この春（四・十二）の『朝日新聞』「天声人語」は、「日に日に春がたけていく。この季節の『宵の刻』には、そこはかとない風情がある」といい、右の詩の第一、二句を引いて、この「甘美な詩句を愛唱している人も多いだろう」と述べているが、文章の主旨は詩の鑑賞にあるのではなく、次のように続く。

『宵のうち』という表現が、気象庁の予報用語から消えることになり、惜しむ声が相次いでいる」

たしかにその通りだろうが、漢詩の「春宵」は「春の宵のうち」ではなく、詩題に「春夜」、詩の末尾に「夜沈沈」というように、「宵」は「夜」をさす。

中国最古の辞書『爾雅』、『説文解字』はともに「宵ハ夜ナリ」といい、白楽天の「長恨歌」に、

春宵短きに苦しみ　日高くして起《お》く

という「春宵」も、宵のうちが短いのでなく、夜全体が短いことをいう。

わが国の現代詩人安西冬衛の詩「ぶらんこ」はたぶん蘇東坡の詩を踏まえているのだろうが、次のようにうたう。

ひっそりとぶらんこが　花の木蔭です
鬱金《うこん》ざくらの匂ふ夜ふけです

日本と中国ではともに漢字漢語を使っているが、時に意味のズレることがある。たとえば「春宵一刻」の「一刻」は、日本の江戸時代では二時間をさすが、現代中国の一刻は十五分である。三点一刻は、すなわち三時十五分。また、

晩に向かいて　意適《こころかな》わず（李商隠）

の「晩」は「ばん」でなく、「くれ」と読む、というように。

漢詩の「典故」——表現に奥行きと深みを与える

また新しい年がやって来た。私は昔風の数え年でいえば、八十歳を迎えたことになる。八十年の

四分の三、すなわち六十年間、漢詩を読み続けて来たが、毎年元旦には、新年の詩を読み返して、楽しむことにしている。

たとえば、唐の詩人杜牧《とぼく》（八〇三—五三年）に、元日の朝をうたった次のような詩句がある。

笑向春風初五十
敢言知命且知非

読み下せば、

笑って春風に向かえば　初めて五十
敢《あ》えて言わん　命《めい》を知り　且《か》つ非《ひ》を知れりと

前句の「初めて五十」は、「五十になったばかり」というほどの意で、句意は明らかである。しかし後句の「知命」「知非」が、わかりにくい。両語がともに古典に見える言葉を踏まえている、すなわち「典故」を使っているからである。

前者は、「論語」為政《いせい》篇の孔子の言葉、「五十にして天命を知る」。

後者は、「淮南子《えなんじ》」原道訓に、「蘧伯玉《きょはくぎょく》（春秋時代衛《えい》の国の大臣）、年五十にして四十九年の非を知る」。

したがって、杜牧の後句の意味は、「あえて言わせてもらえば、五十になって孔子のように天が私に与えた運命（あるいは使命）を自覚したが、しかしまた、五十年のうち四十九年は誤りだらけだった、と悟った」、ということになる。自覚と自責の告白である。

ところで時代は降って、日本のマルクス経済学者河上肇（一八七九—一九四六年）は、すぐれた漢詩人でもあった。その思想ゆえに投獄され、出獄後も執筆の自由を奪われていた。そこでひそかに漢詩を作って、おのが真情を吐露した。

たとえばこれは正月の詩ではないが、宋代の詩人陸游《りくゆう》（一一二五—一二一〇年）の詩の一部を借りて、「偶成」と題する七言絶句を作り、こんな句をのこしている。

心如老馬雖知路
身似病蛙不耐奔

読み下せば、

心は老馬の如く　路を知ると雖《いえど》も
身は病蛙《びょうあ》に似て　奔《はし》るに耐《た》えず

「老馬、路を知る」とは、「韓非子《かんぴし》」説林《ぜいりん》篇に見えるエピソードを典故とする。春秋時代、斉《せい》の国の名宰相管仲《かんちゅう》は、王に従って出陣し、帰路、全軍が道に迷って、危険な目に遭った。その時、引き連れていた一頭の老馬が、よく路を知っていて皆を導き、一同命拾いした。

この故事を踏まえた、「心は老馬の如く……」という右の二句は、次のような意味になるだろう。「私は心の中では、進むべき正しい路を知っているのだが、体が病気の蛙《かえる》のごとく、勢よく走り出す（行動する）ことができぬ」。

ここでいう「正しい路」とは、何か。

この詩が作られたのは、昭和十六年（一九四一年）三月である。日中戦争が始まって四年、この年の十二月には太平洋戦争が勃発。日本は破滅的な戦争への路を、ひた走っていた。「正しい路」とは、それを回避する路、方策である。当時そんなことを口にすれば、たちまち牢屋へ逆戻りになっただろう。漢詩という表現形式、典故の使用という手法が、無知な特高警察に対する目くらましとなり、河上肇はこの詩を口実に投獄されることはなかった。

典故の使用は、漢詩に奥行きと深みを与え、読者に想像の羽根を広げさせる。河上のこの詩の場合、それは権力の無知を笑うカモフラージュとしても、機能したのである。

雪月花

むかしから、親は子どもの名前をつけるのに、苦労して来た。

中には、一郎、二郎、三郎のような、ナンバーリングですます親もいるし、大正元年生まれだから正一、昭和三年だから昭三、といった安易な(?)命名をする親もいた。

しかし多くの親は、苦労して来たはずである。最近はどうか。相変わらず苦心は続いているらしい。その結果、時に突拍子もない名前に出会うことがある。

ある新聞のコラムが、その例をいくつか紹介していた。たとえば、
騎士

これは「ナイト」と読むらしい。この程度なら、まだわかる。しかし次の例などは、お手上げである。

美星空

雪月花

「ウララ」と読むのだそうだ。また、

どこを押せば、そんな音が出てくるのか、「セシル」。

ところで「雪月花」という言葉は、唐の詩人白楽天の詩に見える。詩題は、「殷協律《いんきょうりつ》に寄す」。七言律詩の頷聯《がんれん》（第三・四句）。

琴詩酒の伴《とも》　みな我を抛《す》て
雪月花の時　最も君を憶《おも》う

七言詩は、ふつう2・2・3と切れるが、これは3・1・3。珍しい型の対句である。

「琴詩酒」は、同じ白楽天の「北窓三友」という長篇の五言古詩に見える。そのはじめの八句。

今日　北窓の下《もと》
自ら問う　何の為《な》す所ぞと
欣然として　三友を得たり
三友は誰とか為す
琴罷《や》みて　輒《すなわ》ち酒を挙げ

酒罷みて　輒ち詩を吟ず
三友逓《たが》いに相引きて
循環して已《や》む時なし

琴・詩・酒は、三人の新しい友だ、というのである。

「雪月花の時」の雪は冬、月は秋、花は春である。その季節が来ると、思い出すのは、誰よりも君のことだ。

「雪月花」がなぜ「セシル」なのかわからぬが、男の子に「琴詩酒」という名前をつけたとしたら、何と呼べばいいのか。

変り種

中国宋代の詩人陸游の詩を読む「読游会」は、毎月一回神戸で開かれる。

会員の中には、変り種がいる。その一人は、福井県の敦賀《つるが》から熱心に通って来るお坊さん。彼は漢詩人でもあり、その飄々とした作品は、本欄でも二、三首紹介したことがある。

和尚さん、私より年上の八十二歳だが、矍鑠《かくしゃく》たるもの。勉強会のあとの小宴会にも必ず参加し、般若湯をゆっくりと楽しんで、午後八時神戸を発ち、新幹線で敦賀のお寺に帰る。

もう一人の変り種は、家庭の主婦。主婦といっても、二十年ほど前から大学の聴講生として、中国文学の講義やゼミを受講し、すでに論文も何篇か書いている。

彼女は夫君のご両親の介護につとめ、お二人を見送った後、今は自分の両親の介護に専念している。介護をしながら、詩人陸游にのめりこみ、女性でないと気づかぬようなテーマで、論文を書く。

変り種、もう一人。これは読游会のメンバーでなく、私の妹である。

彼女は、私が京都で毎月講義している文化講座の、受講生である。この講座は二十二年前から始めて、『唐詩三百首』を読んでいるが、彼女は最初から一度も休むことなく、通い続けている。

その目的は、二つある。

一つは、私の落語的講義を、みんなと一緒にゲラゲラ笑いながら聴いて、日頃のストレスを解消すること。

もう一つは、監視。兄が何時ボケ出すか、同じ事を繰り返し喋るようになるか。その徴候が現われたら、直ちに私の妻に通報する。そのために、ゲラゲラ笑いながら監視している。

この会では、毎回詩一首を読むことにしている。月一回だから、年に十二首。テキストは『唐詩三百首』。読み終えるのに、二十五年かかる。残り時間は三年である。あと、どうするか。妹いわく、「むかしの事は皆さん忘れてはるし、また一頁目から読み直したらええやん」。

ゲーテと漢詩

大学二年生の時、一冊の本に出逢った。それは、将来の進路を決めるきっかけの一つとなった。書名は『洛中書問』（一九四六年、京都・秋田屋刊）。「洛」は洛陽、すなわち京都。「書問」は書簡による訪問。書簡のやりとりをしているのは、ドイツ文学者大山定一と中国文学者吉川幸次郎。お二人は、当時ともに京大文学部教授だった。

往復書簡の内容は、翻訳論、それを踏まえた文学論だった。私は高校生の頃から大山教授の著書を愛読しており、書簡の所論からも感銘を受けたが、吉川教授の学識の深さと詩的感覚の鋭さには驚いた。とりわけ吉川教授によるゲーテの詩の漢訳には、衝撃を受けた。

採りあげられた詩は、Wandrers Nachtlied（旅人の夜の歌）。この詩は多くの日本人に愛されたらしく、さまざまな人が和訳を試みている。訳者に、高橋義孝、大山定一、高橋健二など、ドイツ文学者を含むのは当然だが、西田幾多郎、阿部次郎の名も見える。

西田訳。

　見はるかす山々の頂
梢には風も動かず

鳥も鳴かず
まてしばし
やがて汝も休はん

ところで、吉川教授の漢訳は、次のような五言絶句であった。

諸峰夕照在
樹杪無隻籟
投林帰鳥尽
物我亦相待

試みに読み下し文を添えれば、

諸峰　夕照《せきしょう》在り
樹杪《じゅびょう》　隻籟《せきらい》無し
林に投じて　帰鳥尽《つ》き
物我《ぶつが》　亦《ま》た相待《あいま》たむ

教授はこの漢訳を示した上で、「と直して見て、どうやら大意だけは合点しましたものの、こう直したのでは全く別のものになります」、という。しかし、私は、この端正でしかも味わいのある訳詩を見て、深い感動を覚えた。

往復書簡は七通あり、この漢訳は第一書簡に見えるのだが、全書簡を読み通してみて、吉川教授独特の文体と犀利な内容に魅せられ、この先生の下《もと》で勉強しようと決心した。
私が大学に入学した年、中国で革命が成功し、中華人民共和国が誕生した。そのことも、中国文学専攻を決める要因の一つではあった。しかし今思えば、『洛中書問』が、最も大きなきっかけであった。以後ほぼ六十年間、私は中国古典の世界、あの広大な書物の世界を逍遥している。

頭韻

中国の古典詩（漢詩）は、原則として偶数句の末尾で韻を踏む。たとえば唐の王維（六九九—七六一）の別れの歌「元二の安西に使いするを送る」。

渭城朝雨浥軽**塵**
客舎青青柳色**新**
勧君更尽一杯酒
西出陽関無故**人**

これは七言詩だから、第一句末も押韻《おういん》し、韻字は、

塵（JIN）
新（SIN）

人（JIN）

日本の詩歌で、句末で押韻したものはあまりない。しかし、

兎追いしかの山（YAMA）

小鮒釣りしかの川（KAWA）

といった例もなくはない。けれども日本の詩歌や諺に多いのは、頭韻である。句の始め、語の始めで、韻を合わせる。

よく引かれる例は、万葉集巻一に見える「つらつら椿」。

川の上《へ》の　**つ**らつら**つ**ばき　**つ**らつらに　見れども飽かず　巨勢《こせ》の春野は

また、北原白秋の童謡「なまけ柿」。

なるか　**な**らぬか　**な**まけ柿　**な**らぬと　この枝　ぶっ伐《き》るぞ

これらは、句の一部分で頭韻を踏んだ例だが、万葉集には、すべての句頭で韻を踏むものもある。

またたとえば、われわれが子どもの頃に教えられた、お説教調の格言（?）。

なせば**な**る　**な**さねば**な**らぬ　**な**にごとも　**な**らぬは人の　**な**さぬ**な**りけり

頭韻はあまり普及していないが、意外な人が試みていて、驚いたことがある。たとえば、河上肇の獄中での相聞歌。

みはるかす　**み**やこやちまた　けぶりけり　**い**づちなるらむ　**い**ものかどべは

刑務所へ面会に通っていた夫人、秀さんに贈った相聞歌である。

また、『日本文学史序説』の著者加藤周一が一九四八年、雑誌『綜合文化』に寄せた歌「さくら横ちょう」。

はるの宵　さくらがさくと
はなばかり　さくら横ちょう

中田喜直作曲。最近ＣＤで聴いた。

原爆の詩

大学には夏休みがあったが、「カルチャー」にはない。

今年の夏は格別に暑かったので、八月は休講にしようかと思ったが、そういうわけにもいかぬ。たまたま八月六日が講義日の講座があったので、原爆の詩を読むことにした。

一、**鈴木虎雄「原子弾」**

豹軒《ひょうけん》鈴木虎雄は、元京大中国文学科教授。戦前から日課のように漢詩を創作していた。これは六十五年前、日本敗戦の時の七言絶句。

　人有り　敗《ま》くるを嫌《いと》い　敗くと言わず
　言う　我勝たずんば　彼敗けずと

五年連呼す　勝つ　勝つ　勝つと
原子弾下　全敗を喫《きっ》す

平仄《ひょうそく》など規格に合わぬ一種の戯詩だが、風刺の矢は鋭い。

二、平池南桑「原爆少女の像」

南桑は、長年女子教育に携わって来た篤実の士。「原爆少女」は、幼女のとき被爆し、中学一年で亡くなった佐々木禎子さん。広島平和記念公園にその像が建てられている。

閃光嫩葉《せんこうわかば》を炮《や》き　紅涙墟中《きょちゅう》に満つ
白塔千羽の鶴　長鳴す落爆の空《そら》

三、土屋竹雨「原爆の行《うた》」

作者は元大東文化大学長。

怪光一綫《せん》蒼旻《おおぞら》より下《くだ》り／忽然として地震《ちふる》い天日昏《くら》し／一刹那《いちせつな》の間陵《やま》と谷の変じ／城市の台榭《たいしゃ》（高い建物）灰燼《かいじん》に帰《き》す
此《こ》の日死者三十万／生者は創《きず》を被《こうむ》り悲しみ且つ呻《うめ》く／死生茫茫《ぼう》識《し》るべからず／妻は其の夫を求め児は親を覓《もと》む
阿鼻叫喚《あびきょうかん》天地を動《とよも》し／陌頭《はくとう》（道端）血流れて屍《しかばね》横陳《おうちん》す／殉難して命を殞《おと》すは戦士に非ず／害を被《こうむ》るは総《すべ》て是《こ》れ辜《つみ》なき民
広陵（広島）の惨禍未だ曽《かつ》て有らざるに／胡軍（米軍）更に襲う崎陽《きよう》（長崎）の津《みなと》／二都荒涼《こうりょう》とし

て鶏犬尽《つ》き／壊墻墜瓦《かいしょうついが》人を見ず
是《か》くの如き残虐は天の怒る所／驕暴《きょうぼう》更に過ぐ狼虎の秦《しん》／君聞かずや啾《しゅう》啾たる鬼哭《きこく》夜より旦《あかつき》に達するを／残郭《ざんかく》（崩れた街）雨暗く青燐《せいりん》飛ぶ

折り句の詩

知人が私の病後の徒然を慰めるためか、自作の七絶一首を送って来てくれた。題して「寄畏友（畏友に寄す）」という。

作者自身による読み下し文と和訳まで添えられており、押韻や平仄についても説明を加えた、懇切なものである。

まず、詩を示せば、

一壺歓飲似淵明
海量無双李白瞠
知足適心称半解
義親欽慕陸游名

読み下し文は略して、和訳。

（一海氏は）ひと壺の酒を陶淵明のようによろこび飲み
酒量の多さは李白も目をみはる程　並ぶ者が無い
一方　足ることを知り　心にかなった境地に安んじて、半解散人と自称し
節義を以て親しみながら陸游の文名をうやまい慕っている

読者のみなさんは、すでにお気づきのことと思うが、この四句の詩、各句の初めの一文字を拾って並べると、「一海知義」。

日本にも、古くから「折り句」などといって、この手法による俳句や短歌があった。たとえば、

あやめ――あちこちに　柳川の堀　芽吹く春

中国でも同じ手法によって詩を作る、ということを知ったのは、十年余り前、中国旅行をした時だった。

その後、ある友人が中国に行った時、そういう詩を作って商売にしている店を見つけた。友人は私への土産にしようと、店の主人に私の経歴などを語り、一首作ってもらうことにした。主人はしばらく考えた後、大きな紙をひろげて、七絶一首を墨書し、その場で仮表装した。

詩は、

一心為国育群芳
海外桜花遍地香
知識淵博彭沢令

義山佳訓永伝揚

これらのことについては、かつて本欄二四七回（二〇〇一・十二・十五）にややくわしく書いた。詩の解釈も含めて、興味のある方はごらんいただきたい。

地震と漢詩

清《しん》国の詩人黄遵憲《こうじゅんけん》（一八四八―一九〇五）は、一八七七（明治十）年、外交官として来日、ほぼ四年間滞在した。その間に度々地震にあって驚き、漢詩を作っている。その「詞書《ことばがき》」にいう、「地震、月に或いは数回。……父老謂《い》う、数十年に当《まさ》に一厄《いちやく》あるべし、と。惴惴《おのの》きて常にこれを懼《おそ》る」。

その予言どおり、四十数年後（一九二三年）、関東大震災が起こった。

私が物心ついてから経験した大きな地震は三回、(一) 東海大地震（一九四四年）、(二) 阪神・淡路大震災（一九九五年）、(三) 東日本大震災（二〇一一年）である。

東海大地震が起こったのは、日本敗戦の前年だった。京都の私の中学は、愛知県半田市の軍需工場に「学徒動員」され、海軍航空機の部品造りをしていた。工場を襲った大地震によって壁が崩れ落ち、上級生十三名の命を奪った。

のちに彼らを偲んで、校庭に石碑が建てられる。碑には、戦時中よくうたった「学徒動員の歌」の一節「ああ紅《くれない》の血は燃ゆる」から二文字をとって、「紅燃」と刻まれていた。

戦後同窓会が開かれた時、席上一篇の漢詩が披露された。作者はかつて漢文を担当されていた老先生で、「殉難《じゅんなん》学徒の紅燃碑に題す」という七言絶句だった。

花散水流懐旧時　　花散り水流れて　旧時を懐《おも》えば
友情無限不忘悲　　友情限りなく　悲しみを忘れず
十三玉折名長在　　十三の玉は折《くだ》けて　名は長《とこし》えに在り
痛恨紅燃熱血碑　　痛恨す　紅燃ゆる熱血の碑

戦争が終って五十年目（一九九五年）、阪神・淡路大震災が起こる。その烈しい揺れを、私は神戸の自宅で体験した。

神戸には多くの中国人留学生がおり、彼らも罹災した。留学生自身による救援活動の中心の一人だった劉雨珍君は、大学院での私の教え子だった。

震災後しばらくして、劉君は中国での教職就任が決まり、八年間の留学を終えて帰国した。帰国に当って、彼は一篇の漢詩を作った。題して「業を畢《お》えて国に帰るに日本の諸師友に留別す――畢業帰国留別日本諸師友」。「留別」とは、詩をのこして惜別の情を示すこと。

現在、劉君は天津の南開大学中国文学科教授、漢詩の専家である。

星移物換八春秋　　星移り物換《か》わること　八春秋

雪案蛍窓似水流　　雪案蛍窓《せつあんけいそう》　水の流るるに似たり
華夏古今皆学問　　華夏《かか》の古今は　皆学び問い
扶桑内外亦探求　　扶桑《ふそう》の内外も　亦《また》探し求む
山揺地動天無眼　　山揺らぎ地動きしは　天に眼なきも
心曠神怡人有儔　　心曠《ひろ》く神怡《しんたの》しみて　人に儔《とも》あり
待到桜花含笑日　　待ちて桜花の笑いを含む日に到らば
再来仙島縦横遊　　再び仙島に来たりて　縦横に遊ばん

古典にもとづく言葉がいろいろ使われているが、細説する紙幅がないので、簡単に大意を述べる。第二句の「雪案蛍窓」は、例の「蛍の光窓の雪」、留学の「八春秋」、八年間は、川の流れるように過ぎ去った。

第三、四句は対句《ついく》で、「華夏」は中国、「扶桑」は日本。勉学の内容をいう。

第五、六句も対句。「天眼」は、千里眼をいう仏教用語。予想もしない大地震だったが、その災害によって、人々は互いにうちとけ、多くの仲間ができた。

そして末二句。「含笑」の「笑《しょう》」は、「咲《しょう》」と同音同義。花の咲きそめることをいう。「仙島」は、むかし中国人が仙人の住む島と呼んだ日本のこと。

劉君はその後教授になって、日本に「再来」したが、その日本では、昨年東日本大震災が起こった。

この地震についても、いつか誰かの手によって、すぐれた漢詩が作られるだろう。しかし、それを待ってはおれぬ。この九十年足らずの間に、関東・東海・阪神・東北と、四回も大地震が起こった。黄遵憲の「詞書」にいうごとく、今後も「数十年に当に一厄あるべし」。われわれはそれに備えなければならぬ。

風情は色気——中国古典に見る

風情と書いて「ふうじょう」と読まず、「ふぜい」と読む。

漢字には音の二つあるものが、すくなくない。一生を「いっせい」、生活を「しょうかつ」と読むと、笑われる。「いっしょう」「せいかつ」でなければならない。その理由はよくわからないが、日本人は人に笑われないために(?)、幼い頃から二つの音(呉音と漢音)をしっかりと読み分けてきた。

「風」にも二つの音がある。

ふう(漢音)　風俗
　　　　　　風雅
ふ　(呉音)　風呂

風情という言葉は、日本語では「あの人は風情がいい」とか「浪人風情で……」というふうに使うが、中国ではちょっと意味がちがう。中国の古典に見える風情には、色気とかエロティシズムという意味がある。

中国古典の専門家で京都大学の教授だったある先生は、むかし講義の中で次のように言ったそうだ。

「中国近世では、風流とか、風光とか、風情とか、すべて風のつく言葉は、みんな色事を言うぞ」

たしかに中国では、近世以前でも、風情という語には色気の意味がこめられていた。たとえば白楽天（七七二―八四六）の詩「峡中《きょうちゅう》の石上に題す」

巫女《ふじょ》の廟《びょう》の花は紅《あか》きこと粉《べに》に似て
昭君の村の柳は眉よりも翠《みどり》なり
誠に老い去れば風情少きを知るも
此《これ》を見て争《いか》でか一句の詩無からん

巫女は、楚《そ》の懐王《かいおう》が夢の中でちぎった巫山の神女。昭君は、北方の民族匈奴《きょうど》に嫁いだ王昭君。第三句の風情には、色気という意味がふくまれている。

近世以降の例を挙げれば、たとえば、清朝の老詩人・袁枚《えんばい》（号は隨園《ずいえん》、一七一六―九七）に、後に示すような詩句がある。

袁枚はグルメとして知られ、『随園食卓』なる著書がある。また八十歳を超える長寿を保ったが、晩年に至るまで多くの女性の弟子に囲まれて暮らしており、『随園女弟子詩選』六巻を編集刊行した。

袁枚が風情についてふれた詩句を示せば、

若《も》し風情は老いては分《わか》つ無しと道《い》わば

夕陽《せきよう》　合《まさ》に桃花を照らすべからず

この「風情」は、明らかに「色気」である。

もし老人には風情、すなわち色気の分配がないというのなら、沈みゆく夕日が美しい桃の花を照らすはずがない。

ここで老人は夕日にたとえられ、若い娘が桃の花にたとえられている。

「分」は分配という意味か、あるいは「分明」（分かる）ということか。いずれにしろ、年寄りにも色気がないわけではない、その証拠にあの若々しい桃の花を照らしている夕日をごらん、と老詩人は威張っているのである。

吐月

吐月と書いて、「月を吐く」と読む。美しい月と、吐くというはげしい言葉の、アンバランスがおもしろい。

諸田玲子に『月を吐く』という時代小説があり、次のようにいう。

「吐月峰柴屋寺――寺の名にあえて〝吐く〟という言葉を使ったのはなぜか。徐々に月が昇るさまを見るのではない。山を覆う竹の葉が風になびき、頂《いただ》きが覗いたそのとき、たったいま吐き出されたばかりであるかのように、月が全容を現わす。その一瞬を見るために、わざわざ東山の前方に竹林を配した。……」

この「吐月峰柴屋寺」は、日本の寺院だが、「吐月」という言葉は、唐詩に見える。杜甫の「月」と題する五言律詩の首聯《しゅれん》(第一、二句)にいう。

四更《しこう》　山　月を吐き
残夜　水　楼に明らかなり

「四更」は、夜を五分した第四の時刻。午前二、三時頃。

「吐月」は、杜甫のほか李白、岑参《しんじん》などの唐詩に見え、さらにさかのぼって、六朝・梁《りょう》の呉均《ごきん》の詩にすでに見える。

宋の蘇軾《そしょく》(号は東坡《とうば》)は、杜甫の句がよほど気に入ったのか、「江月」と題する五言古詩の連作五首を作り、その引《いん》(序文)にいう。

「杜子美《しび》(杜甫の字《あざな》)云う、四更山月を吐き、残夜水楼に明らかなり、と。此《こ》れ殆ど古今の絶唱なり。その句に因りて五首を作る。」

そして次のような五首を並べる。最初の二句ずつを示すと、

A　一更山月を吐き
　玉塔微瀾《さざなみ》に臥す

B　二更山月を吐き
　幽人方《まさ》に独夜

C　三更山月を吐き
　栖鳥《せいちょう》また驚起す

D　四更山月を吐き
　誰《た》が為《ため》に明らかなる

E　五更山月を吐き
　窓迴《はる》かに室幽幽たり

東坡の杜甫への傾倒ぶりと、一方「遊び心」もうかがえる詩である。

詩と詞

テレサ・テンのCDを聴いていたら、こんな歌をうたっていた。

無言独上西楼
月如鉤
寂寞梧桐深院　鎖清秋

翦不断
理還乱
是離愁
別是一般滋味　在心頭

テレサの中国名は、鄧麗君《とうれいくん》。もちろん中国音でうたっているのだが、日本式読み下し文を添えれば、

言《こと》も無《ば》く独《ひと》り西の楼《たかどの》に上《のぼ》れば
月は鉤《かぎ》の如く
寂寞《せきばく》たる梧桐の深院　清秋を鎖《とざ》す

翦《たち》れども断《た》たれず
理《おさ》むれども還《ま》た乱るるは
是《こ》れ離愁

別に是れ一般の滋味の　心頭に在り

西楼は、女性の住む高殿《たかどの》。月如鉤は、三日月の形容。梧桐は、あおぎり。深院は、奥深い中庭。離愁は、別離の哀愁。一般は、ある種の。心頭は、胸の内。

中国には、「詩」のほかに「詞」という韻文がある。日本音ではともに「し」なので、中国音で詩《シ》・詞《ツ》と読んで、区別する。詩の題は詩の内容をあらわすが、詞の題は詞牌《ツバイ》と呼んで、詞のメロディ名を示す。

テレサのうたっているのが詞《ツ》であり、十世紀の高名な詞人李煜《りいく》（九三七—九七八）の作、詞牌を「烏夜啼《うやてい》」という。

詩は男女のことを余りうたわぬが、詞は男女の愛の機微をうたうことを、主な特徴とする。

日本では、詞の愛好者は少いが、中国では今も多い。テレサ・テンもその一人で、古典的な詞に新しいメロディをつけてうたっていただけでなく、「星の願い」などという詞に似た作品を、自ら作っている。

晦《みそか》の日に貧乏神を送る

貝ガラはむかし貨幣として通用したので、貝ヘンの字はすべて金銭と関係があるという。たとえ

ば、

財、貨、貫、販、貴、貸、貯、買、費、資、賃、

そして貧。

貧といえば、河上肇が『貧乏物語』を書いてからそろそろ百年になるが、貧乏は一向になくならぬ。今は貧困というらしいが、あの金持ちの国アメリカでも、貧困の問題は深刻化している。

貧乏は大昔からあった。二千五百年も前の人である孔子は言った（『論語』衛霊公篇）。

君子は道を憂えて、貧を憂えず

この句、裏から読めば、君子も貧乏に悩んでいたことを、示しているだろう。

ところで、むかし中国の人々は、貧乏神が家に巣くっていて、これを追い払わぬ限り貧乏はなくならぬ、と考えていたらしい。一月の末日に大掃除をする習慣があり、その時、ゴミといっしょに貧乏神を追い出すのだそうだ。

そのことは、唐の詩人がうたっている。詩人の名は、姚合《ようごう》（七七五―八五五？）。三首連作の詩題は、「晦《みそか》の日に窮を送る」。窮は、貧窮、すなわち貧乏神。

まず、第一首。

年年　此の日に到れば
酒を灑《そそ》ぎて　街中に拜す
万戸千門を看《み》るに

人の窮を送らざるもの無し

「街中に拝す」とは、どういうことをするのか、よくわからぬ。しかしどの家でも、貧乏神退治のお払い行事を、一斉にやっているというのだろう。

そして、第二首。

窮を送るも　窮は去らず
相泥《あいなず》みて　何をか為《な》さんと欲する
今日　官家の宅なり
淹留《えんりゅう》すること　又幾時《いくとき》ぞ

「相泥む」とは、ぐずぐずと動こうとせぬこと。

第三句、今ではおれも身分が違うぞ、と突然威張ってみせる。これまでお前とつき合ってきたが、今ではここはお役人様の家。一体いつまで居すわるつもりだ。

さいごに、第三首。

古人　皆　別れを恨みしも
此の別れ　魂を消すを恨む
只《た》だ是《こ》れ　空《むな》しく相送るのみ
年年　門を出《い》でず

「魂を消す」とは、がっかりすること。

むかしから人々は、「別れ」というものを惜しみ、残念がってきた。ところがお前との別れは、同じ残念でも、がっかりさせられるのが、残念だ。なぜか。ただ毎年別れの儀式をするだけで、お前は一向に出て行ってくれぬからな。
「年年」で始まり「年年」で終わる三首の詩、貧乏神の頑固さにほとほと手を焼いているさまが、ユーモラスに描かれている。

春風江上の路

むかし中学校で習った漢文の教科書に、次のような漢詩が載っていて、印象にのこった。

　渡水復渡水
　看花還看花
　春風江上路
　不覚到君家

読み下せば、

　水を渡り　復《ま》た水を渡る
花を看《み》　還《ま》た花を看る

春風　江上の路
覚えず　君が家に到る

はじめの二句が対句《ついく》でできていて、おぼえやすく、また最後の句「(花を看ているうちに) いつの間にか君の家に着いていた」というのも、納得できて、中学生にもよくわかった。「江上の路」は、川ぞいの道。詩題は、「胡隠君《こいんくん》を尋《たず》ぬ」。胡という名の隠者を訪問した時の作である。

作者は高啓《こうけい》、号で呼べば高青邱《こうせいきゅう》、明《みん》代の詩人（一三三六―七四）で、日本でも江戸・明治期に、多くの愛好者がいた。

鷗外は高啓の長篇の詩を和訳した「青邱子の歌」を作っており、漱石は「胡隠君を尋ぬ」をふまえて、次のような五言絶句を作っている。

渡尽東西路
三過翠柳橋
春風吹不断
春恨幾条条

これも読み下せば、

渡り尽くす　東西の路
三たび過ぐ　翠柳《すいりゅう》の橋
春風　吹きて断たず

春恨《しゅんこん》　幾条条《いくじょうじょう》

「翠柳の橋」は、みどりの葉の柳がたもとに植わっている橋。「幾条条」の条は、枝。

漱石は、高青邱の詩を踏まえ、青邱独特の表現を用いた作品を、ほかにも幾首かのこしている。

八十歳、帰還兵士の哀しみ

十五の歳に兵隊にとられ、八十になってやっと帰ってきた。

そんな男の詩がのこっている。

作者も時代もよくわからぬが、昔の中国の詩、「古詩」とよばれるジャンルの、やや長編の五言詩である。

十五にして　軍に従いて征《ゆ》き

八十にして　始めて帰るを得たり

六十五年間、何をしていたのか、どこでどんな暮らしをしていたのか。

詩は何も語らない。何も説明せず、帰って来た時のことをうたう。

道に郷里の人に逢《あ》う

家中　阿誰《あすい》ありや

「阿誰」は「伊誰」とも書き、「誰」の俗語かとされる。

途中で故郷の人に出逢ったので、たずねてみた。

「わが家には、いまどんな人が住んでいますか」

聞かれた人は、相手の名前を聞いたのであろう。こう答えた。

「あのはるかかなたに見えるのが、あんたの家じゃ」

遥かに望む　是《こ》れ君が家なり
松柏《しょうはく》　冢《つか》　累累《るいるい》たり
兎《うさぎ》は狗《いぬ》の竇《あな》より入り
雉《きじ》は梁《はり》の上より飛ぶ

いわれた家に近づいて見ると、そこには墓地に植える松や柏《ひのき》が生い茂り、墓石がごろごろ重なっている。

そして、犬用にあけておいた塀の穴から兎が出入りし、天井の梁の上から雉が飛び立つ。

家は昔の面影もなく、廃墟と化していた。

詩はつづく。

中庭には旅穀《りょこく》生じ
井上には旅葵《りょき》生ず
穀を煮て持って飯を作り

葵を采《と》りて持って羹《あつもの》を作る

庭のあたりには野生の粟《あわ》が生え、井戸のそばには菜《な》が生えている。腹がへっていたので、その粟を煮て飯を作り、菜をつんで汁を作った。食事の用意は間もなくできた。

羹飯《こうはん》　一時に熟せるも知らず　阿誰《たれ》に貽《おく》るかを

飯はできたが、さてこれを誰といっしょに食べたものか。食事の相手は誰もいない。かくて詩は、次の二句をもって終わる。

門を出《い》でて　東に向かって望めば

涙落ちて　我が衣を沾《うるお》す

途方にくれ、のこされた門から外に出、東に向かって遠くを眺めていると、涙があふれて、着物をぬらした。

詩は事実だけを述べて、兵士の胸のうちを語らない。そのことによって、かえって哀《かな》しみを深めている。

雑という字

雑（雜）という字は、三つの部分から成る。左上は「衣《ころも》」、下が「木」、そして右は「隹《ふるとり》」。左下の「木」を右の「隹」の下に移すと、「集」（あつまる、あつめる）。全体は「襍」となり、これが「雑」の本字で、古くはこの字が使われていた。

いろいろな糸を「集」めて作った「衣《きれ》」という意味なのだろう。

したがって「雑」の字は、「まじる」「まぜる」「純粋でない」「統一がない」などという意味に使われる。熟語をすこし挙げれば、

雑木林　雑煮　雑音　雑学　雑種　雑然　混雑　煩雑　乱雑

「ザツ」と「ゾウ」の二音があるが、辞書によれば、「ザツ」は慣用音で、「ソウ」が漢音、「ゾウ」は呉音だという。

ところで六世紀中国のアンソロジー『文選《もんぜん》』に、「雑詩」という分類項目がある。

『文選』は六朝梁代までの名文・名詩を分類・編集したもので、詩の部分は、詠史・遊覧・詠懐・哀傷・贈答・行旅などとテーマ別に分類されている。そして最後の分類項目が「雑詩」である。

そこには、先に例示したようなテーマで分類できなかった詩八十数首が、収められている。「雑詩」

に収められた作品の最初の部分、その題名をすこし挙げてみよう。

1、古詩十九首
2、李少卿与蘇武詩三首
3、蘇子卿詩四首
4、張平子四愁詩四首
5、王仲宣雑詩一首

1の「古詩十九首」は、漢代読み人知らずの無題詩である。詩題はもともとあったのかも知れぬが、『文選』編纂の頃には、無題詩として伝わっていた。

2と3は、漢の将軍李陵《りりょう》（少卿）が将軍蘇武《そぶ》に送った詩、そして蘇武（子卿）の作った詩。いずれも無題詩。

4は、漢の張衡《ちょうこう》（平子）の「四愁詩」。変った題なので同類の詩がない。

5は、三国・魏《ぎ》の王粲《おうさん》（仲宣）の「雑詩」。この詩題について、『文選』の李善《りぜん》（唐）の注はいう。「雑なる者は、流例に拘《こだわ》らず、物に遇《あ》いて即ち言う。故に雑というなり」。

以上の諸例が示す通り、『文選』の「雑詩」の項目には、次の三種の詩が収められている。

1、題のない詩。
2、分類しにくい題の詩。
3、「雑詩」という題の詩。

ただしこの「雑詩」は、もともとの題がわからなくなったのか、作者が「雑詩」と題して作ったのか、どちらとも決め難い。

「雑」という字、その内容は簡単なようでなかなか複雑である。

いじめの詩

「いじめ」は、中国でもむかしからあった。

三国・魏《ぎ》の曹操《そうそう》（武帝）の息子曹植《そうしょく》は、兄の曹丕《そうひ》（文帝）からいじめを受けていた。そのエピソードの一つ「七歩の詩」の話は、よく知られている。

エピソードを伝える六朝・宋《そう》の『世説新語』によれば、あるとき兄の曹丕が弟に、「七歩あるく間に一篇の詩を作れ」、と命令する。もしできない場合には、法によって処分する、というのであった。

詩の国中国らしい、知的ないじめである。兄は、「とてもできまい」とほくそ笑んでいたが、弟はたちどころに一首の詩を作り上げて、兄に示した。

　豆を煮て持って羹《あつもの》と作《な》し
　豉《し》を漉《こ》して以て汁《しる》と為《な》す

萁《まめがら》は釜の下に在りて燃え
豆は釜の中に在りて泣く
本《もと》は是れ根《こ》を同じくして生じたるに
相《あ》い煎《い》ること何ぞ太《はなは》だしく急なる

「羹」は、吸物。「豉」は、納豆の類。

詩は、弟を豆、兄を萁（豆の枝や茎）にたとえて、兄の仕打ちに抗議する。

中国の詩（漢詩）は、漢字をただ五字あるいは七字ずつ並べただけではダメで、偶数句末の字で韻《いん》を合わせなければならない。右の詩の例でいえば、

煮豆持作羹
漉豉以為汁
萁在釜下燃
豆在釜中泣
本是同根生
相煎何太急

第二句末の「汁《じゅう》」、第四句末の「泣《きゅう》」、第六句末の「急《きゅう》」。

曹操親子は、「三曹」と呼ばれる著名な詩人だが、いじめられっ子曹植が最もすぐれ、その才能でもって兄のいじめにこたえたのである。

飼い猫

わが家にも猫がいる。

時々観察しているが、猫はわれわれ老人の如きもので、白いヒゲを生やし、しょっちゅう居眠りをしている。

ところで中国の古典詩、すなわち漢詩に飼い猫が登場するのは、いつごろからか。唐詩以前のことはあまり知らないが、宋代になると、よくうたわれる。それは宋代以降、詩が日常茶飯の事を題材にすることと、無関係ではないだろう。

北宋の詩人黄庭堅《こうていけん》（号は山谷、一〇四五―一一〇五）に、「猫を乞《こ》う」と題する七言絶句がある。この詩に見えるように、猫は、狸奴《りど》あるいは銜蟬《かんせん》（セミをくわえる）とも呼ばれた。

秋来　鼠輩《そはい》　猫の死せるを欺《あなど》り
甕《かめ》を窺《うかが》い盆《はち》を覆《くつがえ》して夜眠を攪拌《みだ》す
聞くならく　狸奴数子を将《ひき》ゆと
魚を買い柳に穿《うが》ちて銜蟬《かんせん》を聘《まね》かん

――秋になると、わが家のネズミどもは、ネコが死んだのにつけこんで、甕を覗きこみ、どんぶりをひっくり返して、夜の眠りをさまたげる。

聞けばお宅には、数匹の子を連れた猫がいるとか。柳の枝にさした魚を買って、猫どのをお迎えしたいのだが。

猫は千年も前から、鼠対策に飼われていたのである。

ところで、時代が北宋から南宋へと代わると、飼い猫の詩はにわかに増える。その代表は陸游《りくゆう》(一一二五—一二一〇)である。

　狸奴　鼠を執《と》らず

　我と同《とも》に青氈《せいせん》を愛す

　　　　　　　　　　　　　(「小室」)

青氈は、青い毛氈。

　塩を裹《つつ》みて迎え得たり　小狸奴

　尽《ことごと》くの房万巻の書を護《まも》らしむ

　　　　　　　　　　　　　(「猫に贈る」)

また次のような詩題の詩もある。

「猫を近村より得て、雪児を以てこれに名づけ、戯《たわむ》れに為《ため》に詩を作る」

雪児というのだから、まっ白な猫だったのだろう。

陶淵明研究余話

アイデアマン陶淵明

酒飲みの隠遁詩人として知られる陶淵明《とうえんめい》（三六五―四二七）は、なかなかのアイデアマンでもあった。たとえば彼は、自分の死を想定して、葬式の歌を作った。納棺・出棺・埋葬の状景をリアルに描いた「挽歌詩」三首である。

第一首。祭壇の前の盃に、なみなみと酒がつがれる。棺の蓋のすき間からのぞき見た亡者淵明は、

心残リハコノ世ニイタ時
酒ノ存分飲メナカッタ事

とぼやく。

こんな調子の詩を作った男は、かつていなかった。フィクションの想定は、彼の得意とするアイデアだったのである。

彼は散文の分野でも、自分の葬式で自分自身が読み上げる弔辞、「自祭文」を作った。その末尾にいう。

人ノ命ハマコトムツカシ
死ハ誰モドウショウモナイ

アア　哀シイコトヨ
ふざけているのか、まじめなのか。

そしてまた、三人称の自叙伝をのこしている。「五柳先生」という架空の人物を登場させ、読者にこれぞ陶淵明その人と思わせるのである。

更に彼が考え出したユートピアがある。桃源郷の物語。表面上は一見何の変哲もない、平凡な農村社会を描いてみせる。そこには金殿玉楼も、山海の珍味もない。ユートピアの住人たちは、中国の普通の農民の衣装を身につけ、こざっぱりした農家に住み、客をもてなすご馳走といえば、カシワのすき焼き（?）程度である。

ではこのミミッチイ「理想郷」の目玉は何か。

税金のないことである。

　秋ノミノリニ王ノ税ナシ
ここでは、税金を取る人も取られる人もいない。無階級社会だった。

もしこれを政治論文として書けば、陶淵明は危険思想の持ち主として、直ちに牢屋送りとなっただろう。肩ひじ張らず、とぼけたフィクションとして描いてみせたのも、彼のアイデアであった。

田園交響曲

ベートーベンの「田園交響曲」を初めて聴いたのは、中学生の時だった。ひどく感動して、暫くは夢の中をさまよっているような気分になったことを、記憶している。

原語の Pastorale は、牧歌、田園詩といった意味らしい。

ところで、中国で田園詩人といえば、陶淵明（三六五—四二七）である。

淵明は四十二歳の時、役人生活ときっぱり縁を切り、故郷の田園に帰って隠者としての生活を送るようになる。その時の「隠遁宣言」が、有名な「帰去来の辞」である。

その冒頭の三句、

帰りなんいざ
田園まさに蕪《あ》れんとす
胡《なん》ぞ帰らざる

ここに「田園」という言葉が出て来るが、淵明が故郷に帰って最初に作った詩の題は、「園田の居に帰る」。

「田園」でなく「園田」である。田園と園田、どう違うのか。

陶詩には、「田園」という言葉がもう一箇所出て来る（「農を勧《すす》む」）。

董《とう》は琴書を楽しみて

田園を履《ふ》まず

董は、漢代の大学者董仲舒《とうちゅうじょ》。音楽や読書を好んで、「はたけ（畑）」に足を踏み入れなかった、というのである。

「田園」は「はたけ」という意味で、淵明は「田舎《いなか》」「郊外」という場合は、「園田」と使い分けている。

「園田」の方は、淵明詩集に三箇所出て来る。

1　拙を守って園田に帰る（「園田の居に帰る」）

2　暫く園田と疎《そ》ならんとす（「始めて鎮軍参軍と作《な》りて云々」）

3　園田日《ひ》びに夢想す（「乙巳《いっし》の歳三月云々」）

他の詩人の場合、そうでもないのだが、淵明は二語を区別している。

もし淵明が生きていたら、「田園《はたけ》交響曲？　園田交響曲じゃないの？」と言うだろうか。

老人の言

中国六朝時代の詩人陶淵明（三六五—四二七）に、次のような句で始まる作品がある。題して「雑詩」という。

昔は長老《としより》の言を聞くに
耳を掩《おお》いて毎《つね》に喜ばず

私もそうだった、と同感する人が、すくなくないだろう。
詩はつづけていう。

奈何《いか》んぞ　五十の年《とし》
忽《たちま》ち已《すで》に此の事を親《みずか》らせり

ところが何としたことか、自分が五十の年を迎えると、同じように若者に説教し、グチをこぼしているではないか。
おのれもまた世間の老人と同じか、と自覚した詩人は、次のようにうたいついで行く。

我《わ》が盛年の歓《かん》を求むること
一毫《いちごう》も復《ま》た意《い》なし

去り去りて転《うた》た速《すみや》かならんと欲す
此の生《せい》　豈《あ》に再び値《あ》わんや

青春の歓楽をいま一度、などとは毛頭思わぬ。しかし時は次第に速く去り行き、わが生は二度とくりかえしがきかぬ。

しからば、どうすればいいのか。

詩は、次の四句をもって終る。

家を傾けて時に楽しみを作《な》し
此の歳月を竟《お》えん
子あれども金《かね》を留《とど》めず
何ぞ用《もち》いん　身後《しんご》の置《はか》いを

家中の者が時には皆集まって楽しみ、馬のように走り去って行く残りの歳月を過ごそう。子どもはいるが、財産はのこさぬ。死後のことなど、どうして考えておく必要があろう。

「児孫のために美田をのこさず」、と幕末の薩摩藩士西郷隆盛《さいごうたかもり》もうたったが、淵明が右の詩を作ったのは、西郷より千五百年も前のことであった。

酒の詩人

中国で酒を詠じた詩人の双璧《そうへき》は、陶淵明（三六五―四二七）と李白（七〇一―六二）であろう。淵明の詩について、『文選』の編者昭明太子蕭統《しょうとう》（五〇一―三一）はいう。

篇篇　酒有り

と。そして李白の作品について、同時代の詩人杜甫（七一二―七〇）はいう。

李白一斗　詩百篇

ところで淵明の「飲酒」と題する連作二十首の詩の序文にいう、

余閑居して歓《よろこ》び寡《すくな》く、兼《くわ》うるに比《このご》ろ夜已《すで》に長く、偶《たまた》ま名酒あれば、夕《ゆうべ》として飲まざる無し。影を顧みて独《ひと》り尽《つ》くし。忽焉《こつえん》として復《ま》た酔う。既に酔いし後には、輒《つね》に数句を題して、自ら娯《たの》しむ。紙墨遂《かく》て多く、辞《ことば》に詮次《せんじ》（脈絡）なきも、聊《いささ》か故人（知人）に命じて、これを書せしめ、以て歓笑（お笑い種《ぐさ》）と為《な》すのみ。

ここにいうように、淵明の酒はおおむね「ひとり酒」であった。

それに対して、李白の酒は友を呼ぶ。

たとえば、「山中にて幽人《ゆうじん》と対酌す」と題する詩がある。幽人は、世捨て人。ここは陶淵明のことをさしているらしい。淵明と李白には、三百年の時代のへだたりがあるが、李白は三百年をタイムスリップさせて淵明を呼び寄せ、山中で酒を酌みかわしている。

両人対酌すれば　山花開く
一杯　一杯　復《ま》た一杯
我酔うて眠らんと欲す　卿《きみ》　且《しばら》く去れ
明朝　意有らば　琴を抱《いだ》いて来たれ

二人で乾杯するごとに、山の花がぽっ、ぽっと開く。酔っぱらった幽人はいう。「わしは酔うてねむうなった。ひとまず君は帰れ。明日の朝、気がむいたら、琴をかかえてやって来い。」

第三句「我酔欲眠卿且去」は、『宋書』陶淵明伝に、「若《も》し先に酔えば、便《すなわ》ち客に語《つ》げていう」として、ほぼそのまま見える。しかし第四句「明朝有意抱琴来」は、李白の創作である。

ベストセラー――中国詩人選集『陶淵明』

昭和三十二（一九五七）年秋、岩波書店は吉川幸次郎・小川環樹編集校閲による「中国詩人選集」全十八巻を刊行し始めた。今からほぼ五十年前のことである。

この選集について、『岩波書店七十年』（一九八七年、岩波書店刊）は次のようにいう。
『詩経』のほか、陶淵明・李白・杜甫・白居易を経て、十世紀五代の詩人李煜《りいく》に至る十一人の詩人について、在来の刊本によらない独自の選を行い、新たな解説と語釈・口語訳とを付し、さらに別巻として『唐詩概説』を加えた。これは在来の《漢詩》の教養にまといついていた古い感覚を払い落として、現代の読者に中国の詩を新鮮な感覚をもって受け入れられるようにしようとする試みであった」

また吉川先生は、選集を紹介したパンフレットの中で、次のようにのべている。
「私どもはこの重要な文学を、只今《ただいま》の日本の読者に適した形で、紹介し直そうとする。執筆者はおおむね私どもの若い友人である。その若さが、余分なものにわずらわされることなく、対象の本質にせまり得ることに、私どもは信頼をおくとともに、原稿のぜんぶを私どもが校閲して、遺漏なきことを期する」

当時二十八歳の大学院生だった私は、「若い友人」の一人に選ばれて、選集の一冊『陶淵明』を執筆、翌年五月に出版された。

選集の各冊は、百首前後の詩作品を選び、これに語釈・和訳を加えた新書判二百頁、定価百八十円の小冊子であったが、漢文臭のないフレッシュな感覚が受け入れられたのか、何万という読者を得て、ベストセラーに名を列《つら》ねた。そして五十年後の今も、三十何刷かが書店に並ぶロングセラーとなっている。

私は『陶淵明』の挟み込み月報の中で、「一生の仕事」と題して次のように書いた。

「陶淵明といえば、酒ばかりくらい、悟ったようなことばかりいっていた詩人ではないか、君はまだ若いのに、なぜそんな男の研究をする、と私はいさめられたことがある」

しかし、と私は反論した。

「淵明は、生活をうたった詩人であり、また一方人間のあるべき姿をもとめもとめた詩人でもある。したがって、彼は何よりもまず生活詩人であるとともに、その詩のすくなくない部分が、哲学である。すくなくとも哲学的である。そのことにひかれて、時にうつくしく光る淵明の抒情をも、おさえたかとおそれる。

ともあれ、これらの作品を通読したのち、読者もまた、若い私が今後も淵明の研究をつづけてゆくことを、許してくださるであろう、か。私にとって、それは一生の仕事となるかも知れぬ、と思っているのである」

翌々一九六〇年、いわゆる安保闘争が起こり、私も毎日のようにデモに参加した。そうした厳しい社会情勢の中でも、違和感を覚えさせぬ研究対象であった。研究をつづけて四十年後、岩波新書『陶淵明――虚構の詩人』を書いたが、淵明の研究はまだ終わらぬ。文字通り一生の仕事になりそうである。

〈講演〉三題噺——陶淵明・陸放翁・河上肇

三人のつながり

一海でございます。今日は雨の中、たくさんの方に来ていただいてどうもありがとうございました。いま藤原社長（藤原書店）の方から、私のことを褒めたのか貶したのか、一言でいえば、ぼうっとした変った男やということのようで、たしかにそのとおりです。

今日は「三題噺」ということでこれも変な題でお話しさせていただきます。

いつも講演というと一時間か二時間やるのに、今日は三十分で打ち切り。うまいことといくかどうかちょっと自信がありません。

三題噺というのはご存じだと思います。噺家がこういうところへ上がって、お客さんから題を三つもらうわけです。お客さんも意地が悪いですから、できるだけ関係のないような題を三つ出す、それをうまいことつないで噺をまとめて最後で落とす。そういうのが三題噺です。これはプリントに書いておきましたけれども、いまからちょうど二百年ほど前、江戸時代に、三笑亭可楽という人がはじめたらしいです。

例えば、最近起こった具体的なことでいえば、ニューヨークの株が大暴落した、それからまもなくノーベル賞を日本人が四人も続けさまにもらった。その二つのことはなんの関係もないですね。これをつなぐんです。最後に「初孫が生まれた」というのを三番目の題にします。それらをうまいことつないで、最後に落とすんですね。初孫という変なものをもってきたのは、「孫がうまれた？それはめでたいこっちゃな」といわれた男が、「いや、それがね、双子の孫でね、マゴマゴしとるんや」。(沈黙)

あんまり皆さん笑いませんので(笑)、つまらんオチだと思いますが、そういうことで落とすんですけれども、株の暴落とノーベル賞をつなぐのは、これはなかなかむずかしいですね。それを私は昨晩寝ずに、というのはうそですけれども(笑)、考えてみたんですが、紹介するのはもったいないし、時間もないので、これは皆さんにお考えいただくということにして、まじめな話をいたしたいと思います。

お渡ししたプリントに書いてあるように、「陶淵明、陸放翁、河上肇」、二人は中国人で一人は日本人ですが、いずれも詩人であるという点では共通点があるんですけれども、ほとんど関係のない、この三人をどうつなぐか。で、最後にどう落とすか、というのは大変むずかしいですが……。

実はこの三人の詩人については、今年の二月に中国の中華書局という出版社から、私の論文集が中国語で出まして、その題が『陶淵明、陸放翁、河上肇』なんです。振り返ってみますと、私はもう六十年近く中国文学をやっていますが、その中で主として扱って来たテーマがこの三つ、陶淵明、陸放翁、河上肇、そういうことになるので、今日もこの三人の話をしようかと思っているんです。

まずプリントを見ていただきますと、生まれた年と死んだ年がそこに書いてありますが、時代は大変違います。陶淵明（三六五—四二七）はいまから千六百年ほど前の人です。それから陸放翁（一一二五—一二〇九）はその半分、八百年ほど前の人で、河上肇（一八七九—一九四六）に至っては、戦後まもなく亡くなりましたので、まあ六十年前と、こういうことになります。

それがどうつながるのかということですが、プリントの三番目に「師承」と書いてあります。これは師の教えを受け継ぐという意味です。陸放翁という詩人は陶淵明を大変尊敬していた、河上肇は陸放翁を大変尊敬していた、一海知義は河上肇を大変尊敬しているという、そういうつながりがあるんです。

陸放翁と陶淵明

まず陸放翁ですが、プリントに漢文があげてあります。それを読みますと、

吾年十三四時、侍先少傅居城南小隠。偶見藤床上有淵明詩、因取読之、欣然会心。日且暮、家人呼食、読詩方楽、至夜、卒不就食。今思之、如数日前事也。慶元二年、歳在乙卯。九月二十九日、山陰陸某務観書于三山亀堂、時年七十有一。（「跋淵明集」）

「吾年十三、四の時」ですから、いまでいうと中学の二、三年ごろかと思うんですが、「先少傅《せんしょうふ》に侍りて城南の小隠に居る」。「先少傅」というのはお父さんのことで、お父さんのそばで、「城南」

というのは、紹興という町、その南の隠居所で暮らしていた。「偶たま藤床の上に淵明の詩有るを見、因りて取りて之を読む、欣然として心に会《かな》う」。その隠居所で、たまたま籐椅子の上に陶淵明の詩集があったのを見つけて、「因りて」というのは、「ふと」、ふとそれを取って読んでみたら、とても気に入った。で、「日且《まさ》に暮れんとし、家人食に呼ぶも、詩を読みて方《まさ》に楽しく、夜に至りて、卒《つい》に食に就かず」。食べるのも忘れて陶淵明を十三、四の時に読んでいたと、そういう記録が残っています。「今之を思えば、数日前の事の如き也。」「慶元二年」というのは一一九六年、「歳は乙卯《いつぼう》に在り、九月二十九日」と、大変詳しいんですけれど、「山陰の陸某務観《むかん》」、「務観」というのは陸放翁（＝陸游）の字《あざな》で、「三山の亀堂に書す」。「三山」というのは陸放翁の故郷。「亀堂」は書斎の名前です。さいごに「時に年七十一」。七十一の時に書いた文章ですが、まるで昨日のことのように少年時代のことを思い出す、と書いてありまして、その後も陸放翁の詩の中には、しばしば陶淵明に対する尊敬の念をこめた、あるいは愛情をこめた描写が出てきます。

河上肇と陸放翁

その次の河上肇ですが、この人は五年間牢屋に入れられた。思想が悪いというんで、戦争中に牢屋に入れられて、そこで中国の詩をものすごく読むんです、漢詩を。で、出てきてから陸放翁の詩にとりつかれまして、陸放翁というのは一万首も詩を遺しているので、読むだけでも大変なんですが、その中から五百首ほど選びまして、その詩の注を書いて、もちろん戦争中ですから出版はされなくて、戦後、河上さんが死んでから出版される。それはなかなかおもしろいすぐれた本です。その陸放翁の詩について、河上さんは漢詩を作りまして、

放翁詩万首　一首直千金

（「原鼎君、陸放翁全集を贈らる、喜ぶこと甚だしく、詩を賦してこれを謝す」）

「放翁詩　万首、一首　千金に直《あたい》す」。友だちから陸放翁の全集をもらってうれしかったので作った詩の中で、陸放翁は全部で一万首も詩を作ったけれども、その一つ一つがまるで千金の値打ちがあると言っています。

それから別の詩の前書きに、

日夕親詩書、広読諸家之詩、然遂最愛剣南詩稿。

（「放翁」詩序）

「日夕詩書に親しみ」、昼も晩も、この場合の「詩書」は詩の本という意味ですけれども、「広く諸家の詩を読む。然れども遂に最も剣南詩稿を愛す」。『剣南詩稿』というのは陸放翁の詩集です。それが一番気に入ったと言っているんです。

次に、恥ずかしい話で、私のことなんですが、プリントに「半解散人」と書いてあります。ご存じの方はご存じ、あたりまえですが、「半解」というのは、私の苗字が一海で、名前が知義。苗字と名前の一字ずつ採りますと、「一知《いっち》」となる。「一知半解」という言葉がありまして、ものがようわかっとらん、生半可であるということです。で、「散人」の「散」というのは、「散歩」の「散」。散歩というのは目的を持って歩いてはいけない。ただぶらぶらと目的もなく、なんの役にも立たん

けれども歩く、それが散歩なんです。これはいまから二千五百年も前の中国の哲学の本に出てくる言葉です。ですから健康のために散歩するというのは、論外のことであって(笑)、なんの目的もなし、なんの役にも立たん、そういう人間のことを「散人」といいます。だから「半解散人」というのは、ものが全然わかってなくて、世の中のなんの役にも立たん、そういう意味で、私の号なんです。

私は河上さんという人を戦後はじめて知りまして、その自伝を読んで大変感心した。その上、漢詩がまた大変おもしろくて、『河上肇詩注』という岩波新書の一冊を昔書きました。それから河上さん自身が、さっき言った「陸放翁の詩の注」を書いているんですが、『陸放翁鑑賞』といい、『河上肇全集』が出たときに私が編集して入れた。

私は二十代の最後に、『陶淵明』という本を出しました。そして三十代になってから『陸游』という本を出し、四十代になってから『河上肇』という本を出した。したがって、河上肇は一番後ですから、研究期間は一番短いんですけれども、今度私が出し始めた『著作集』を見てみますと、全部で十二巻のうちの半分は漢詩、一般的な漢詩とか漢語とか漢字について書いていますが、あとの半分、六巻はこの三人の詩人に当てています。第一巻と第二巻が陶淵明、第三巻が陸放翁で、四、五、六の三巻が河上肇なんです。ですから分量でいうと、研究期間は一番短いのに一番たくさん書いている。仲間から、お前は中国屋か河上屋か、とよくいわれるんですが、河上さんのことをなぜかたくさん書いている。

現在も『陸放翁鑑賞』という、河上肇さんが陸游の詩の注を書いた本をテキストにして、さきほど魚住和晃先生（司会）がおっしゃいましたけれども、読游会という、陸游の詩を読む会を、ちょうど今年で十五年目になりますが、ずっと続けて、相変わらず陸游の詩を読み、そしてその注釈の河上肇の文章を読んでいます。

ユーモアの詩人

一体この三人のどこが気に入ったのかということになりますが、いろんなところが気に入っています。しいていいますと、一つは三人ともユーモアを解する詩人であること、それともう一つはたいへんな頑固者であること。この二つが私としては大変気に入っていて、その研究というか、研究というよりも楽しんでいるんですが、現在に至っている。

ユーモアという点でいいますと、プリントの四番に、「幽黙」とありますがこれは中国語でユーモアのこと、幽霊の「幽」と「黙」ると書きます。中国語で発音するとユーモー（youmo）です。中国人はだいたい外国語を翻訳するときは意訳するんです。コンピュータは、日本ならカナがありますから、コンピュータと書けます。コンピュータを日本語で言うてみいといわれると困ってしまうんですね。コンピュータはコンピュータと、カタカナでいける。中国にはカナがありませんので漢字で書く。意訳するんですね。コンピュータのことは電気の「電」と脳みその「脳」で、電脳《でんのう》という。インターネットのことはネット、網ですから、電気の網と書きまして、電網《でんもう》といいます。

そういうふうに意訳する場合が多いんですが、時々音訳することがある。ただそれに似た音の漢字を当てるだけでなくて、意味の上でも関わりがあるような字を当てる。例えば、「コカコーラ」。中国語で「可口可楽（コーコーコーロー・kekou kele）」というんですが、意味をとれば、「口にすべく楽しむべし」と読める。また「ミニスカート」。スカートは「裙（チュン・qun）」というのが中国語ですけれども、「ミ」には「迷」という漢字を当て、「ニイ」は「ニイハオ」の「ニイ」で、「あんた」という字を当てる。あんたを迷わすスカートというので、「迷你裙（ミイニイチュン・miniqun）」という。そういう、意味も合わせたような翻訳をするのが好きなんですけれども、「幽黙・ユーモー」という言葉も、なかなか含蓄のある音訳言葉だと思います。

ユーモアに隠された批判精神

陶淵明の場合、ユーモアを含んだ詩をたくさん作っています。例えば、自分が死んだことを想定して、「挽歌の詩」というのを三首作っているんですが、それもご丁寧に、自分が死んで棺桶に入れられる様子、そして出棺して、野辺の送りの時の様子、それから墓場に埋められた後の自分の姿と、そういうものを三首に分けて詠っているんです。

最初の納棺のところでは、死んでるはずの陶淵明が棺のふたをちょっと開けまして、外を眺めるんです。そうすると友だちなんかが来て泣いている。目の前に大きな杯に酒がなみなみとついであるのを見る。ああ、しまった、もっと酒を飲んでから死んだらよかった（笑）、そういう詩を作った。

それから最後の埋葬の後は、お墓の中から外を眺めていると、葬式が終わって悲しみながら帰って行く人もいるけれども、中には鼻歌を歌いながら帰って行くやつがおる。詩の中でこんなことを詠った詩人はまずないと思うんです。しかし、これは一種のブラックユーモアみたいなものです。ユーモアの中には冷たいユーモアと、暖かいユーモアと両方あると思うんですけれども、陶淵明は暖かいユーモアの方も大変得意でした。

プリントに「子供を叱る」という詩があげてあります。これは自分の息子、男の子が五人おるんだけれども、どいつもこいつも仕方がないということを詠っているんです。

時間がありませんので、原文を読まないで、私が訳した訳だけを読んでみます。

白髪被両鬢　肌膚不復実　雖有五男児　総不好紙筆
阿舒已二八　懶惰故無匹　阿宣行志学　而不愛文術
雍端年十三　不識六与七　通子垂九齢　但覓梨与栗
天運苟如此　且進杯中物　（「責子」）

白髪ガ左右ノ鬢《ビン》ニ増エ
肌ニハ艶《つや》ガナクナッテ来タ
男ノ子ガ五人イルガ
ドレモミナ勉強ギライ
舒クンハモウ二八ノ十六
モトモト無類ノナマケモノ

宣クン（次男）モ「学ニ志ス」（『論語』の中に「吾十有五ニシテ学ニ志ス」という）十五ダガ
学問文章ガ好キデナイ
雍ト端トハ（これは双子でないかと言われていますが）年十三
六ト七トノ見ワケモツカヌ（六と七を足したら自分らの年の十三になるということがわかっとらんと、そういう意味かも知れませんが）
（最後の末っ子の）通チャンモ間モナク九ツダガ
梨ダ栗ダトオネダリバカリ（中国語で梨というのはリイ（lí）〈上がる〉、栗というのはリイ（lì）〈下がる〉。一日中、リイ、リイと言うとる、そういう意味だと思いますが、ここで陶淵明は諦めるんです）
コレモ運命　仕方アルマイ
マズハ諦メ　酒デモアオルカ
これは大変陶淵明らしい詩で、ここにはなにか微笑ましい、息子たちに対する愛情みたいなものが裏にあるような感じがするんですが、実は当時の学問の、こんな話をしだすと長くなるので止めておきますが、学問のあり方に対する批判が裏にあるんです。ですから、裏に棘《とげ》があるユーモア、あるいは毒のあるユーモアで、世の中のことを批判したり風刺したりする。ユーモアというのは、おもしろいだけではおもしろくないんですね。そういうものを含んでいると、いっそうおもしろくなるんです。

次の陸游（＝陸放翁）は、一万首も詩を作っていて、ユーモラスな詩が大変たくさんあり、ちょっとあげるのに困るんですが、ここにあげておいたのは、「うどん」の詩です。うどんというのは元々日本のものやと思うている人が多いですが、これは実は中国原産でして、陸放翁のころにはうどんを食べていたんです。で、原文と読み下し文、

一杯齏餺飥　一杯ノ齏《なます》ノ餺飥《はくたく》
老子腹膨脝　老子　腹膨脝《はらほうこう》
坐擁茅簷日　坐シテ茅簷《ぼうえん》ノ日ヲ擁《よう》ス
山茶未用烹　山茶　未ダ烹《に》ルヲ用イズ　（「朝飢《ちょうき》、齏《なます》の麪《めん》を食べ、甚だ美《うま》し、戯れに作る」）

漢字で書いてあると、むずかしいことをいうとるなと思いますが、訳してみるとアホみたいにやさしい詩なんですね。

一杯のシッポクうどん
爺さまはそれで腹パンパン
ボロ家の軒端《のきば》で日なたぼっこ
お茶の用意はまだいいぞ

と、威張っとる。こういう詩をたくさん作っています。これらは無邪気といえば無邪気な詩なんですけれども、当時、彼はいわば強制的に政界から隠退させられていまして、それでもわしは元気に暮らしとるぞという、そういう居直りの詩なんです、よく考えてみると。ただおもしろいというだけではなくて、裏にそういう抵抗というか棘というか、そういうものがあった。

抵抗として河上肇の詩作

それから河上肇ですが、これもなかなかおもしろい詩をたくさん作っています。河上肇は漢詩を作り、日本語の詩を作り、短歌も一千首ほど遺っていますが、その短歌の中の一首、

立ち止まり何をするぞと見てあれば放屁ひとつして去り行く嫗《おうな》

「おうな」というのは、おばあさんです。「放屁」は、説明する必要はないと思いますが、「おなら」ですね。「立ち止まり何をするぞと見てあれば放屁ひとつして去り行く嫗」。

それでどうしたと、まじめな顔してきく必要はない。それだけでなんとなくおかしいですね。しかし、河上さんには、一種のエネルギーみたいなものにたいする礼賛、評価というのか、そういうものがこの歌の裏にあるように思うんです。

河上さんの漢詩としては、次の作品ををあげておきました。

欲耕無土　耕さんと欲するも土もなく
有土力疲　土あるも力疲る
不作米藷　米藷《べいしょ》を作らず
不弁農時　農時を弁ぜず
万骨枯処　万骨枯るる処
一事無為　一事為すなく
惟抱微倦　ただ微倦《びけん》を抱き

閑臥作詩　閑臥《かんが》して詩を作る　（「閑臥」）

「閑臥」というのは、することがなくて暇でごろごろしている、そういう意味です。耕そうと思っても土地がない、土地があってももう疲れた。百姓などできない。米と藷《いも》、ここにこの詩の重点があるのですが、これは昭和十八年に作ってますから、戦争中で、みんな庭はもちろんのこと、道まで掘り起こして芋を作らされた、食糧難で。しかし、わしはそんなものは作らんと。「農時を弁ぜず」、農作業の時期というのもようわかってない。で、「万骨枯るる処」、このへんに皮肉があって、「一将功成って万骨枯る」という中国の詩があります。一人の将軍が手柄を立てた、その裏では何万という兵士の骨が朽ち果てていく。たくさんの戦死者が出るという、そういうことを批判した詩で、それをここにそっと忍び込ませてあるんです。日中戦争、太平洋戦争で、若者たちが、また自分の教え子たちもどんどん死んでいく。そういう時期に「一事為すなく」、私は何もすることがなく、ここですることがないというのは、することがないようにさせられているわけです。牢屋から出てきて、特高警察に監視されて、ものを書いてはいけない、発表してはいけない、何もしてはいけないと、そういう状態にさせられているわけですから、ここにも裏に抵抗感があるわけですが、「ただ微倦を抱き」、かすかな疲れというか、それにひたって、閑臥して詩を作る。暇でごろごろしながら詩だけ作っている。藷は作らんで詩を作っておる。当時は「詩を作るより田を作れ」という言葉がありまして、詩など作っておるような軟弱なやつは非国民だ。そういう非難に対して抵抗してるわけです。わしは田を作らんと詩を作っておる。居直りの詩だというふうにいえるかと思います。

「頑固」ということ

そういう形でユーモアの裏に棘、毒があるような、そういうのが三人の詩人の共通した点で、そこがおもしろいと思うんです。

もう一つは「頑固」ということです。プリントには「頑愚」と書きましたが、ばかなほど頑固なんです。世渡りが下手。その点については、ご存じの方が多いと思うので、詳しくは言いませんが、陶淵明の場合は四十二歳の時に隠遁して、六十三歳まで百姓をして暮らした。当時、陶淵明はある程度有名人でしたので、あんな偉い人が仕事に就けないというのは、要するに政治が悪いという批判が権力側に行く。そこで何とか再就職してほしい。しばしば県知事なんかが酒をぶら下げて陶淵明のところへ行って、何とかもういっぺん戻ってくれまへんかと、こういうんですが、頑としてもとへ戻らない。ああいう集団の中に入らんという、大変消極的な抵抗ですけれども、一生頑としてそれを続けた。

陸放翁の場合は、当時、外敵に侵略されて、北中国が占領されていた。それを何とか取り戻したい、そのために何かしたいと陸放翁は考えていたのですが、当時権力を握っていた連中は和親派といいまして、まあええやないか、貢物でも送っておいて、しばらく南半分だけ平和であればええやないか、そういう態度だったのに対して、陸放翁は反対しつづけた。そのために政治世界の中で少数派として一生を終わらざるをえなかった。にもかかわらず、八十五歳で死ぬまで、頑として自分の意見は変えなかった。

河上肇はご存じのように、マルクス主義経済学者ですが、その思想のために京都大学を追放になり、やがて牢屋に入れられる。で、牢屋の中ではアメとムチで、いろんな脅しと誘惑がくるんですが、自分の学問的信条は絶対曲げないということで、五年の刑期を終えて出獄する。で、出獄した後は日中戦争になっていましたので、いっそうそうなんですが、文筆の自由がまったくなくて、そういう生活を強いられたけれども、頑として自分の意見を変えない、そういう頑固さがある。そこのところを私は大変気に入っている、この三人とも、そういう点で気に入っている。

ですからこの三人の詩人をずっと研究しつづけているんですが、ちょうど三十分になりまして、三題噺ですから、最後に落とさんといかん（笑）。むずかしいですね。これは落とすということにはならないんですが、その代わりに、漢字遊びというか文字遊びというか、それをちょっとご披露します。陶淵明と陸放翁の陶と陸という字は、両方とも阝偏《こざと》がついています。こざと偏というのは、おおむね山とか、丘と言う意味がある漢字の左側につく。陶淵明の「陶」、これは二つの並んだ丘のことをいうんです。また土を二つ重ねて焼く、焼き物のことを陶器という。そういうことが辞書に書いてある。「陶」、「陸」、両方とも丘、山なんです。それに対して河上肇の河は「水」です、さんずい偏。一海の「海」もさんずい偏ですね（笑）。うまいこと一致するんです、二人ずつ。陶・陸、河・海と。

知者と仁者と知義

山と水ということで思い出すのが、『論語』の中に出てくる孔子の言葉です。プリントの最後に引いておきましたが、

子曰、知者楽水、仁者楽山。知者動、仁者静。知者楽、仁者寿。（『論語』雍也篇）

知者は水を楽しみ、仁者は山を楽しむ。知者は動き、仁者は静かなり。知者は楽しみ、仁者は寿《いのちなが》し。

これは全部孔子の言葉だと思って読んでいますが、日本の荻生《おぎゅう》徂徠《そらい》というおもしろい学者がいまして、これは全部が孔子の言葉じゃないという。最初の「知者は水を楽しみ、仁者は山を楽しむ」というのは、孔子のころに流行っていたことわざだ、昔から伝わっていることわざだと、こういうんですね。

なかなかおもしろい説だと思います。知者というのは、知恵のある人ですが、仁者というのは、これがなかなかむずかしい。『論語』に「仁」という言葉がいっぱい出てくるので、読めば読むほどかえってわからなくなる。しかし、「知」が知能、知識ということですから、「仁」というのは、これに対応させられていることから考えれば、精神的に、あるいは人格的に、道徳的に優れた人物、こういうことになるかと思います。で、知的な人は水、（水というのは中国の場合、川のことで、山水というのは山、川のことなんですが、）水が好きで、仁者は山が好きだと、昔からのことわざで言われている。たしかにそのとおりで、知者は動く。川ですからね、水は動くんです。ダイナミックである。知者

はダイナミックなものが好きだと。それにたいして、人格的に優れた仁者というものは、静かなのが好きだ。すなわちスタティックなものが好きだ。そして、知者というのは一生楽しむ。すなわち好奇心を持って人生を楽しんで生きとる。これに対して仁者は命長し。長生きをする。これが孔子の説明です。

私はもちろん知者でも仁者でもないんですが、たまたま名前に「知」という字が入ってる。私の「知義」という名前の二字は、中国の幼い子供が教わったテキストに出てくるんです。『三字経』といいます。三字の句がアホダラ経みたいにずっと並んで、そこにいろんな教訓がこめられている。その中に私の名前が出てくるんです。プリントに書いておきましたが、

人不学、不知義。

人学ばざれば、義を知らず。

「義」というのは、世の中の道理とか真理、そういうものをさすのでしょうが、人間、勉強しないと、「義」がわからん、というんです。しかし私は、私流に解釈しまして、「人間勉強しなければ知義《ともよし》になれへんぞ」(笑)。そういう意味で、私の名前に「知」という言葉が入っていますので、ここで借用させていただくわけですが、孔子は、「知者は楽しむ」と言っています。たしかに私も人生を楽しんで、八十の現在まで生きてきましたけれど、一方で「仁者は命長し」という。人格者だけ命が長いと、孔子は言っている。ところが私は人格者ではないのに、八十まで長生きしとる。孔子というのは、時々うそを言いよる(笑)。そういうことが、これでわかるんですね。

要するに、どんな偉い人でもまちがいを言うことがある、頭から信じてはいけない。そういうことを、私はこの三人の詩人、陶淵明、陸放翁、河上肇から学んで、今日に至っております。時間がまいりましたので、私の今日の話は、これで終わります。最後に落ちがなくて、皆さん何となく落ち着かないと思いますが、ご清聴ありがとうございました。

（拍手）

陸游随想

陸放翁詠茶詩初深——名茶抄

中国宋代の詩人陸游《りくゆう》（号は放翁《ほうおう》、一一二五―一二一〇）は、八十五歳の長寿を保ち、一万首に近い詩を遺した。

放翁詩万首　放翁　詩　万首
一首直千金　一首　千金に直《あたい》す

というのは、放翁の人物と志操に深く傾倒したマルクス経済学者河上肇（一八七九―一九四六）の詩句である。詩題は「原鼎《はらかなえ》君、陸放翁全集を贈らる。喜ぶこと甚だしく、詩を賦してこれを謝す」。万首の詩の特徴は、現代の文学史家銭鍾書《せんしょうしょ》『宋詩選注』（一九五八年、北京人民文学出版社）も言うごとく、おおむね「悲憤激昂《ひふんげきこう》」（憂国の至情の吐露）と、「閑適細膩《かんてきさいじ》」（農村生活の細やかな描写）の二つに大別される。

後者は、主として放翁の故郷江南地方を舞台にした「農村歳時記」にも似て、日常生活や行事のかずかずが詩情豊かに描かれる。描写の対象は、田植え、穫《と》り入れ、春秋の村祭、婚礼、寺子屋、村芝居、大道芸人、流民、当時の物価など、多岐に亙る。

本稿で採り上げる茶にまつわる話柄も、その一つにかぞえられよう。詠茶詩は、宋代に至ってにわかに増えるが、とりわけ放翁は、すくなからぬ作品を遺している。「身は是れ江南の老桑苧」（桑《そう》苧《ちょ》は『茶経』の著者陸羽《りくう》の自称、「何元立《かげんりつ》・蔡肩吾《さいけんご》と同《とも》に東丁院に至り、泉を汲み茶を煮たり」、『剣南詩稿』巻四）とうたい、また「桑苧亦《ま》た吾が宗なり」（「村居雑書」十二首之一、巻三九）というように、人後に落ちぬ茶の愛好家であることを自負、「茶も亦《ま》た能く病いを作《な》す」（「茶を烹る」、巻一一）と、ほとんどマニアであることを告白する。この句は、北宋の詩人欧陽脩《おうようしゅう》（一〇〇七―七二）の「独り酒の能く人を病ましむるのみならず、茶も亦た人を病ましむるなり」という語にもとづく。

放翁の詠茶詩のテーマやモチーフは多岐に亙るが、ここではまず当時の名茶「龍團《りょうだん》」のことにしぼって、陸詩を引きつつ、いくつかのエピソードを紹介したい。

宋代に龍團という名茶のあったことは、専家の間ではよく知られている。現在の福建省に産し、朝廷に献上された最高級の茶を「大龍鳳團茶」といい、これを更に精撰したものを「小龍團」と呼んだ。「團」というのは、茶の葉をつきかためて団子のような円い形にし、これを少しづつ削り、粉末にして用いたからである。その古法は、今も伝えられている。唐宋時代の団茶の製法および喫茶法については、高橋忠彦氏の一連の論文に詳しい。

「宋詩より見た宋代の茶文化」（『東洋文化研究所紀要』第百十五冊、一九九一年、東京大学東洋文化研究所、六一―一二二頁）

「宋代の点茶文化をめぐって」（『茶道学大系』第七巻所収、二〇〇〇年、淡交社、五三―八〇頁）

「中国における喫茶法の発展」（『中国茶文化大全』所収、二〇〇一年、農山漁村文化協会、五九―七四頁）

なお、「龍鳳」については、宋・張舜民《ちょうしゅんみん》『画墁録《がまんろく》』に、「丁晋公《ていしんこう》、福建転運使となり、始めて製して鳳團を為《つく》り、後又龍團を為る」といい、龍と鳳《おおとり》の模様を陰刻した型に、茶を入れてかためたものである。

さてこの龍団のこと、放翁の詩「辛丑《しんちゅう》正月三日の雪」（巻一三、五十七歳の作）に見える。この前年、放翁は職を離れて、故郷紹興《しょうこう》にいた。

開歳尚残冬　　開歳　尚《な》お残冬
佳哉雪意濃　　佳《よ》き哉《かな》　雪意の濃《こ》きこと
潤帰千里麥　　潤《うるお》いは帰《き》せん　千里の麦に
聲亂五更鐘　　声は乱す　五更《ごこう》の鐘を
簾隙収初密　　簾《すだれ》の隙《すきま》　収むること初め密なりしに
牆隅積已重　　牆《へい》の隅《すみ》　積むこと已《すで》に重《かさ》なれり
龍團笑羔酒　　龍團《りょうだん》　羔酒《こうしゅ》　笑い
狐腋襲駝茸　　狐腋《こえき》（狐の毛皮）　駝茸《だじょう》（らくだの毛皮）に襲《かさ》ぬ
危檻臨欹竹　　危《たか》き檻《おぼしま》に　欹《かたぶ》ける竹に臨み
幽窗聽墮松　　幽《おぐら》き窓に　松より堕《お》つるを聴く
忽思西戌日　　忽ち思う　西戌《せいじゅ》の日
憑堞待傳烽　　堞《ひめがき》に憑《よ》って　烽《のろし》を伝うるを待ちしを

末尾の「西戍の日」については、自注を施して、「予《よ》、戎《いくさ》に従いし日、嘗《かつ》て大雪中に興元《こうげん》（四川省の地名）城上の高興亭《こうきょうてい》に登り、平安の火（狼火《のろし》）の至るを待てり」という。

第七句の、

龍團　羔酒　笑い

あまりに寒いので、龍團の熱い茶をのんだくらいでは体があたたまらず、羔酒（現在の山西省産の名酒）の熱燗をあおらねばならぬ。そこで羔酒が龍團に向かって、君ではダメだよ、と笑っている、というのが一句の意であろう。

羔酒の羔は子羊のことをいう。羔酒は「子羊の肉と酒」とも解せられ、事実そうした意味で使われる場合もある。しかし陸游の別の詩「雪夜の作」（巻二一、六十五歳の作）に、「龍茶（龍團茶）と羔酒と、得失評するに足らず」とあり、龍茶が茶の名前であるように、その対《つい》をなしている羔酒は酒の名称であろう。一説に羊羔児酒《ようこうじしゅ》ともいう。

龍團の名は、右の詩だけでなく、放翁の別の二首の詩にも見える。

一首は、「庵中、晨《あした》に起きて目に觸《ふ》れしを書す」（七言律詩、巻三八、七十四歳の作）。その頷聯。

朱擔長瓶列雲液　　朱担長瓶《しゅたんちょうへい》　雲液《うんえき》を列《つら》ね
絳囊細字拆龍團　　絳囊細字《こうのうさいじ》　龍團を拆《さ》く

朱担は、朱色の荷籠。長瓶は、細長いビン。雲液は、揚州産の名酒。絳囊は、赤い袋。細字は、茶名を刻した文字か。拆は、削り取る。

さきの詩では、龍團が羔酒という高級酒と対《つい》をなし、この詩でも、雲液という名酒と対にしてうたわれ、龍團が高級茶であることを示している。

別のもう一首は、「老学庵北窓雑書」(七絶八首之四、巻六七、八十二歳の作)。老学庵は放翁の書斎の名。八十二歳といえば、亡くなる三年前である。

全篇を示せば、

小龍團与長鷹爪　　小龍團と長鷹爪《ちょうようそう》と
桑苧玉川倶未知　　桑苧《そうちょ》　玉川《ぎょくせん》　倶《とも》に未《いま》だ知らざりし
自置風爐北窓下　　自ら風炉を北窓の下《もと》に置き
勒回睡思賦新詩　　睡思《すいし》を勒回《ろくかい》して　新詩を賦す

長鷹爪は、やはり当時の名茶の一つ。宋・顧文薦《こぶんせん》『負暄《ふけん》雑録』の「建茶品第」の条に、「凡《およ》そ茶芽数品、最上なるを小芽《しょうが》と曰《い》い、雀舌《じゃくぜつ》鷹爪の如く、其の勁直纖鋭《けいちょくせんえい》なるを以て、故に芽茶と号す」と見える。建茶は、福建省建甌《けんおう》県、朝廷直轄の御苑(北苑)の茶で、ここに産する茶は美味をもって知られた。その代表が龍團茶である。桑苧は、前述のごとく『茶経』の著者、唐の陸羽の自号。玉川は、詠茶詩をもって知られる唐の詩人盧仝《ろどう》の自号。風炉は、茶の湯を沸かす炉。「睡思を勒回して」は、眠気をさまして。

なお陸游には、龍團の名を用いずして龍團あるいは同種の茶にふれた作品がいくつかある。気づいたままにその一部を列挙すれば、

一、正焙《せいばい》

「居を卜《ぼく》す」二首之二（巻七）に、「雪山の水は中濡《ちゅうれい》の味を作《な》し、蒙頂《もうちょう》の茶は正焙の如く香《かんば》し」という。蒙頂茶は、後述のごとく四川省の名茶。正焙は、龍茶の別称。

二、北苑茶

「閩《びん》に適《ゆ》く」（巻一〇）に、「春残《ざん》して猶《な》お看る少城の花、雪裏《せつり》来たりて北苑の茶を嘗《こころ》む」。北苑は、前述のごとく皇室直属の御苑で、多種の茶が植えられていたが、その最上級品が龍茶。

三、建谿官茶《けんけい》

「建安の雪」（巻一二）に、「建谿の官茶天下に絶し、香味全くせんと欲して小雪を須《ま》つ」。宋・王象之《おうしょうし》『輿地紀勝』（一二九巻）に、「周絳《しゅうこう》『茶苑総録』に云う、天下の茶、建を最とし、建の北苑、また最と為す、と」という一文を引くが、『茶苑総録』は別人の著作である。右の一文につき、『中国古代茶叶全集』（一九九九年浙江摂影出版社刊）は、宋・周絳『補茶経』に見えるという。

四、貢茶

「大閲後一日、假《か》を作《な》す」（巻一八）に、「下巌《かがん》（端渓の硯の産地）の紫壁章草（草書の一体）に臨み、正焙蒼龍貢茶を試む」。貢茶は、朝廷への献上茶。

五、葉家白茶《ようかはくちゃ》

「知らず葉家白、亦《ま》た復《ま》た此《これ》有りや不《いな》やと」（「村舎雑書」十二首之七、巻三九）。この茶は蘇軾の詩「岐亭」にも見え、その王十朋注に、「葉家白は、建谿の茶名なり」。

ところで、陸游は南宋の詩人だが、龍團は前述のごとく北宋の時代からあり、宋・熊蕃《ゆうばん》『宣和北苑貢茶録』（宣和は北宋末期の天子徽宗《きそう》の年号、一一一九―二七）に、すでに太平興国（北宋第二代の天子太宗の年号、九七六―九八四）の初めには、北苑で造られていたという。

北宋の詩人欧陽脩《おうようしゅう》の『帰田録』（巻二）に、「茶の品、龍團より貴きは莫《な》し。これを団茶と謂《い》う」とあるが、その詩「龍茶を送りて許道人に与う」にも、「我に龍團古蒼玉有り」という。同じく北宋の詩人蘇軾《そしょく》（一〇三六―一一〇一）にも、「怡然《いねん》、重雲（亭園）の新茶を以て餉《おく》らる。報《むく》ゆるに大龍團を以てし、仍《な》お戯《たわむ》れに小詩を作る」と題する詩があり、「夢を記す、回文」二首之二にも龍團の名が見える。

『全唐詩』に龍團という語が全く見えぬことも、龍團が宋に始まる証左の一つとなるだろう。

なお北宋時代には、右の二詩人のほかに、黄庭堅《こうていけん》（一〇四五―一一〇五）、賀鑄《がちゅう》（一〇五二―一一二五）、南宋時代には放翁のほかに范成大《はんせいだい》（一一二六―九三）、楊万里《ようばんり》（一一二七―一二〇六）などの詩に、龍團の名が見える。しかしその詳細を紹介することは、他日を期し、さいごに放翁が龍團以外の各地の名茶にふれている作品を、若干紹介しておきたい。放翁がふれているのは、主として故郷浙江省、および中年の頃十年ほど赴任滞在していた蜀《しょく》の地方、すなわち四川省の名茶である。

浙江省

一、日鑄《にっちゅう》茶

「嚢中《のうちゅう》の日鑄天下に伝わる、是れ名泉ならずんば合《まさ》に嘗《こころ》むべからず」（「三游洞前巌下《がんか》の小潭《しょうたん》、水甚だ奇なり。取りて以て茶を煎《せん》ず」、巻二）。『嘉泰会稽志』に、「日鑄嶺、（会稽）県の東南五十五里に在り。地の産茶、最も佳《よ》し」。

二、顧渚《こしょ》茶

「武連県北柳池の安国院にて泉を煮、日鑄・顧渚の茶を試む。云々」（巻三）。顧渚は、呉興県太湖の西岸。

三、茶山茶

「嗟《なげ》く所は痩僧の死して、茶山の茶を致す莫《な》きこと」（「園中草木を観て感有り」、巻四三）。自注に、「茶山の僧道省《どうしょう》、歳ごとに新茶を餉《おく》る。今死して已《すで》に再歳なり」。茶山茶は、会稽山に産する茶。別の詩「素飯」（巻六七）にも見える。

四、花塢《かう》茶

「蘭亭酒美《うま》くして人に逢えば酔い、花塢茶新しくして市に満ちて香《かお》る」（「蘭亭道上」四首之三、巻八二）。花塢茶は紹興蘭亭の茶。

四川省

一、蒙頂茶《もうちょう》

「朱欄碧甃《へきしゅう》玉色の井、自ら銀餅《ぎんぺい》を候《ま》ちて蒙頂を試む」（「睡《ねむ》りより起きて茶を試む」、巻五）。名山県の西北、蒙山に産し、蒙山茶ともいう。前出「正焙」を詠じた「居を卜す」（巻七）にも見え、「蜀人の煎茶に效《なら》い戯れに長句を作る」（巻三一）にも、「誰か賞す蒙山紫筍《しじゅん》の香《かお》り」と見える。

二、紫筍茶

右の詩句に見える「紫筍」もまた四川の名茶の名であり、「病酒新《あら》たに愈《い》え、独り蘋風閣《ひんぷうかく》に臥し、戯れに書す」（巻五）に、「自ら沈水《じんすい》（香の一種）を焼《た》きて紫筍《しじゅん》を瀹《に》る」と見え、自注に、「紫筍は蒙頂の上《じょう》なる者、其の味尤《もっと》も重んぜらる」という。また「貧病戯れに書す」四首之三（巻七五）にも、「更に啜《すす》る僧房紫筍の茶」という。

なお茶書には、「（湖州）顧渚紫笋」、「（常州）義興紫笋」（笋は筍と同義）などの呼称が見え、紫笋は個別の茶名でなく、各地の名茶の特上なるものをいうのであろう。

三、霧中茶

「今日蜀州にて白髪を生じ、瓦炉《がろ》独り霧中茶を試む」（「九日霧中の僧贈る所の茶を試む」、巻五）。霧中は、大邑《だいゆう》県の山名。

四、白山茶

「釵頭《さとう》玉茗天下に妙たり」（「眉州の郡の燕《うたげ》にて大酔中、間道より馳せて城を出《い》で、石仏院に宿《やど》る」、巻六）の自注に、「坐上白山茶を見る、格韻高絶なり」。

五、茱萸《しゅゆ》茶

「峡人住むこと多く楚人少し、土鐺《どとう》争って茱萸茶を餉《おく》る」（「荊州の歌」、巻一九）、この茶については、『詩経』唐風・椒聊《しゅくりょう》の孔穎達《くようだつ》正義に、「陸機の疏に曰く、……椒樹茱萸に似て、……蜀人茶を作り、呉人茗を作る。皆其の葉を合わせ煮て以て香を為す」と見え、古い伝統をもつ茶であることがわかる。

今や世はコンピューターの時代である。

「放翁万首の詩」も、一字検索が可能となった。放翁の詩集『剣南詩稿』の一字検索ソフトで、「茶」の字を検索すれば三四六、「茗」の字六五。「茶」「茗」の字を含む詩は、立ちどころにすべて探しあてることができる。

しかし、それで能事おわれりというわけにはゆかぬ。「茶」の字、「茗」の字を用いずして茶を詠じた放翁の詩は、すくなくない。「放翁詠茶詩」を論ずるためには、コンピューターだけに頼らず、万首の詩すべてを読まねばならぬ。

本稿はそのための、いわば文字通りの「初探」を試みたに過ぎない。

〔付記〕本稿執筆にあたって、資料蒐集等につき、「読游会」（陸游の詩を読む会）会員舩阪富美子さん、佐藤菜穂子さんの協力、助言を得た。

歯が抜けた

先日、突然歯が抜けた。そのとき思い出したのは、中国宋代の詩人陸游（号は放翁、一一二五―一二一〇）の「歯落」という詩である。五言十二句の古詩、次の四句でうたい起こされる。

昔聞く　少陵《しょうりょう》の翁
皓首《こうしゅ》　歯の堕《お》つるを惜《おし》む
退之《たいし》は更に憐れむべし
豁《すきま》　恥ずべしと謂《い》うに至る

少陵の翁は、杜甫。皓首は、しらが頭。杜甫は五十六歳の詩「復《ま》た陰《くも》る」で、

牙歯《がし》半《なか》ば落ち　左耳聾《さじろう》せり

と嘆いている。
退之は、白楽天と並ぶ大詩人韓愈《かんゆ》。三十六歳の時、「落歯」と題して全篇三十六行、長篇の五言古詩を作っている。そのうたい出し。

去年　一牙（奥歯）落ち

今年　一歯（前歯）落つ
俄然《がぜん》として　落つること　六七
落つる勢は　殊に未だ已《や》まず
余《あと》の存《のこ》れるものも　皆　動揺《ぐら》し
尽《ことごと》く落ちて　応《まさ》に始めて止《や》むべし

描写はきわめてリアルである。

詩は半ばに至って、陸游のいう「豁《すきま》」の句が出て来る。

人は言う　歯の豁あらば
左右のもの　驚きて諦視《みつめ》んと

「歯が抜けてすき間ができれば、まわりの者が驚いて、じろじろと見つめるだろう」と、人に言われる。

このように、陸游は歯抜けの大先輩二人を槍玉に挙げて、揶揄《やゆ》する。

そしてこのワシ、放翁は違いますゾ、と威張ってみせる。

放翁は独り然《しか》らず
頑鈍《がんどん》なること　世に比《たぐい》なし
歯の揺《ゆ》らぎて　脱《ぬ》け去るも
取りて視て　乃《かえっ》て大いに喜ぶ

そして、詩の結句にいう。
更に覚《おぼ》ゆ　㲘《ぶた》の肩のやわらかきにくの美《うま》くなれるを
この詩を作った時、放翁八十一歳。私も今年、数え年の八十一歳である。

読游会十八年

私の正月は、宋代の詩人陸游（号は放翁）の詩を読むことで始まる。今年はわが年齢に因んで、放翁先生八十二歳の作品を読んだ。

三が日の私の仕事は、一、ひたすらに酒を飲むこと。二、年賀状の返事三百枚を書くこと。そして三、先生の詩を読むこと、である。

先生は多作であり、八十二歳の年にも、五百首近い詩を詠んでおり、先生の詩集『剣南詩稿』第六十五～六十九巻が収める。

それらをまず斜め読みし、気に入った詩、おもしろそうな詩に、〇印をつける。そして〇印をつけた作品を、あらためて熟読する。かくて盃を傾けつつ、ひとり満足し、正月の仕事の一つを終える。

大学院生の頃から、先生の詩一万首を読み始めて五十年、いまだに離れられない。

ところで、大学を停年退職した年（一九九三年）から、若い人たちと陸詩を毎月読む研究会を始めた。「読游会」という。会は今年の一月、二百回目の例会を開いた。途中、阪神大震災後の二か月、私が胃の手術をした時の二か月をのぞいて、ほとんど休むことなく、十八年の歳月が流れた、三月には二百回を記念して、会員外の方々にも呼びかけ、公開読游会を開く予定である。

会を始めた頃、「読游会縁起」なるものを作った。これも二百回記念として、ここに再録する。

読游会は、宋の陸游の詩を読む会である。

月に一度、土曜の午後、神戸山手の薩摩道場なる酒家の二階に、本邦と禹域の士女十数人相集い、陸游の詩一首を精細に読む。

討論の果てたあとは、珍肴美酒の会となる。読游会とは、陸游の詩を読む意であるとともに、読書と遊興の謂でもある。よく学び、よく遊べ。

相集う士女の半ばは、大学教員、半ばは大学院生、これに好事の主婦も加わる。

それぞれに禹域あるいは本邦の文学・言語を専攻し、また書法や金石を専門とする学徒たちである。読詩と飲酒の間に、時に古今の書を鑑賞する。

詩の読解を主宰するのは、一海教授知義、書の鑑賞に津逮となるのは、魚住教授卿山。

会は厳粛に始まり、笑声の裡に終る。

癸酉孟夏　読游会同人

会を持続させているのは、まず第一に、陸詩の魅力である。第二に、酒。会のあとの小宴と、そこでの雑談が、人びとを惹きつける。そして第三に、健康。関西では、「アホは風邪ひかん」というが、十八年間、私は風邪をひかず、皆勤を続けている。

八十三吟

中国南宋の詩人陸游（号は放翁、一一二五―一二一〇）は、八十五歳まで長生きし、年老いても元気だった。

「八十三吟」と題する七言律詩の前半にいう、

石帆山下白頭人
八十三回見早春
自愛安閑忘寂寞
天将強健報清貧

読み下せば、

石帆《せきはん》山下　白頭の人
八十三回　早春を見たり

自ら安閑を愛して　寂寞《せきばく》を忘れ
天は強健を将《もっ》て清貧に報《むく》ゆ
石帆山は、放翁の故郷浙江省紹興《しょうこう》の東にある山。
今年、たまたま私も八十三回目の春を迎えた。放翁にまねていえば、
摩耶山下白頭人
八十三回見早春
ということになる。摩耶《まや》山は、神戸六甲山西の峰。
また、放翁の別の詩句をもじっていえば、
七十人云稀
吾已過十三
これも読み下せば、
七十　人は稀《まれ》なりと云うも
吾は已《すで》に十三を過ぎたり
「七十稀」は、いうまでもなく、杜甫の詩句「人生七十古来稀なり」に拠る。
私は大学を停年退職して、いつの間にか「古稀」を迎え、「喜寿」（七十七歳）を過ぎ、八十の坂を越えた。
放翁と同様、「安閑を愛し寂寞を忘れ」て暮らしているが、昨年外科手術を受け、「強健を将て清

貧に報ゆ」と威張るわけにはいかない。

「喜寿」を過ぎれば、次は「傘寿」(八十歳)、「米寿」(八十八歳)、そして「卒寿」(九十歳)、さらに「白寿」(九十九歳)。

「百」という漢字から「一」を取ると「白」。「百」引く「一」は「九十九」と、シャレた文字遊びだけれども、喜寿から白寿まで、すべて日本製漢語である。また「白」は、中国では古来不吉な色で、嫌われるだろう。古典『周礼《しゅらい》』の注に「白は喪と為す」。

日本と中国はともに漢字の国、感覚も似たようなものだろうと思っていると、時にとんでもない過《あやま》ちをおかすことになる。

八十四吟

自分でも信じられないのだが、ことし私は何と八十四歳になった。

たまたま中国宋代の詩人陸游(号は放翁、一一二五―一二一〇)に、「八十四吟」と題する五言律詩三首がある。

その一首は、次のようにうたい出す。
七十　人　到るは稀《まれ》なるに

吾は過ぐること　十四年

「人生七十古来稀なり」とうたったのは、大先輩杜甫（七一二―七七〇）だったが、私はもうそれを十四年も超えてしまった。

交遊　輩行《はいこう》無く
懐抱《かいほう》　曾玄《そうげん》有り

「輩行」は、同年輩の者。「懐抱」は、胸、ふところ。「曾玄」は、「曾孫《ひまご》」と「玄孫《やしゃご》」。同年輩の友人はみな亡くなり、懐《ふところ》に抱いているのは、曾孫や玄孫ばかり。このとき放翁にまだ玄孫（曾孫の子）はいなかったが、ここは言葉の綾《あや》。

飲むには　騎鯨《きげい》の客を敵《あいて》とし
行くには　縮地《しゅくち》の仙を追えり

「騎鯨の客」は、李白の自称。「縮地の仙」は、『神仙伝』に見え、距離を縮めてしまう仙人。二句はいずれも超人ぶりを誇示する。

そして、さいごの二句。

城南　春事動き
小蹇《しょうけん》　又《ま》た翩翩《へんぺん》

「小蹇」は、放翁愛用のロバ。春に誘われ、ゆらゆらと出かける。

原詩を示せば、

七十人稀到　吾過十四年
交遊無輩行　懐抱有曾玄
飲敵騎鯨客　行追縮地仙
城南春事動　小蹇又翩翩

読游二十年

中国南宋の詩人陸游（号は放翁、一一二〇―一二〇五）の作品を読む会「読游会」を始めて、二十年になる。今春、それを記念して、祝賀会を開いた。会ではまず陸游の詩一首をみんなで読み、あとは場所をかえて宴会となる。

河上肇（一八七九―一九四六）が、

放翁　詩　万首
一首　千金に直《あた》る

とうたったように、放翁はほぼ一万首の詩をのこした。「読游会」では、毎月一回、一首ずつ読んで来たので、この二十年間で、わずかに二百四十首。一万首を読み終えるためには、今後八百年ほどかかる。

祝賀会は、八百年後を期して、盃を挙げた。

「読游会」は河上肇の『陸放翁鑑賞』をテキストに選び、毎回担当者を決めて、一首の原詩、読み下し文、語釈、和訳をプリントして配る。担当者はそれにもとづいて発表、みなで討論する。討論の内容は記録して、のこしている。それらの一部は『一海知義の漢詩道場』と題し、すでに二冊の単行本として岩波書店から刊行された。

二十周年目に取り上げた詩は、放翁六十八歳の作、「九月二十三日夜、小児、方《まさ》に書を読めるに油尽き、此の詩を口占《こうせん》して之に示す」と題する、次のような七言律詩だった。

徹骨貧来累始軽　　骨に徹するの貧来たりて　累《わざわい》始めて軽し
弧村月上正三更　　弧村月上《のぼ》りて　正に三更
汝縁油尽眠差早　　汝油尽くるに縁《よ》りて　眠ること差《や》や早く
我亦尊空酔不成　　我も亦た尊《そん》（樽）空《むな》しくして　酔うこと成らず
南陌金羈良自苦　　南陌の金羈　良《まこと》に自ら苦しみ
北邙麒冢半無名　　北邙の麒冢　半ばは名無し
書生事業期千載　　書生の事業　千載を期す
得喪従来未易評　　得喪　従来　未だ評するに易《やす》からず

放翁の詩も面白いが、河上肇の選詩の仕方、評釈も興味深い。

六十年間万首詩

中国宋代の詩人陸游（放翁、一一二五―一二一〇）は多作の人で、自らも「梅花の下に小飲して作る」詩にいう、

　六十年間　万首の詩

そして、その自注に、

　予、年十七八より作詩を学び、今六十年にして万首を得たり。

現行の放翁詩集には、七十八歳以後の作品を四千首ほど収めるから、合わせて一万四千首。しかし別の資料（「詩稿跋」、『渭南《いなん》文集』巻二七）によれば、「万首の詩」の中には、「四十代以前の詩は含まぬ」という。

したがって、八十五年の生涯を閉じるまでに、二万首、あるいはそれ以上の詩を作っていたのであろう。

特に晩年、放翁は日課のように、詩作にはげんでいた。

六十歳の時の詩「閉戸」にいう、

　三日　詩を作らず

陸游にとっては、三日間詩を作っていないということが、一つの「事件」だったのであり、六十三歳の作「晩《くれ》に東園に遊ぶ」にも、

笑う莫《な》かれ　吟哦《ぎんが》　闕《か》くる日なきを

とうたう。「吟哦」は、詩をうたうこと、すなわち詩を作ること。

また、七十歳の詩に、

老人　日課無く
興有らば　即ち詩を題す

七十六歳の作にも、

三日　詩無くんば　自《みずか》ら衰えしかと怪しむ

とうたっている。

そして亡くなる年、八十五歳になっても、「酔うて書す」と題する詩にいう、

三日　詩無きは
却って憂うるに堪えたり

更に同じ年に、「数日　詩を作らず」という題の詩を作っている。

詩作はいわば「日課」であり、詩材には事欠かなかった。六十四歳の作「梅雨初めて晴れ、客を東郊に送る」にいう、

我が行《こう》　在《いた》る処に　皆詩の本あり

童　心

『広辞苑』（岩波書店）の編者新村出《しんむらいずる》に、『童心録』という随筆集がある（一九四六年、靖文社）。その書名について、「はしがき」にいう。

「自分は古稀（七十歳）をやつと越えて四ケ月ほどになる。長寿で詩を一万首も作つたといはれる南宋初期の詩人陸放翁の句に、「老翁七十尚童心」といふ会心の佳句がある。壮年には雪中に猛虎を搏《う》つたといふ、元気な詩人、忠勇義烈を以ても聞え、而も仁愛にも富んで、その『剣南詩稿』には老をうたつた作が多い。そこでお互にあやかるつもりで放翁の句に因《ちな》んで、『童心録』と名づけた」。

陸放翁（名は游《ゆう》、放翁は号、一一二五―一二一〇）の詩句は、詩集『剣南詩稿』（巻二九）に見える。詩題を「窓前に小さき土山を作り、蘭及び玉簪《ぎょくしん》（トウギボウシ）を芸《う》え、最後に香百合を得、併《あわ》せて之を種《う》え、戯《たわむ》れに作る」といい、詩型は七言絶句。

芳蘭　移し取りて　中林に徧《あまね》きも
余地　何ぞ妨げん　玉簪を種うるを
更に乞《こ》う　両叢《ふたかぶ》の香百合
老翁　七十　尚《な》お童心あり

「童心」という語、古くは『春秋左氏伝』（襄《じょう》公三十一年）や『史記』（魯《ろ》世家）などに、魯の昭公（在位紀元前五四一―同五一〇）の故事として見え、現在の「童心」と意味に変りはない。

新村は『童心録』の中で、河上肇の『陸放翁鑑賞』にふれている。二人はともに山口県出身で、一時期、同じ京都大学で教鞭を執っていた。

河上は新村の『辞苑』（『広辞苑』の前身）を愛用し、その内容にふれた随筆を書いている。そして敗戦直後、河上が亡くなった時、夫人の手によって、遺品と共に『辞苑』が納棺されたという。

新村は河上の学問と志操に敬意を払い、放翁の「童心」に、ともに共感を覚えていた。河上没後、『鑑賞』が出版された時、新村は題字を揮毫した。

伝神

むかしの中国では、肖像画のことを「伝神」といった。写真技術輸入前だから、今でいえば「肖像写真」のことである。伝神の「神」と写真の「真」は相通じ、「神」は神髄の意でもあろう。したがって「伝神」は、真実の姿、ありのままの容貌とともに、肖像に画かれた人物の内面の真実、心境をも写し出す。

ところで宋代の詩人陸游（号は放翁、一一二五―一二一〇）に、「題伝神――伝神に題す」（肖像画に書きつける）という詩が何首かある。その時々の容貌、外見について語るとともに、心境、内面をしるした詩である。

放翁の詩集（『剣南詩稿』八十五巻）の最初にみえる「題伝神」詩は、五十九歳の作。みずからの容貌について、「白髪蕭蕭《しょうしょう》として　憊《つか》れはてたり」、と嘆く。しかし、被占領地帯への反撃は諦めぬと、意気なお盛んである。

また、別の「題伝神」詩、七十五歳の作。

半醒半酔して　常に日を終《お》え
士に非ず農に非ず　一老翁

と、その日常をうたい、そして、

櫪驥《れきき》　千里の志を存すといえども
雲鵬《うんぼう》　已に九天の風に息《いこ》う

と、櫪（飼馬桶）に伏す老いたる駿馬《しゅんめ》と、大空を雄飛した鵬《おおとり》を典故として、憂国の志を述べる。

「題伝神」詩は、亡くなる前年、すなわち八十四歳の年まで詠みつづけられた。

また、伝神という言葉は見えぬが、次のようなほほえましい詩もある。七十二歳の作。

放翁は時に長い題の詩を作るが、これもその一例であり、まず詩題をそのまま紹介する。

六月二十四日の夜分《やぶん》、范至能《はんしのう》、李知幾《りちき》、尤延之《ゆうえんし》、同《とも》に江寧《こうねい》に集《つど》い、諸公、予《よ》に詩を賦《ふ》して江湖の楽しみを記するを請《こ》うを夢む。詩成りて覚《さ》む。数字を忘るるのみ。

夢の中で、友人たちが集まり、私に田舎住まいの楽しさを詩に詠め、という。詩ができたら、目が覚めた。

夢の詩である。忘れたのは数文字だけ。七言八句の律詩だが、紙幅の関係で、末尾二句だけを示せば、

呉中の近事　君知るや否《いな》や
団扇《だんせん》　家々　放翁を画《えが》く

呉中は、放翁の故郷会稽《かいけい》。

君たちは知ってるかい。わが故郷の最近の出来事を。

どの家でも、私の姿を描いたうちわを使っているんだよ。

ただしこの自慢話、夢の中でのことか、現《うつつ》のことか。とぼけた爺《じい》さまである。

猫の名前

ペットの犬はポチ、猫ならタマ、と相場がきまっている。しかし実際はちがう。各家庭で、いろいろな名をつけている。

わが家にも猫がいて、名前はチャーリー。

なぜチャーリーか。ペットの名はすぐ忘れるので、はじめはチャップリンとしようかと思った。

しかし仔猫がチャップリンでは、大げさで、そぐわない。そこでチャーリーとした。これなら忘れた時に、チャップリン↓チャーリー、と連想がきく。

今では「チャーリー」と呼ぶと、別に滑稽な仕草をするわけではないが、「ニャー」とこたえる。

ところで中国宋代の詩人陸游（号は放翁、一一二五―一二一〇）に、「猫を近村より得て、雪児を以て名づけ、戯《たわむ》れに為《ため》に詩を作る」と題する詩がある。六十七歳の作。

雪児というのだから、まっ白な猫だったのだろう。

陸游は猫好きだったのか、このほかにも、飼い猫の名前が詩に出てくる。

たとえば「粉鼻《ふんび》に贈る」と題する七言絶句。六十九歳の作。

詩題の自注に、「畜猫の名なり」という。「粉」は化粧品の「おしろい」だから、日本語でいえばこの猫の名、「鼻ジロ」か。

陸游は粉鼻に向かってたずねる。

　渠《かれ》に問う　何ぞ朱門の裏《うち》に似て
　日び魚飧《ぎょそん》に飽き錦菌《きんきん》に睡《ねむ》るや

朱門の裏は、金持ちの家。飧は、ご馳走。菌は、ふとん。

また「猫に贈る」という五言律詩。七十六歳の作。

　塩を裹《つつ》みて狸奴《りど》を聘《まね》き
常に座隅に戯《たわむ》るを看る

（中略）

仍《な》お当《まさ》に名字を立つべし

喚《よ》びて小於兎《しょうおと》と作《な》す

「狸奴」は、猫の別称。「於兎」は、『春秋左氏伝』宣公四年の条に見える古い言葉で、「虎」のことをいう。したがって「小於兎」は、「小トラ」。

なおこれは余談だが、森鷗外はわが子に「於兎」と命名した。ドイツ人の名前「オットー」にちなんだのだろうが、中国では猫の名前だったとは、さすが博学の鷗外も知らなかっただろう。

花屋

中国でも宋代になると、都会の花売りが日常的な風物詩として、うたわれるようになる。南宋の詩人陸游（一一二五―一二一〇）に、江南の会稽《かいけい》（紹興《しょうこう》）の街に住む花屋のことをうたった詩があり、その長い詩題にいう。

城南の上原《じょうげん》の陳翁、花を売るを以て業と為《な》し、銭を得れば悉《ことごと》く酒資に供す。又《ま》た独《ひと》り飲む能《あた》わず、人に逢《あ》わば輒《すなわ》ち強《し》いて与《とも》に共《とも》に酔う。辛亥《かのとい》（紹熙《しょうき》二年、一一九一年）の九月十二日、偶《たま》たま其の門に過《よぎ》りてこれを訪《と》うに、敗屋一間《いっけん》、妻子飢《う》え寒《こご》え、而《しか》も此の翁已《すで》に大いに酔えり。殆ど隠者なり。為《ため》に一詩を賦《ふ》す。

この時、陸游六十七歳。詩は次のようにうたわれる。

君見ずや　会稽城南の売花翁
花を以て糧《かて》と為すこと　蜜蜂の如し
朝《あした》に一株の紫を売り
暮に一枝の紅《くれない》を売る
屋《おく》は破れて　青天を見
盎《かめ》の中　米　常に空《むな》し
花を売りて銭を得れば　酒家に送り
酒を取り　尽《つ》くる時　還《ま》た花を売る
春春《しゅんしゅん》　花の開くこと　豈《あ》に極まり有らんや
日日　我の酔うこと　終《つい》に涯《はて》無し
亦《ま》た知らず　天子の殿前　白麻《はくま》を宣するを
亦た知らず　相公《しょうこう》の門前　堤沙《ていさ》を築くを
客来たりて与《とも》に語るも　答うる能《あた》わず
但《た》だ見る　酔髪　面《おもて》を覆《おお》いて垂るること　鬖鬖《ささ》たるを

末四句の大意。

——天子の殿前で、白い奉書の辞令が発布されたことも知らず
　宰相の就任で、門前に砂を敷きつめた道が出来たのも知らぬ
　客が来て話しかけても、返答ができず
　ただ客の前には、酔うて髪が顔にかぶさり、バサバサ垂れているのが見えるだけ
この飲み助の花売りは、会稽（紹興）の街の男だが、陸游は別の街の花売りのこともうたっている。たとえば、当時のみやこ臨安（杭州）の街。「臨安の春雨初めて霽《は》る」。陸游六十二歳。

　小楼　一夜　春雨を聴き
　深巷《しんこう》　明朝　杏花《きょうか》を売る

また、錦州《きんしゅう》（四川省）の街。「三峡の歌」（九首の第四首）。陸游七十歳。

　錦繡《きんしゅう》楼前　売花を看《み》
　麝香《じゃこう》山下　新茶を摘《つ》む

物価と詩（一）

「唐詩は酒、宋詩は茶」といわれるが、詩も宋代になると、日常茶飯の事をよくうたうようになる。とりわけ南宋の詩人陸游《りくゆう》は、一万首の詩をのこし、晩年には身辺の瑣事を好んで詩材にしたので、

日常茶飯の事を詠じた作品がすくなくない。
物価、物の値段を読み込んだ詩も、その一例である。
たとえば、

百銭　木屐《ぼくげき》を買う　（「屐を買う」）

といい、また、

千銭　短篷《たんぼう》を買う　（「十月三日、舟を湖中に泛《うか》べての作」）

とうたう。

「屐」は、下駄。「篷」は、とま（屋根小屋）つきの舟。両詩は同年（七十歳）の作であり、当時、下駄の値段は法外に高かったらしい。

さて、同じ百銭で買えるのは、つぎのようなものだった。

百銭　新たに緑の蓑衣《さい》を買う　（「蔬圃《そほ》絶句」七首之二、五十七歳）

百銭　菅蓆《かんせき》を買う　（「冬夜」、六十七歳）

百銭　薪蒸《しんじょう》を買う　（「歳暮雑感」四首之二、七十七歳）

「蓑衣」は、みの。「蔬圃」は、野菜畑。「菅蓆」は、すげで編んだむしろ。「薪蒸」は、たきぎである。

また別の詩では、

杖頭　幸いに有り　百許《ばか》りの銭　（「探梅」、六十八歳）

という。たまたま、杖にくくりつけて持ち歩いていた小遣いが百銭ほど、というのだろう。さらに別の詩に、

百銭の濁酒　渾家《こんか》酔う　（「上章して禄を納め云々」、七十九歳）

百銭のどぶろくがあれば、家中みんなで酔える、とうたう。しかし、

百銭　弁ぜず　旗亭の酔い　（「新春、事に感ず」、七十七歳）

ともいい、料亭で飲むには、百銭では足りなかったようだ。

では、百銭の十倍である千銭では、小舟の他《ほか》何が買えたか。

物価と詩(二)

前回紹介した詩「十月三日云々」（陸游七十歳の作）では、小さな屋形舟が一艘千銭で買えたという。

また別の詩でも、

千銭　短船を買う　（「嚴居厚《げんきょこう》の伴釣軒《はんちょうけん》に寄題す」、七十六歳）

といい、さらに、

千銭　一舟を買う　（「漁父《ぎょほ》」、七十七歳）

とうたう。

そしてまた別の詩では、

橐《たく》を倒《さかしま》にして千銭を得《え》
人の従《もと》にて釣船を買う

（「雑興」六首之五、八十歳）

という。「橐」は、財布。「倒橐」は、有り金はたいて。

魚釣り用の舟一艘千銭というのが、当時の相場だったのだろう。

ところで千銭で買えるものについてふれた陸游の詩に、次のような句がある。

千銭　斗米を得《え》
一斛《いっこく》　万銭に当る

（「呉中《ごちゅう》、米価甚だ貴《たか》しと聞く、二十韻」、八十四歳）

呉中、すなわち陸游（放翁）の故郷の北方、今の江蘇省のあたりでは、一斗の米が千銭、一石《いっこく》は万銭もした、というのである。

また別の詩では、

水旱《すいかん》の適《たま》たま継《つ》ぎて作《おこ》り
斗米　幾千銭

（「鏡湖」、七十一歳）

ともいう。「水旱」は、ひでり。

ところで豊年の時、米はいくらで買えたのか。その例として、

斗米三銭　路に憂えず

（「蜀僧宗桀《そうけつ》来たりて詩を乞う云々」、七十一歳）

という句があり、その自注に、

「今年、在《いた》る所、皆大いに稔《みの》る」。

今年は豊作で、米一斗三銭、という。しかしこれは、唐の天宝五年（七四五）、「是《こ》の時、海内豊実、青《せい》・斉《せい》の間、斗讒《わず》かに三銭」という『新唐書』食貨志の記録など、唐の史書の記事をふまえたもので、「斗米三銭」とは、単に米価が安いことの象徴的表現かも知れぬ。

いくらインフレでも、三銭と千銭では、差が大きすぎるように思える。

酒の値段

中国南宋の詩人陸游（号は放翁、一一二五—一二一〇）に、「春感」と題する七言古詩がある。『剣南詩稿』巻六、五十二歳の作。

全二十四句のうたい出しにいう。

少《わか》き時　狂走す　西復《ま》た東と
銀鞍《ぎんあん》の駿馬《しゅんめ》　馳《は》すること　風の如し
眼《ま》のあたりに春の去るを看るも　復た惜しまず
只《た》だ道《い》う　歳月の来たること　無窮なりと
初めて漢中に遊びしとき　亦《ま》た未《いま》だ覚《さと》らず

一飲　尚《な》お千鍾《せんしょう》を傾くべし

一鍾は約五十リットル。したがって千鍾は五万リットル。それを一気に飲み干すというのだから、白髪三千丈式の大風呂敷だが、詩は末尾に至って、酒の値段について次のようにいう。

青銭三百　幸いに弁ずべし

これらの詩句は、杜甫の楽府《がふ》「偪側《ふくそく》の行《うた》　畢四曜《ひつしよう》に贈る」の次の詩句をふまえているだろう。

速《すみや》かに宜《よろ》しく相就《あいつ》きて　一斗を飲むべく
恰《あたか》も有り　三百の青銅銭

「偪側《ふくそく》」は、距離の近いこと、近所、あるいは近所の人。したがって「偪側行」は、「お隣さん」というほどの意か。

杜甫は、一斗の酒が「青銅三百銭」といい、これをふまえて陸游は「一飲」「青銭三百」という。一斗三百銭という酒の値段は、陸游の別の詩にも見える。たとえば、「酒に対して戯れに詠ず」二首の第二首。『剣南詩稿』巻五十六、八十歳の作。

長安市中　美酒多く
一斗　財《わず》かに当る　三百銭

また別の詩「章を上《たてまつ》り（略）遂に五月初めを以て東帰す」（巻五十三、七十三歳の作）には、

百銭の濁酒　渾家《こんか》酔う

という。百銭のどぶろくがあれば、一家みんなで酔っぱらうことができる、というのである。

一斗三百銭なら、百銭で三升あまり。

ただし当時の一斗は、今の約一八リットルではなく約九・五リットルだという。

琉　球

沖縄のことを琉球ともいう。

琉球という地名は、古くは中国の史書『隋書《ずいしょ》』に、「流求」として見える。

隋は紀元五八一年に成立し、六一九年に亡びた国だが、その歴史をしるした『隋書』は、六三六年に執筆された。

その『隋書』巻八一「東夷伝」にいう、

流求国は海島の中に居り、建安郡の東に当り、水行五日にして至る。

流求国居海島之中、当建安郡東、水行五日而至。


ここにいう「建安郡」は、福建省建甌《けんおう》県。

ところで南宋の詩人陸游（一一二五―一二一〇）に、「流求」のことを詠じた詩がある。

すなわち淳熙《じゅんき》三年（一一七六）五二歳の作。「歩して万里橋門を出《い》で、江上に至る」と題する五言

古詩にいう、

　一日新雨霽　一日　新雨　霽《は》れ

微茫見流求　微茫《かす》かに、流求を見る

そして「流求」という語に自ら注していう、

福州に在りて海に泛《うか》び東望すれば、流求国を見る。

　在福州、泛海東望、見流求国。

詩題にいう「万里橋」は、四川省成都、杜甫の草堂の東にあった橋。

また同じく陸游の詩「昔に感ず」五首の第一首（八〇歳の作）では、

　行年三十懐南遊　行年三十　南遊を懐《おも》う

穏駕滄溟万斛舟　穏《おだ》やかに駕《が》す　滄溟《そうめい》　万斛《ばんこく》の舟

常記早秋雷雨霽　常に記す　早秋　雷雨霽《は》れ

柁師指点説流求　柁師《だし》　指点《してん》して　流求と説《い》いしを

「滄溟」は、青海原。「万斛」は、万石《ばんこく》。「柁師」は、船頭。「指点」は、一点を指さす。

漱石札記

『草枕』の中の漢詩

一　陶淵明「悠然見南山」

漱石の小説『草枕』の中には、テーマの進行に沿って、中国の古人の詩や、漱石自身の漢詩作品が、いくつか引用されている。

ここではそれらの中、二、三の作品をとりあげて紹介し、そこから派生する若干の話柄について論じてみたい。

まず冒頭第一章に登場するのは、中国の詩人陶淵明（三六五―四二七）である（一九九四年版『漱石全集』第三巻一〇頁）。

『草枕』の主人公は、西洋の詩と東洋の詩を比較して、次のようにいう。

西洋の詩になると、人事が根本になるから所謂詩歌の純粋なるものも此境を解脱《げだつ》する事を知らぬ。（中略）

うれしい事に東洋の詩歌はそこを解脱したのがある。採菊東籬下、悠然見南山。只それぎりの裏《うち》に暑苦しい世の中を丸で忘れた光景が出て来る。垣の向ふに隣りの娘が覗《のぞ》いてる訳でもなければ、南山に親友が奉職して居る次第でもない。超然と出世間的に利害損得の汗を流し去つた心持ちになれる。

引用の二句は、陶淵明の「飲酒」と題する連作二十首の第五首に見える。全篇を示せば、

結廬在人境　廬《ろ》を結んで人境に在り
而無車馬喧　而《しか》も車馬の喧《かまびす》しきなし
問君何能爾　君に問う　何ぞ能《よ》く爾《しか》るやと
心遠地自偏　心遠ければ　地も自《おのずか》ら偏《かたよ》れり
採菊東籬下　菊を東の籬《まがき》の下《もと》に採《と》り
悠然見南山　悠然として　南山を見る
山気日夕佳　山気　日の夕べに佳《よ》く
飛鳥相与還　飛鳥　相与《あいとも》に還《かえ》る
此中有真意　此の中に真意あり
欲弁已忘言　弁ぜんと欲して　已《すで》に言を忘る

漱石が淵明のこうした境地を理想とし、初めて自らの詩文にその句を採りいれるのは、現存の作品で見る限り、二十二歳の頃である。

すなわち第一高等中学校本科一年の時、学校に提出した漢文作品「居移気説（居は気を移すの説）」（全集第十八巻所収）にいう。

既去寓于高田。地在都西。雖未能全絶車馬之音、門柳籬菊、環堵蕭然、乃読書賦詩、悠然忘物我。（既に去りて高田に寓《ぐう》す。地は都の西に在り。未だ全くは車馬の音を絶つ能わずと雖も、門柳籬菊、環堵蕭《かんとしょう》然《ぜん》、乃ち書を読み詩を賦し、悠然として物我を忘る。）

文中の傍線を施した部分は、すべて淵明の作品、「飲酒」詩や「五柳先生伝」などの語句を、ほとんどそのまま踏まえた表現である。

具体的に例示すれば、

而無車馬喧（飲酒）　門前有五柳樹（五柳先生伝）　採菊東籬下（飲酒）　環堵蕭然（五柳先生伝）　好読書（五柳先生伝）　酣觴賦詩（五柳先生伝）　悠然見南山（飲酒）

ただし当時の若者ならば、この程度の典故を用いての作文は、別に出色のものとは言えぬ。ところがこの同じ年、やはり漢文で書いた房総半島紀行文「木屑録《ぼくせつろく》」末尾の「漱石頑夫」という自署は、注目してよいだろう。

「頑」と対《つい》をなす語は「拙」であり、漱石自作の漢詩（「無題」、明治二十八年作、全集第十八巻所収）にもいう。

辜負東風出故関　　東風に辜負《そむ》きて　故関《こかん》を出《い》づ
鳥啼花謝幾時還　　鳥啼き花謝《ち》りて　幾時《いくとき》か還《かえ》る
離愁似夢迢迢淡　　離愁《りしゅう》　夢に似て　迢迢《ちょうちょう》として淡《あわ》く
幽思与雲澹澹間　　幽思《ゆうし》　雲と与《とも》に　澹澹《たんたん》として間《しず》かなり

才子群中只守拙、
小人囲裏独持頑、
寸心空托一杯酒
剣気如霜照酔顔

才子群中　只《た》だ拙《せつ》を守り
小人囲裏《いり》　独り頑《がん》を持《じ》す
寸心《すんしん》　空《むな》しく托《たく》す　一杯の酒
剣気《けんき》　霜の如く　酔顔《すいがん》を照らす

第五句の「拙」は、世渡り下手《べた》のこと。「守拙」という語は、淵明の詩「園田の居に帰る」に見える。

開荒南野際　荒を南野の際に開かんと
守拙帰園田　拙を守って園田に帰る

なお「拙」という語は、さして多くない淵明の詩文に八回も顔を見せる。
これも他の七例を示せば、

存生不可言　生を存するは言う可からず
衛生毎苦拙　生を衛《まも》るすら毎《つね》に拙なるに苦しむ　（形影神）

行行至斯里　行き行きて斯《こ》の里に至り
叩門言辞拙　門を叩きて言辞拙なり　（乞食）

平津苟不由　平津《へいしん》　苟《いや》しくも由《よ》らず
棲遅詎為拙　棲遅《せいち》　詎《なん》ぞ拙と為《な》さん　（癸卯歳云々）

人皆尽獲宜　人皆　尽《ことごと》く宜《よろ》しきを獲《う》るに
拙生失其方　拙生　其の方を失う　（雑詩）

人事固以拙　人事　固《まこと》に以て拙なるも
柳得長相従　聊《いささ》か長く相従《あいしたが》うを得ん　（詠貧士）

誠謬会以取拙　誠に謬会《びゅうかい》以て拙を取る　（感士不遇賦）

性剛才拙　性は剛にして才は拙なり　（与子儼等疏）

「拙」はいわば淵明の思想の骨格をなすキーワードの一つである。そして「守拙」というのは、実は漱石が文人としての生涯の中で、とりわけ好んだ言葉の一つでもあった。

たとえば、さきの漢詩を作ったのと同じ年、明治二十八年十二月十八日付の正岡子規にあてた書簡（全集第二十二巻所収）に、

是非雲煙の如し。善悪亦一時。只守拙持頑で通すのみに御座候。此頃は人に悪口されると却て愉快に相成候。呵々。

さらに、明治三十九年の作である『草枕』自体の中でも、次のようにいう。

評して見ると木瓜《ぼけ》は花のうちで、愚かにして悟つたものであらう。世間には拙を守ると云ふ人がある。此人が来世に生れ変ると屹度《きっと》木瓜になる。余も木瓜になりたい。

そして明治三十年の句（全集第十七巻所収、1091）に、

木瓜咲くや漱石拙を守るべく

漱石は晩年、自らの書画帖に「守拙帖」と名づけるほど、生涯「守拙」と言う言葉をひそかに愛し、淵明の境地を理想として来た。

「しかし」、と『草枕』の主人公は、はぐらかす。「淵明だつて年が年中南山を見詰めて居たのでもあるまいし、……矢張り余つた菊は花屋へ売りこかして……。」

一筋縄ではゆかぬ詩人淵明に、一筋縄ではゆかぬ漱石が惚れこんでいた、ということか。

二　王維「明月来相照」

陶淵明について『草枕』に登場する詩人は、唐の王維（七〇一―七六一）である。

第一章での陶詩のあと、つづけていう。

独坐幽篁裏、弾琴復長嘯、深林人不知、明月来相照。只二十字のうちに優に別乾坤《けんこん》を建立《こんりゅう》して居る。此乾坤の功徳は「不如帰《ほととぎす》」や「金色夜叉」の功徳ではない。汽船、汽車、権利、義務、道徳、礼義で疲れ果てた後、凡てを忘却してぐつすりと寐込む様な功徳である。

ここに引かれた王維の作品は、五言絶句「竹里舘」。読み下し文を添えれば、

独り幽篁《ゆうこう》の裏《うち》に坐し
琴を弾じ　復《ま》た長嘯《ちょうしょう》す
深林　人知らず
明月来たりて　相照《あいて》らす

「幽篁」は、奥深くほの暗い竹やぶ。「長嘯」は、声を長く引いてうたう。

王維の名や詩作品は、漱石の詩文にしばしば登場するが、最初に王維の名が見えるのは、陶淵明の場合と同じく二十二歳の時である。ただしそれは、詩人王維でなく、画家王維の名であった。前回にも引いた紀行文「木屑録《ぼくせつろく》」（全集第十八巻所収）にいう。

余笑曰、作文猶為画。為画之法、有速有遅。不必牽束一。意匠惨澹、十日一水、五日一石、是王呉之画山水也。（余、笑って曰く、文を作るは猶《な》お画を為《つく》るがごとし。画を為るの法、速き有り、遅き有り。必ずしも一に牽束《けんそく》されず。意匠惨澹《いしょうさんたん》、十日に一水、五日に一石、是《こ》れ王呉の山水を画《えが》くなり。）

ここに「王呉」というのは、王維および同じく唐代の山水画家呉道玄《ごどうげん》（？—七九二）。この年の漱石の文章「山路観楓」（全集第二十六巻所収）にも、「ときはの松紅葉の梢、枝をかはし緑り紅ひうつりかゞやくも王呉の筆のやうなり」という。

そしてその翌明治二十三年、漱石が箱根を訪れた時の漢詩（「函山雑咏」八首の第五首）には、王維の作品に似た句が見える。漱石の詩は、次の五言律詩である。

百念冷如灰　　百念　冷えて灰の如く

霊泉洗俗埃　霊泉　俗埃《ぞくあい》を洗う
鳥啼天自曙　鳥啼《な》いて　天自《おのずか》ら曙《あ》け
衣冷雨将来　衣冷《ひやや》かにして　雨将《まさ》に来たらんとす
幽樹没青靄　幽樹　青靄《せいあい》に没し
閑花落碧苔　閑花　碧苔《へきたい》に落つ
悠悠帰思少　悠悠として　帰思《きし》少く
臥見白雲堆　臥《が》して見る　白雲の堆《うずたか》きを

第六句「閑花碧苔に落つ」は、王維の七絶「閑人春思」の次の句からヒントを得たのではないか。

閑花落遍青苔地　閑花　落つること　青苔の地に遍《あまね》し

王維のこの詩、日本人に親しまれて来た唐詩の選集、『三体詩』『唐詩選』『唐詩三百首』などには見えず、漱石は王維の個人詩集を読んでいたのではないか。

なお、王維の詩集を購入したという記録は、明治四十三年十二月一日の日記（全集第二十巻所収）にようやく見え、また同年作の俳句にいう（全集第十七巻所収、2215）。

渋柿も熟れて王維の詩集哉

しかし漱石は、この詩集の購入以前に、唐詩の選集には見えぬ王維の詩句を踏まえて、漢詩作品を作っているようである。

たとえば、明治三十一年三月作の失題詩（五言古詩、全集第十八巻所収）。

吾心若有苦　吾が心　苦しみ有るが若《ごと》し
求之遂難求　之《これ》を求むるも　遂に求め難し
俯仰天地際　俯仰《ふぎょう》　天地の際
胡為発哀声　胡為《なんす》れぞ哀声を発する
春花幾開落　春花　幾たびか開き落ち
世事幾迭更　世事　幾たびか迭更《てつこう》す
烏兎促鬢髪　烏兎《うと》（日月）　鬢髪《びんぱつ》を促《うなが》し
意気軽功名　意気　功名を軽《かろ》んず
昨夜生月暈　昨夜　月暈《げつうん》生じ
飆風朝満城　飆風《ひょうふう》　朝　城に満つ
夢醒枕上聴　夢醒《さ》めて　枕上に聴く
孤剣匣底鳴　孤剣　匣底《こうてい》に鳴くを
慨然振衣起　慨然《がいぜん》　衣を振《ふる》って起ち
登楼望前程　楼に登りて　前程を望む
前程望不見　前程　望めども見えず
漠漠愁雲横　漠漠《ばくばく》として　愁雲横たわる

この詩の第三、四句「俯仰天地の際、胡為れぞ哀声を発する」は、王維の五言古詩「白髪を嘆く」

の句、

俯仰天地間　俯仰　天地の間
能為幾時客　能《よ》く幾時《いくとき》の客と為《な》る

を意識しているのではないか。

漱石は生涯に二百余首の漢詩作品をのこしているが、典故の例を調べてみると、王維の作品に拠ったものが少なくない。

それだけでなく、たとえば篆刻の文字を選ぶよう依頼されると、王維の詩句、

日落江湖白　日落ちて　江湖白く
潮来天地青　潮来たりて　天地青し

という十文字（「邢桂州《けいけいしゅう》を送る」）を推薦する（全集第二十三巻三六頁）。

また自ら筆を執り、やはり王維の句、

大漠孤烟直　大漠《だいばく》　孤烟直《なお》く
長河落日円　長河　落日円《まど》かなり

といった対句を色紙に書いて、友人に贈る（全集第二十巻一二五頁）。

さらに、これも友人からの依頼で、別荘の名をあれこれ考えて、

曠然蕩心目　曠然《こうぜん》　心目を蕩《あら》う

という『唐詩選』などには見えない王維の句（「晦日《かいじつ》、大理韋卿の城南の別業に游《あそ》ぶ」四首の第四首）を選び、

「曠然荘」では如何などと応答している（全集第二十四巻四一七頁）。

そして漱石は、亡くなる前々年にも、次のような句をのこしていた（全集第十七巻所収、2418）。

門鎖《と》ざす王維の庵《いお》や尽くる春

これは、王維が自らの別荘を詠じた詩「張五弟に答う」に見える次の句を踏まえての作であろう。

終年無客長閉関　　終年客なく　長《つね》に関を閉ざし
終日無心長自閑　　終日無心にして　長に自《おのずか》ら閑なり
不妨飲酒復垂釣　　酒を飲み復《ま》た釣《つりいと》を垂るるを妨げず
君但能来相往還　　君但《た》だ能《よ》く来たらば相往還《あいおうかん》せん

王維の静謐な詩境に対する漱石の愛好・共感は、晩年に至るまでおとろえることがなかった。

三　漢詩創作の機微

『草枕』には、漱石自作の漢詩が二首引用されている。一首は、全集（第十八巻、一九九五年刊）が「春日静坐」と題して収める全十四句の五言古詩（作品番号六七）。

紙幅の関係で、首聯と尾聯のみ掲げれば、

青春二三月　　青春　二三月
愁随芳草長　　愁いは芳草に随って長し

……………

遐懐寄何処
緬邈白雲郷

遐懐《かかい》　何《いず》れの処にか寄せん
緬邈《めんばく》たり　白雲の郷

もう一首は、「春興《しゅんきょう》」と題する全十八句の五言古詩（作品番号六五）。同じく首聯と尾聯のみ示せば、

出門多所思
春風吹吾衣

門を出《い》でて　思う所多し
春風　吾が衣を吹く

……………

逍遥随物化
悠然対芬菲

逍遥《しょうよう》して　物化《ぶっか》に随い
悠然として　芬菲《ふんぴ》に対す

前者は『草枕』第六章、後者は第十二章に、いずれも作中の主人公の作として見えるが、詩の全容および語釈等は、全集第十八巻によって見られたい。またこの二首が小説『草枕』の中で果たしている役割、小説全体の進行やモチーフなどにどのように関わっているか、といった問題については、私自身門外の徒なので、漱石研究の専家に分析をゆだねたい。

ここでは、漱石が自ら漢詩を創作する過程において、いわばその機微のごときものを、独特の描写を用いて示しているので、それを紹介し、また同じく『草枕』の中に見える別の漢詩の断片についていて、ふれておきたい。

漱石は、「春日静坐」という漢詩作品が醸成されて行く過程について、次のような比喩を使って

描写する。

葛湯《くずゆ》を練るとき、最初のうちは、さら〳〵して、箸に手応《てごたえ》がないものだ。そこを辛抱すると、漸く粘着《ねばり》が出て、攪《か》き淆《ま》ぜる手が少し重くなる。それでも構はず、箸を休ませずに廻すと、今度は廻し切れなくなる。仕舞には鍋の中の葛が、求めぬに、先方から、争つて箸に附着してくる。詩を作るのは正に是だ。

手掛りのない鉛筆が少しづゝ動く様になるのに勢を得て、彼是《かれこれ》二三十分したら

ここで、漢詩の前半「青春二三月」以下の六句を掲げ、つづけていう。

と云ふ六句丈出来た。読み返して見ると、みな画になりさうな句許《ばか》りである。是なら始めから、画にすればよかつたと思ふ。なぜ画よりも詩の方が作り易かつたかと思ふ。こゝ迄出たら、あとは、大した苦もなく出さうだ。然し画に出来ない情を、次には詠《うた》つて見たい。あれか、これかと思ひ煩つた末とう〳〵、

として、後半の八句を掲げていう。

と出来た。もう一返最初から読み直して見ると、一寸面白く読まれるが、どうも、自分が今しがた入つた神境を写したものとすると、索然として物足りない。序《つい》でだから、もう一首作つて見やうかと、鉛筆を握つた儘、何の気もなしに、入口の方を見ると、襖を引いて、開け放つた幅三尺の空間をちらりと、奇麗な影が通つた。

ここで、女性登場。第二作目の創作は中止される。

右の創作過程の描写、葛湯を使った比喩は、きわめて具象的だけれども、過程そのもののイメージは、至って抽象的である。しかし創作体験をもったことのある人ならば、首肯できる面があるのではないか。

ところで『草枕』の中には、先の古詩二首のほかに、ふと思い浮かんだという七言一句の断片についての、次のような描写がある（第十一章）。

観海寺の石段を登りながら仰数春星一二三と云ふ句を得た。（中略）

石段を登るにも骨を折つては登らない。骨が折れる位なら、すぐ引き返す。一段登つて佇《たゞず》むとき何となく愉快だ。それだから二段登る。二段目に詩が作りたくなる。黙然《もくねん》として、吾影を見る。角石に遮られて三段に切れてゐるのは妙だ。妙だから又登る。仰いで天を望む。寐ぼけた奥から、小さい星がしきりに瞬きをする。句になると思つて、又登る。かくして、余はとう〳〵、上迄登り詰めた。

上まで登りつめたら、一句できあがっていた、というのである。「仰いで数う春星一二三」。

ここでも、創作過程についての漱石の描写は、何となくとぼけていて、あいまいだ。しかしできあがった詩句は、なかなかの曲者である。漢字を七字ならべただけではない。

中国では唐代以後、さまざまな法則にしばられた「近体詩」という新しいスタイルの漢詩作品、いわゆる「絶句」（四句）「律詩」（八句）などが作られるようになった。

いくつかの法則の中で、「近体詩」にとって最も重要なのは、「平仄《ひょうそく》の法則」である。

当時の人が漢字を中国音で発音してみると、なだらかな音の漢字と、一種抵抗感のある（屈折したり、つまったような）音の漢字とがあることに気づいた。前者を平字《ひょう》、後者を仄字《そく》という。「近体詩」では、一句の中での平字、仄字の配置の仕方に、一定の法則を定めており、その法則を守って作詩しなければならない。

「平仄の法則」の最も基本的なものは、次の四つである。

一、二四不同、二六対《つい》。

五言詩、七言詩の場合、二字目と四字目の平仄は逆、七言詩は二字目と六字目がともに平字か、ともに仄字でなければならない。

これを図示すると、

五言詩は、

x平x仄x

x仄x平x

七言詩は、

x平x仄x平x

x仄x平x仄x

二、偶数句末（韻を踏む字）は平字。奇数句末は仄字。

三、各句の下三字が、すべて平字、またはすべて仄字になるのを避ける。これを「下三連《しもさんれん》」といい、タブーとする。

x x平平平

x x仄仄仄

x x x平平平

x x x仄仄仄

四、平字が仄字で挟まれる（仄平仄）のを避ける。これを「孤平《こひょう》」という。

さて、先の観海寺の七言の詩句、その平仄を示すと、

仰数春星一二三

仄仄平平仄仄平

これに先の法則を当てはめてみると、

一、二字目仄、四字目平、六字目仄と、「二四不同、二六対」の法則に合っている。

二、句末の文字は平字であり、この句を近体詩の偶数句として使うことができる。

三、下三字は「仄仄平」だから、「下三連」のタブーを犯していない。

四、平字の上下どちらかに平字が配置してあり、「孤平」の禁を犯していない。

『草枕』の主人公、とぼけた風して石段を登りながら、じつは法則にかなった句（律句）を作っていたのである。

漱石の漢詩、遊びのようで、実は遊びではない。

漱石漢詩札記

一九九五年十月、私が訳注を施した漱石の漢詩文（岩波版『漱石全集』第十八巻）が出版され、その八年後（二〇〇三年九月）、いささかの補訂を加えて第二次版（二刷）が刊行された。現在はそれからさらに二年の歳月（合わせて十年）が経過しているが、その間、漱石の漢詩について語るべき若干の話柄があり、それらの中のいくつかをここに紹介しておきたい。

一

全集第十八巻の第二次刊行がおこなわれた時、私はその「凡例」に次のように書いた。

「本全集の第二次刊行にあたり、誤りを訂し合わせて新知見などによる補訂を行なった。補訂は原則として訳注本文の当該箇所で行なったが、それが困難な箇所については訳注本文の該当箇所に＊印を付し、改訂の内容は巻末の『補注』に記した」。

右の「補注」では、新たに気づいた出典や、判明した人名その他、二十五項目にわたって記しているが、新しい発見の一つに、漱石の漢詩作品に対する漢詩人桂湖村《かつらこなん》の講評がある。

桂湖村は明治元年の生まれで漱石より一歳若く、明治二十五年東京専門学校専修英語科を卒業、新聞『日本』に客員社友として入社していた。

　漱石は明治三十一年、熊本の第五高等学校につとめていた時に作った三首の漢詩作品（「春興」「失題」「春日静坐」、全集作品番号65、66、67）を、正岡子規の手を経て新聞『日本』（明治三十二年四月五日号）に寄せた。この三首は、五高での漱石の同僚、同じく漢詩人の長尾雨山《うざん》が添削を加えたものだったが、当時『日本』に勤務していたと思われる桂湖村が、これに短い漢文の講評を添えて、登載したのである。

　その一例、漱石の作品と湖村の講評を示せば、たとえば65「春興」、全十八句の五言古詩。

出門多所思　　門を出でて　思う所多し
春風吹吾衣　　春風　吾が衣を吹く
芳草生車轍　　芳草　車轍に生じ
廃道人霞微　　廃道　霞に入りて微かなり
停筇而矚目　　筇《つえ》を停めて　目を矚《そそ》げば
万象帯晴暉　　万象　晴暉《せいき》を帯ぶ
聴黄鳥宛転　　黄鳥の宛転《えんてん》たるを聴き
睹落英紛霏　　落英の紛霏《ふんぴ》たるを睹《み》る
行尽平蕪遠　　行き尽くして　平蕪《へいぶ》遠く
題詩古寺扉　　詩を題す　古寺の扉

孤愁高雲際
大空断鴻帰
寸心何窈窕
縹渺忘是非
三十我欲老
韶光猶依依
逍遥随物化
悠然対芬菲

孤愁　雲際高く
大空　断鴻《だんこう》帰る
寸心　何ぞ窈窕《ようちょう》たる
縹渺《ひょうびょう》として　是非を忘る
三十　我老いんと欲し
韶光《しょうこう》　猶お依依たり
逍遥して　物化に随い
悠然として　芬菲《ふんぴ》に対す

この詩に対する湖村の講評を、原文に読み下し文を添えて示せば、

湖村小隠曰、不踏襲六朝、而有似六朝者。不依旁三唐、而有似三唐者。孤愁以下、宛入真境、神游物外、想旋空際、尤覚含毫邈然。

湖村小隠曰く、六朝を踏襲せずして、六朝に似たる者あり。三唐に依旁せずして、三唐に似たる者あり。「孤愁」以下、宛《さなが》ら真境に入り、神《しん》、物外に游《あそ》び、想《そう》、空際に旋《めぐ》り、尤も含毫邈然《がんごうばくぜん》たるを覚《おぼ》ゆ。

右の三首については、長尾雨山の評語ものこっているのだが（全集一九四―二〇四頁）、雨山・湖村の講評には微妙な違いがあっておもしろい。

なお『日本』は、翌日号（四月六日付）にも漱石の作品69「客中逢春寄子規」一首を載せており、

これに対しても湖村が講評を加えている。それらの詳細、および湖村の講評の語釈等については、小文「漱石と桂湖村――熊本時代の漢詩」(『漱石全集』〈第二次刊行〉第二十巻付録月報20、二〇〇三年三月)を参照されたい。

蛇足を加えれば、湖村は、京都帝国大学支那文学科教授で漢詩人でもあった鈴木虎雄(号は豹軒、一八七八―一九六三)と同郷で親交があり、『漢詩評釈』(東京専門学校文学科講義録、明治四十三年)という共同の著作もあった。漢詩を媒介として、漱石―子規―雨山―湖村―豹軒と、さまざまな人脈のつながりがあったのである。

二

漱石は生涯に二百余首の漢詩作品を遺した。ただし生前自ら編集刊行したわけではなく、没後蒐集編纂されたものである。

漢詩集としてまとまった形で活字になったのは、没後二年目の大正七年(一九一八年)、岩波書店が刊行した最初の『漱石全集』(第十巻)であった。収められた作品数は、百八十五首。

その後岩波書店は、大正、昭和と数次にわたって新版の『漱石全集』を刊行、収録詩数は漸次増えてゆき、昭和四十年(一九六五年)に刊行が始まった全集の第十二巻(六七年刊)には、現在判明しているのと同じ作品数、二百八首が収められていた。

ところがその中に一首、中国の詩人の作品がまぎれこんでいたのである。それは次のような五言

絶句であった。読み下し文を添えて示せば、

緑水池光冷　緑水　池光冷やかに
青苔砌色寒　青苔　砌色《せいしょく》寒し
竹深啼鳥乱　竹深くして　啼鳥乱れ
庭暗落花残　庭暗くして　落花残《ざん》す

この詩は、漱石の旧蔵本『箋註宋元明詩選』(東北大学附属図書館漱石文庫蔵)に見える宋の劉敞《りゅうしょう》の「雨後回文」と題する五絶であり、詩題に「回文」とあるように、うしろから読めば、別の五絶となる。

残花落暗庭　残花　暗き庭に落ち
乱鳥啼深竹　乱鳥　深き竹に啼く
寒色砌苔青　寒色　砌苔青く
冷光池水緑　冷光　池水緑なり

かくて漱石の漢詩総数は一首減ることとなった。ところがその後、漱石作と確実視される別の五絶一首が、新たに発見された。題して「題自画」という。

一路蕭条尽　一路　蕭条《しょうじょう》として尽き
清渓馬上過　清渓　馬上に過ぐ
朱欄何処寺　朱欄　何処《いずこ》の寺ぞ
黄葉照僧多　黄葉　僧を照らして多し

私が施注した全集第十八巻では、この詩を漱石作として収め、若干の考証を行なっている。かくて漢詩総数はやはり二百八首となり、その後新しい作品は発見されていない。

以上はすべて完成された作品（定稿）であるが、漱石は手許の手帳などに、絶句や律詩として形式は整っていながら未完成の作品（未定稿）をいくつか記していた。それらは書き上げたのち、斜線を引いて採らざることを示し、手帳の清書の欄には書きのこしていない。従来の全集はこれらの未定稿は収録していなかったが、私は手帳類を調べて、八首の作品を漢詩集の末尾に付載し、それらの出処を示して、語注を施した（五七一―五八一頁）。

未定稿の作品は、その後新しく発見されていない。ただ、八首のうち、文字が不明だった部分につき、その若干の箇所を、編集部の努力によって復原、確定させることができた。

なおここでいう未定稿とは、完成された作品（定稿）に至る過程の未定稿ではなく、前述のごとく、形式としては絶句、あるいは律詩などとして一応完成した形をとりながら、定稿を作らぬままに廃棄した作品をいう。

ところで漱石の手帳などには、右のような未定稿のほかに、一句あるいは二句だけの「逸句」と呼ばれる断片が、少なからず書きのこされている。それらの句は、後に漢詩作品の中に取り込まれることなく、断片として廃棄されたものである。しかしその中には、詩句としてなかなかおもしろいものがある。

右にいう「逸句」は、いわゆる「日記・断片」と呼ばれるもの（全集第二十・二十一巻）のほか、小説や書簡の中にも散見される。
たとえば小説『草枕』（第十一章）の一節にいう。
「観海寺の石段を登りながら、仰数春星一二三と云ふ句を得た」。
この七言一句、
仰いで数《かぞ》う　春星　一二三
と読むのだろうが、何気なくふと口をついて出た句のように見えて、実は平仄《ひょうそく》の法則を厳密に守って作られた、いわゆる「律句《りっく》」である。この「逸句」については、最近やや詳しく論じたことがある（『草枕』の中の漢詩（三）――漢詩創作の機微」、『図書』二〇〇五年七月号）。
また書簡の中にも、たとえば明治四十四年十月二十日付湯浅廉孫《おさひこ》あての一通に、
「二天只霽月満地尽光風の二句を得た」。
とある。この二句、読み下せば、
一天　只《た》だ霽月《せいげつ》
満地　尽《ことごと》く光風
こうした逸句は、前述のごとく「日記・断片」の中にかなり見ることができる。それらは断片ながら、漱石の詩才を十分に示しており、丹念に蒐集、整理して、味読する必要があるだろう。

三

中国唐代の詩人王維《おうい》（七〇一―七六一）は、漱石が好んだ詩人の一人だった。

この春、私は漱石が王維のどのような作品、詩句、詩語を好んでいたかについて、調べてみた。それは小説『草枕』の中に引用されている王維の作品についての、漱石の議論に触発されてのことであり、短い文章を書いていささかの考証を試みた（『草枕』の中の漢詩（二）――王維「明月来相照」、『図書』二〇〇五年五月号）。

その中で、漱石は王維の詩を「選集」でなく「全集」あるいは「個人詩集」で読んでいたのではないかと言い、その証拠として、次のような例を挙げた。

明治二十三年、漱石が箱根を訪れた時の漢詩（「函山雑詠」八首の第五首）には、王維の作品に似た句が見える。漱石の詩は次の五言律詩である。

百念冷如灰　　百念　冷えて灰の如く
霊泉洗俗埃　　霊泉　俗埃《ぞくあい》を洗う
鳥啼天自曙　　鳥啼いて　天自《おのずか》ら曙《あ》け
衣冷雨将来　　衣冷えて　雨将《まさ》に来たらんとす
幽樹没青靄　　幽樹　青靄《せいあい》に没し
閑花落碧苔　　閑花　碧苔《へきたい》に落つ

いか。

悠悠帰思少　悠悠として　帰思《きし》少く
臥見白雲堆　臥《が》して見る　白雲の堆《うずたか》きを

第六句「閑花碧苔に落つ」は、王維の七絶「閑人春思」の次の句からヒントを得たのではないか。

閑花落遍青苔地　閑花　落つること　青苔の地に遍《あまね》し

王維のこの詩、日本人に親しまれて来た唐詩の選集『三体詩』『唐詩選』『唐詩三百首』などには見えず、漱石は王維の個人詩集を読んでいたのではないか。

この一文に対し、堺市の槇高志という読者の方から手紙をいただいた。その主な内容は、「一、王維の詩題は「閑人春思」でなく、「閨人春思」である。二、この詩は唐の王涯の作だという説がある」。

たしかに私の思い違いで、詩題はどのテキストでも「閨人春思」となっており、作品の内容も「閑人」の詩でなく「閨人」の詩、すなわち「閨怨詩」である。

また槇氏の指摘の如く、『全唐詩』などのように、これを王涯の作として収録しているテキストもある。さらに先の一文で私もふれているように、この作品は日本人に親しまれている唐詩の「選集」には見えず、槇氏も言われる如く、漱石が王維の詩を「唐詩の選集でなく王維の個人文集で読んでいた傍証になる」だろう。

なお槇氏は、手許にある岩波の『漱石全集』（昭和四年〈一九二九年〉版）の「漱石山房蔵書目録」に、

『王右丞集』など王維の個人文集の名が見えぬのは、目録が漱石の蔵書を網羅していないためか、と書いておられる。蔵書目録の内容は、最新(一九九七年刊)の全集付載のものも同様であり、「ある時期に現存した蔵書の目録」なのであろう。漱石は全集の別の箇所でも、「選集」に見えぬ王維の詩句に言及しているのだが(先の小文参照)、どんなテキストで読んでいたのか、今なお不明である。

四

晩年の漱石が小説『明暗』を執筆していた時、次のような書簡を久米正雄・芥川龍之介あてに送っていたことは、よく知られている。

僕は不相変「明暗」を午前中書いてゐます。心持は苦痛、快楽、器械的、此三つをかねてゐます。存外涼しいのが何より仕合せです。夫でも毎日百回近くもあんな事を書いてゐると大いに俗了された心持になりますので三四日前から午後の日課として漢詩を作ります。日に一つ位です。さうして七言律です。仲々出来ません。厭になればすぐ已めるのだからいくつ出来るかわかりません。

ここにいう「大いに俗了された心持」が、漢詩を作ることによって、どのように癒されたのか。その具体的な内容を個別の作品に即して解明することは、従来十分には行なわれて来なかったようである。

この作業を行なう前提として、『明暗』のある部分の執筆日と、その日に作った漢詩作品との相関係を示す一覧表の作成が必要となる。しかしこれまでは、その正確な表も作られていなかったらしい。

ところが数年前から、『明暗』と漢詩の関係を『大阪経大論集』誌上で追究して来られた田中邦夫氏は、最近有志とともに『会報　漱石文学研究』(「漱石詩を読む会」発行)を刊行され、その創刊号(二〇〇五年六月)に一覧表を掲載された。

私自身、漱石の小説についてはまったくの門外漢ゆえ、研究に参加する資格はないが、今後『明暗』と漢詩の関係が深く考究されることを期待している。

〈講演〉夏目漱石と漢詩

はじめに

ただいまご紹介いただいた一海と申します。「一」と「海」という字を書きますが、なかなか一回でイッカイとは読んでくれないんです。

一つの理由として、漢字には、音と訓があって、しかも音は呉音と漢音の二つに分かれていて、訓にもいろいろ読みがある。それで一海の一には「イチ」「イツ」「ひと」「ひ」（ひ、ふ、み）があり、海という字には「カイ」「うみ」「み」（近江の海）、ほかにもあるかも知れませんが、これらの組み合わせなんですね。日本人は大変賢い民族で、（「一本」と板書して）一本の木という時はイッポンと読みますし、それからこんな古い歌ご存知ないでしょうが、「庭に一本なつめの木」という唱歌がありまして、その時はヒトモトと読むんです。それを間違えずにちゃんと区別して読んでいるんです。

第二の理由として「一本」などという言葉は非常によく使うので、覚えているんですが、（「一海」を指して）こんなもの見たことない。ええ加減に組み合わせて「イチカイ」さん、「イッカイ」さんとか、「ひとうみ」さんとかですね、「ひとカイ」……と呼ぶ人はいませんけど（笑）、そんな読み方してどれが正しいのか、つかめないんです。しかし大変便利な面もありまして、「イッカイ」という読み方が正確やとわかったら、イッカイ聞いたら忘れない（笑）、こういう便利な苗字でもあるわけです。

それでは本題に入ります。今日は「漱石の漢詩」という題ではなくて、「漱石と漢詩」という題にしました。漱石が作ったいろんな漢詩を紹介するのではなくて、漱石と漢詩の関係、具体的に言いますと、漱石は英文学者で、小説家であるのに、なんで漢詩を作ったのか、ということが一つですね。漱石はどんな漢詩を作ったのか、漱石の漢詩はどんなものか、これが二つ目です。三つ目に漱石にとって一体漢詩とは何だったのか、漱石における漢詩の意味、そういう硬い話になりますが、このことについて、お話をしたいと思っています。

その前に漱石と私の関係ですね。漱石は大変有名な作家であり、英文学者であるのに、私はイッカイの中国文学者に過ぎません。イッカイの、といって苗字はイッカイですが（笑）、そうじゃなくて、皆さんご存知の（「一介」と板書して）これです。「一介の」ってどういう意味や、と聞かれると、わかっているようでようわからん。この言葉は実に二千五百年前の中国の文献に出てくるんです。僕の苗字は出てきません。僕の苗字が最初に出てくるのは、『魏志倭人伝』という中国人が初めて日本のことをくわしく紹介した本の中です。意味は「一つの海」ということで、僕の苗字と関係ありません。ところで一介という言葉は『書経』（秦誓篇）という大変古い、孔子よりも前のものですが、それに出てくるんです。その注によりますと、一介は「一个也」とあります。傘のお化けみたいな、この字ですが、物を数える時に中国語で「一个」といいますが、これ（个）は箇の略字なんです。中国には大胆な略字がありまして、例えば私の名前は知義というんですが、中国では大体十画以内の字は放っておくけれども、十画以上の字は全部略字にするんです。但し日常あまり使わないような難しい漢字は放っておいて、よく使う漢字で十画以上のものは大体略字にしています。知という字は十画以内ですから、いいんですが、この字（義）は十三画です。だから略字の対象になるんです。それでどんな字を書くかといいますと、こういうふう（义）に書きます。ペケチョンです。私の所にしょっちゅう中国人から手紙が来ますけれども、表書きに「一海知」までは、このままなんですが、最後がペケチョン。中国人は全部この字（义）しか書きません。略字なんです。どこが略字かと言いますと、義の最後の三画だけ取り出して、このままではバランスが悪いので、整えています。こういう形で中国の略字は大胆なんです。これ（个）も大胆な略字ですね。これは箇という字の竹かんむりの片方、竹の絵から来ているわけですが、この部分を抜き出してきて、略字にしているんです。ヘエと思うけれども、日本人も同じことやってまして、「一ヶ月」の「ヶ」と書くときの「ヶ」は、竹かんむりの一箇を抜き出しているんですね。日本人も中国人も気がついていませんけれども、同じことをやっとるわけです。

一介というのは一人のという意味です。一人のという意味のほかに、芥川龍之介の芥という字、アクタですね。アクタというのはゴミです。ゴミみたいな、しょうもない、という意味が、辞書に書いてあります。一介の中国文学者というのは、一人の中国文学者という好意的な意味もありますが、そのウラにはしょうもない中国文学者という意味があるわけです。非常に優れた英文学者であり小説家であった漱石と、私のような一介の中国文学者と、一体どんな関係があるのか、なぜ漱石の話なんかするのか、ということになりますが、関係は非常に簡単でありまして、要するに無関係なんです（笑）。

全く無関係なんですが、私も割合早熟な子供でしたから、小学校の時から漱石の『坊っちゃん』なんか非常におもしろがって読んでいました。けれども中学に入って、……最近は中学校で漱石は追放されたと新聞に書いてありましたが、実際どうなんですか。漱石と鷗外はもう載ってないという話ですが、ぼくが中学の時は必ず漱石はいくつか載っていまして、その中の一つに『草枕』の最初の方、「おいと呼んだが返事がない」という峠の茶店かな、そういう一節も載っていました。それ自体大変おもしろいので、一つ全部読んでみるかと、漱石全集で『草枕』を読んでみたけれども、難しくてようわからんので、漱石に絶望した。そういう記憶がありまして、私はそれ以後、一応は読んでいますが、熱心な読者ではなかったわけです。

ところが今から何年前ですか、私は国立大学の教師をしていたのですが、クビになって、……悪いことしたわけではなくて、停年でクビになったわけですが、六十三歳でした。その直前に岩波書店から依頼があって、今度新しく漱石全集を出すんだけれども、それの漢詩漢文の部分を編集して、言葉の注、解説を付けてくれないか、というものでした。私はすぐに断ったんです。なぜかというと、漱石全集はその二十五年前にも出ていて、私の恩師である吉川幸次郎先生が、その時の漱石全集の漢詩漢文に注を書かれたんです。よくできた注で、後に岩波新書の一冊として『漱石詩注』という形でまとめられて、ごく最近、岩波文庫に入れられて、そのまま出ました。そういう優れた注があるから、その上に書く必要ないやろう、ということで、（「屋下架屋」と板書して）屋下に屋を架すことはしないほうがいいんとちがうか、という返事をしたんです。そのことを雑誌に書きましたら、読者から手紙が来て、「屋上屋を架す」というのと間違《ちご》うとんとちがうか、吉川幸次郎先生はあなたの恩師だから上では失礼にあたるから屋下に屋を架すと書いたのか、という手紙が何通も来ました。ところが実は「屋上屋を架す」というのが間違いなんですね。中国のもともとの言葉としては「屋下に屋を架す」というのが正確なんです。それはどうでもいいことですが。そんなちゃんとした注があるのに、しょうもない注に書きかえる必要はないのとちがうかと、返事をしたんです。

岩波の方では、一つは漱石の漢詩についてはいろいろ新しい資料が出てきた。特に東京に漱石山房という、弟子が来てわいわい言うていた家があるんですが、漱石が亡くなった後もそのまま残っていたんです。東京は空襲が激しくなって、このまま置いておいたら漱石山房は焼かれるやろう、漱石が持っていた貴重な資料が灰になったらもったいないということで、たまたま小宮豊隆という漱石の弟子がいまして、その人が東北大学の教授で、図書館長をやっていた。小宮さんの肝煎りで、漱石山房の資料を全部東北大学の図書館に、昭和十九年に入れたんです。入れたとたんに東京空襲に遭いまして漱石山房は焼けてしまったんです。漱石についての資料はそれまでそんなものがあるとは気づかなくて、吉川先生が注を書かれた頃はまだ、その資料があるとは気づかれなかった。今回はその資料が出てきたし、吉川先生の注は二十五年も前なんだから若い人には難しくて読みにくいから、新しく書いてくれと頼まれました。それで私は気が弱いものだから引き受けたもう一つの理由は、ちょうど私は停年退職の直前だったわけですから、大学を停年で辞めれば暇になるだろうと思った。実は吉川先生と私は年が二十五歳違いまして、吉川先生が漱石全集の漢詩の注を書かれたのが、ちょうど停年退職の直前だったわけです。それから二十五年経って私の所へ依頼が来た。停年になれば暇になるだろうと、うかうかと引き受けてしまったわけです。それで漱石との関係ができてしまった。

二年くらいかかって漱石の詩注を書きました。それが新しい全集の第十八巻に入りました。漱石が書いた漢詩と漢文は、(全六百頁のうち九十頁分を指して)これだけです。私が書いた注は、(六百頁のうち五百頁を指して)こっちなんです。こっちが全部私が書いた部分です。だからこの書は漱石が書いたというよりは、私が書いたようなものです(笑)。こういう形でかなり詳しい注を書いて、そのほかにも漱石に関するいくつかの文章を書いて『漱石と河上肇』(一九九六年、藤原書店刊)という単行本も出して、因縁がついてしまった。そのあと大分経っていましたので、最近漱石のことはほとんど忘れつつあったのですが、それを突然思い出させた犯人は、そこに座っている濱中君。話をしろ、ということで、漱石の話をさせられることになりました。

一　漱石はなぜ漢詩を作ったか

さきほどの三つのテーマの一つは漱石はなぜ漢詩を書いたのか、ということですが、理由はいくつもありまして、主な理由としては二つあります。一つはですね、漱石が慶応三年（一八六七）の生まれであるということと関係があります。少年時代を明治の初期に過ごしているということです。漱石が少年時代を過ごした時代というのは、文学好きの男の子たちが、漢詩を書くということは常識になっていたんですね。

漱石の友達で正岡子規という人がいますが、これは漱石と同年輩で、東大で同級だった人です。正岡子規は十一歳の時に漢詩を書いて、その漢詩が残っているんです。それはどんな漢詩かといいますと、こういう漢詩です。

聞子規

一声｜孤月｜下　2＋2＋1
啼血｜不堪｜聞　2＋2＋1
半夜｜空｜欹枕　2＋1＋2
古郷｜万里｜雲　2＋2＋1

子規《ほととぎす》を聞く　　正岡子規

一声《いっせい》　孤月《こげつ》の下《もと》
啼血《ていけつ》　聞くに堪えず
半夜　空しく枕を欹《そばだ》つ
古郷《こきょう》　万里の雲

形式でいうと五言絶句です。五言の漢詩というのは、モグリの漢詩は別として、どんな漢詩でも上二、下三と切れるんです。中学の先生はなぜ生徒にこの法則を教えないのか。このように切ると、一声、啼血、半夜、古郷で切れるんです。下の三字も、二と一か、一と二に切れるんです。孤月下、不堪聞、空欹枕、万里雲、このように二字と一字に分かれるんです。漢語というのは二字のものと一字のものしかない。三字の単語というのはないんです。無いと言うと、なんぼでもあるやないか、と言われますが、三字の単語は必ず二字と一字か、一字と二字に分かれる。ひっついて離れないものはないんです。二字と一字に分かれるので、漢詩もこのように、切れ方が2＋2＋1か、2＋1＋2か、二種類しかない。新しい漢詩を読んでくれと言われた時に、一番最初にこれで切ってみると、あとはもうスラスラと読める、というわけには行きませんが、ある程度メドがつくわけです。「一声　孤月の下、啼血　聞くに堪えず。半夜　空しく枕を欹て、古郷　万里の雲」と読める。「子規を聞く」という題ですけれども、正岡子規は十一歳からホトトギスを気にしていたことがわかるのです。啼いて血を吐くホトトギス、と言いますから、啼血とはそういうことです。血を吐くような、とても悲しげな声で聞いておれない。半夜というのは真夜中です。真夜中空しく枕をそばだてて、これは白楽天の有名な詩（「香炉峰下新たに山居をトし草堂初めて成り偶たま東壁に題す」五首其四）に出てくる言葉なんですが、そばだてるというのはどういうこっちゃというので、論文がいっぱい書かれていますけれど、実際は大した意味はなくて、枕に頭をつけたまま、という意味ですね。枕に頭をつけたまま古郷万里、万里かなたにある故郷のことを思うという、そういう意味の詩なんです。これを読んで、けったいやなあ、と思うのは、十一の子がこんな心境になるかいな、故郷から万里離れてホトトギスを聞いて悲しんどるという、そんなおませな子がおるか、ということです。

その秘密は実は、当時漢詩を作るのに虎の巻がありました。今でも神田の古本屋に行くと、いっぱいあります。それに半夜とか、血を吐く、枕を欹てる、孤月とか、熟語が並んどるわけです。二字の熟語や三字の熟語、二字と一字をくっつけたものです。しかもホトトギスを聞くという題をつけて詩を作る時は、この言葉を使いなさいいうて、後で言いますが、平仄《ひょうそく》というのも隣に書いてます。これをジグソーパズルみたいに並べていったら、一篇の漢詩ができるということになっていす。こんなしょうもない作り方をしていたのですが、それでも少年たちは、そういうことで一所懸命練習して漢詩を作ったわけです。漱石もそういう雰囲気の中で、漢詩を作った。

そういう環境の問題もありますが、それだけではなくて、十五歳の時、……漱石の年齢は大変数えやすいのです。慶応三年に生まれていますので、数え年で言いますと、慶応四年は明治元年ですから二歳ですけれども、満年齢でいきますと、明治元年が一歳。明治三十五年が三十五歳なんです。十五歳の時に、今でもありますが、二松学舎、今は大学になっていますが、当時は漢文専門学校です。漱石は一年間通ったんです。そこの時間割が残ってるんですが、それを見ますと、毎週べったりと漢文を作り、漢詩を作る時間、そういうゼミの時間がいっぱいありまして、そこでかなり鍛えられたということがわかります。

当時はそういう雰囲気があって、例えば今日は河上肇の話はしませんけれども、この人も漢詩を作ってるんです。漱石と河上肇の共通点は何かと言いますと、一つは二人とも卯年やということです。干支が一緒で一回り漱石が年上です。干支はどうでもいいんで、丸顔のウマ年の人がいたりしますから（笑）、干支は関係ないんです。年齢が十二歳違うということは、河上肇もそういう明治の初めに少年時代を過ごしたということで、漢詩を作る環境で育ったことがわかります。共通点の二番目は、現在岩波新書で、日本人の漢詩が読めるのは、漱石と河上肇だけなんです。だからこの二人の漢詩は現在の人の鑑賞に堪え得るということを表している。そういう時代に漱石は育った。当時は新聞に、漢詩投稿欄がありまして、漢詩を投稿して専門家に添削してもらう、そういう欄がありました。今でも和歌と俳句の欄がありますが、朝日新聞でいったら「朝日歌壇」のような、「朝日漢詩壇」があって、漢詩というのは普及していたわけです。

しかし当時少年時代を過ごした人が全員漢詩を書いたかというと、そんなわけはなくて、特別な人が漢詩を書いた。漢詩について漱石は若い頃から非常に興味を持っていたということがわかります。資料をお渡ししていますが、それの①です。これは漱石の書いた有名な「文学論」というものですが、最近岩波文庫に入りました。その「文学論」の中で自分の文学経歴を語ってるんです。読みますと、「余は少時好んで漢籍を学びたり」。幼い時に漢籍を勉強した。「これを学ぶ事短かきにも関らず、文学は斯《か》くの如き者なりとの定義を漠然と冥々裏に左国史漢より得たり」。左国史漢というのは、左伝といって春秋左氏伝、それから国語、この二つとも歴史書です。それから司馬遷の史記、それに続く漢書、すべて歴史です。中国の歴史というのは、事の歴史ということと同時に、人間の歴史でもあります。人物描写ですね。それを歴史に読んで、ここに文学の本質があるのではないかというふうに漱石は考えた。ということをここで言っているわけです。「ひそかに思ふに英文学も亦かくの如きものなるべし、斯の如きものならば生涯を挙げて之を学ぶも、あながちに悔ゆることなかるべし」と考えた。いわゆる出発点に左国史漢という本があったということを告白しているんです。それと二松学舎という学校で一年間みっちり漢詩漢文の勉強をして身につけてしまったということ、そういうことがありました。他にもいろいろと理由はあるでしょうが、漱石がなぜ漢詩を書いたかという大まかな理由となります。

二　漱石の作った漢詩

二番目に漱石はどんな漢詩を作ったか、ということですが、漱石が遺した漢詩は、自分で編集したことは一遍もなくて、死んでから編集されたんです。漱石が死んだのは大正五年（一九一六）。五十歳で死ぬんです。死んだ二年後に、初めて岩波書店から全集が出ます。その時にすでに漢詩を集めた部分がある。そこで集められた漢詩の数は、百八十五首。一九一八年です。その後、漱石全集というのは何年かに一遍新たに出るという、岩波以外にもいろいろな出版社から出る。岩波だけでも、大正八年、十三年、昭和三年、十年、戦争がありますんで、ちょっととんで、昭和三十年、これは新書版漱石全集です。そしてさらに昭和四十年（一九六五）から漱石全集が出るわけです。一九六五年で集められたのは数が増えて、二百八首になりました。実際は死んでから集めるというのは非常に難しいんです。いろんな掛け軸になってるものもありますし、短冊に書いているものもありますし、半切に書いているものもありますし、いろいろありまして、最後に漱石の署名があるものが漱石の詩だということで集めたわけです。しかし、漱石がほかの人の詩を書いている場合もある。それを判断するには相当な知識が必要です。今はコンピュータで検索できるのですが、その当時そんなことはできないから、覚えていないとあかん。あ、これは漱石と違うで、これは中国の何とかいう詩人のものやと、判断するのは大変難しい。そういう状況の中で選ばれて、漱石の詩だと確実に読まれて伝えられてきたのが、一九六五年の段階で二百八首でした。ところが、その中にまだ一首だけ中国人の詩がまぎれ込んでいた。これは漱石が中国人の詩を書いて、後ろに「漱石書」とあるもんだから、漱石が作ったもんやなと思って、漱石全集に入れてしもうた。

それはプリントの②です。そこに二首の漢詩があります。これは私の書いた論文（「漱石詩六則」、京都大学「中国文学報」第五〇冊・一九九五年四月、『漱石と河上肇』所収）で引用しているのですが、明の時代の劉敞《りゅうしょう》という人が書いた「雨後回文《かいもん》」という題の詩を漱石の詩と間違《ちご》うて載せてしもうた。間違うてしもうた理由は二つあって、詩の題を漱石が書いてなかった。回文というのは、上から読んでも下から読んでも意味が取れる。日本にもそういう和歌がありますし、例えば漢字でいうと、山本山という海苔屋さんがありますが、上から読んでも下から読んでも山本山。こういうのが一篇の詩になっている。それが回文詩なんです。それについて誰も気がつく人はなかった。漱石がそんな技術を持ってるはずないということがわからなかった。それともう一つは、漱石はどんな中国の詩を読んでいたのかという、漱石が持ってた本を綿密に調べていなかったんです。東北大学に全部蔵書が収まっているわけですから、私は全集を編集する時に二回ほど一週間東北大学に籠もりまして、漱石が持っていた本や、漱石が書いていた漢詩のメモを全部当たって、いろんなことがわかってきたんです。その中の一つの本が、明の劉敞の詩を収めた詩集で、それを漱石は持っていたんです。東北大学にその本があるんです。そのことがわかっていれば、これは漱石と違うとわかるわけです。

これはおもしろい詩で、上から読むと

緑水池光冷　　緑水　池光　冷やかに
青苔砌色寒　　青苔　砌色《せいしょく》寒し
竹深啼鳥乱　　竹深くして　啼鳥乱れ
庭暗落花残　　庭暗くして　落花残《ざん》す

という五言絶句です。これを下から読むんです。最後から「残る」、「花」と読んでゆく。そうすると、ひっくり返った五言絶句ができる。ちゃんと意味が通じます。ひっくり返すと、

残花落暗庭　　残花　暗き庭に落ち
乱鳥啼深竹　　乱鳥　深き竹に啼く
寒色砌苔青　　寒色　砌苔青く
冷光池水緑　　冷光　池水緑なり

ちゃんとした詩で、韻も踏んでいるんです。そういう形の詩のことを編集者は気がつかなかった。さらにこれとは別に新しく漱石の詩が一首また発見されたので、結局数としては二百八首ということになります。

二百八首というのは、多いのか少ないのかと言いますと、日本人としては割合多い。さっき言った河上肇は百四十首ぐらい遺しています。それで中国で言いますと、陶淵明は百二十首くらいしか遺してない。あんな有名な人だから、たくさん詩があるのかと思ったら、全部調べても百二十首です。百二十首しか書いてないのじゃなくて、それしか残ってないということです。唐代になると増えてきて、白楽天が一番多いのですが、だいたい三千ぐらいです。杜甫が千四百、李白が千、それらは多い方なんです。それから次の宋にゆきますと、そこで印刷という技術が普及するんです。それまで唐代の詩は、みな手書きだった。杜甫がこんな詩作ったでぇいうて、みんな、どんな詩や、と見せてもろうて手で写す、という伝達の方法しかなかったんです。宋の時代になってやっと印刷の技術が発達しはじめて、書いた詩をそのまま残すということで、にわかに詩人の詩の数が増えるんです。一番多いのは陸游という詩人の約一万首です。たいへんな数です。日本人としては二百八首というのは多く、しかもしょうもない詩ではなくて、優れた詩ばかり残っているということで、評価すべきではないかと思います。

それから漢詩というのは五言なら五字、七言なら七字、漢字を並べたらよろしい、というわけにはいかんのです。並べ方が、さっき言った、2＋2＋1とか2＋1＋2というふうな並べ方でないといけない。七言の場合はこの上にまた2が来ます。それで、2＋2＋3、この3も2＋1か1＋2に分かれるんです。中国人の詩はすべて、中国人の詩でなくても、モグリの詩でなくて、ちゃんとした知識を持った人が作った詩は、全部こういうふうに切れるんです。二種類しかないわけです。

李白の詩ですが、

両人対酌山花開　2＋2＋2＋1　両人　対酌すれば　山花　開く
一杯一杯復一杯　2＋2＋1＋2　一杯　一杯　復た　一杯

こういう形で漢詩というのは作らんといかんわけです。ですから漢詩を読む時、よく他人の家に行って、この詩を読んでくれ、と言われる時がありますね。そういう時は、急に用事を思い出して帰ったほうがいいんですが（笑）、つかまってしまった時は、どうするかといいますと、字数を数えるんです。だいたい軸物の漢詩は五言絶句か七言絶句です。字の数を数えて二十八だったら、これ七言絶句ですな、と言うと、相手は感心するんで、そのスキにさっと帰ってしまうのが一番賢いんです（笑）。それでもまた、つかまった場合には、考えるわけです。考える手だてになるのが、この切り方です。

それでこう切れたらそれでいいのかと言うと、それだけでなく、平仄というのがあります。中国語で発音したら、平らかな、なだらかな音（平）と、つまったり屈折したり、抵抗感のある音（仄）の二種類に、漢字は全部分かれるんです。夏目とありますが、夏も目も仄です。漢詩は平仄の並べ方が決まっとるんです。例えば漱石の『草枕』を読んでますと、ある山を登りながら、ふと、こういう詩が思いついたという、何げなく突然思いついたみたいに言うときながら、実は漱石がはぐらかしているとすぐわかる。考えて考え抜いて作ったというのがわかるんです。なぜかというと、平仄は、平を○で、仄を●で示しますが、

仰数春星一二三　仰ぎて数う　春星　一二三

となって、ちゃんと平仄の法則に合っているんです。これを別の平仄の順番に従った句と並べると、七言詩の基礎となるような、平仄にあった二句（聯）を作ることができる。漱石は中国語を全然知らなんだと思われるんですが、漱石が作った漢詩の平仄を調べてみると、非常に正確に作っているということがわかる。平仄字典というものがありまして、一字ずつ引けば、平か仄か、わかるんですが、漱石はかなりたくさん詩を習作して相当憶えたと思われます。

漢詩で作りやすいのは絶句で、七言絶句の方が五言絶句よりも作りやすい。自分で作ってみたらわかります。五言は短いけれど、かえって難しい。漱石は若い頃は七言絶句を作っていますが、中年になってからは五言の古詩、これは何句でも長く作れて、平仄の決まりにしばられない自由な詩です。そして死ぬ前に『明暗』という小説を書きますね。これは完成せずに、途中で死んでしまうんです。この時に毎日漢詩を一首ずつ作りました。そのほとんどが、絶句でなくて、律詩といいまして、律詩の律は法律の律で、約束がいっぱいあるんです。難しい詩ですが、それを毎日一首ずつ作りました。プリントの③（大正五年八月二十一日付、久米正雄・芥川龍之介宛手紙）をごらんください。「あなたがたから端書がきたから奮発して此手紙を上げます。僕は不相変『明暗』を午前中書いてゐます。心持は苦痛、快楽、器械的、此三つをかねてゐます。存外涼しいのが何より仕合せです。夫でも毎日百回近くもあんな事を書いてゐると大いに俗了された心持になりますので三四日前から午後の日課として漢詩を作ります。日に一つ位です。さうして七言律です。中々出来ません。厭になればすぐ已めるのだからいくつ出来るか分りません。あなた方の手紙を見たら石印（石の判子）云々とあったので一つ作りたくなってそれを七言絶句に纏めましたから夫を披露します。久米君は丸で興味がないかも知れませんが芥川君は詩を作るといふ話だからこゝへ書きます」。ということで七言絶句がありますが、その注をつけたものがプリント左側にありまして、それを読みますと、

尋仙未向碧山行　仙を尋ぬるも　未《いま》だ碧山に向かって行かず
住在人間足道情　住みて人間《じんかん》に在りて　道情《どうじょう》　足《た》る
明暗双双三万字　明暗　双双《そうそう》　三万字
撫摩石印自由成　石印を撫摩《ぶま》して　自由に成る

説明していると、とても時間がありませんので、後ろに私がつけた注があります（一九九五年版漱石全集第十八巻「漢詩文」三四五〜七頁）ので、それを見ていただけると、大体の意味はわかると思います。仙人の世界を尋ねて行こうとして、奥深い山の上まで行くことはしないで、人間世界に住んで充分にそういう気分に浸っている、ということを詠っています。漱石がそういう形で作った漢詩は、形式も内容も歳とともに変化しています。

三　漱石にとっての漢詩

最後に漱石にとって漢詩は一体何だったのか、ということを考えてみます。それはすでに話したことにも含まれていますが、第一が芥川龍之介宛の手紙の中に、小説、特に「明暗」みたいな人間

関係の複雑な様相を描いた後は、俗っぽい気分に浸されてしまう。そういう俗了された気持ちを癒すために、すがすがしくするために書いたと自分でも言っている。漢詩を作ると、気分が晴れるということです。もう一つは、漱石の世代の人、河上肇が言っているんだけれども、我々の世代のものは、漢詩漢文という表現方法をとらないと表現できないような、特殊な思想感情がある。そういう思想感情は、漢詩という表現手段によらないと表現できない、日本語の散文では書けない、という習性が身についている。漱石にとっても、最も自分の気持ちを書き表すことができるものが、漢詩という表現手段だったわけです。漱石は一生、人間の問題に苦しむんですが、憂愁という気持ちを表現するのに最もふさわしいものが漢詩だったわけです。それをあちこちで言っています。

俗世間の塵にまみれた状況から抜け出して精神を解放するような、そういうものが漢詩の中にはある。それは『草枕』の中にも書いてありまして、プリントの④ですが、西洋文学と東洋文学を比較している部分です。「うれしい事に東洋の詩歌はそこを解脱《げだつ》したのがある。採菊東籬下（きくをとるとうりのもと）、悠然見南山（ゆうぜんとしてなんざんをみる）」。陶淵明の有名な詩（「飲酒」二十首其五）です。「只それぎりの裏《うち》に暑苦しい世の中を丸で忘れた光景が出てくる。垣の向ふに隣りの娘が覗《のぞ》いてる訳でもなければ、南山に親友が奉職して居る次第でもない。超然と出世間的に利害損得の汗を流し去つた心持ちになれる」。次は王維（「竹里舘」）ですが、「独坐幽篁裏（ひとりゆうこうのうちにざし）、弾琴復長嘯（きんをだんじてまたちょうしょうす）、深林人不知（しんりんひとしらず）、明月来相照（めいげつきたりてあいてらす）。只二十字のうちに優に別乾坤（世界）を建立《こんりゅう》して居る。此乾坤の功徳は

『不如帰《ほととぎす》』や『金色夜叉』の功徳ではない。汽船、汽車、権利、義務、道徳、礼義で疲れ果てた後、凡てを忘却してぐつすりと寐込む様な功徳である」。そういうことで、漢詩を位置づけているわけです。

それから漱石にとっては、もう一つ禅の問題があります。それは私には難しくてよくわからないんですが、若い時代から禅に対して非常に関心を持っていた。その世界、禅の悟りの世界になんとか近づこうとして苦しんだ。その悩みを漢詩の中で繰り返し繰り返し表現した。それも漢詩でないと、短い言葉の中に、多くを表現する漢詩でないと禅の問題は詠《うた》えないということだと思います。

漱石にとって漢詩というのは、手慰みというものではなかった。片手間にやる仕事ではなかった。漢詩人として漱石が作った漢詩は難しいもんですから、割に一般の人に理解されるまでには至っていませんけれども、その内容は彼自身の思想感情というものを表現する上で、最も有効な手段であった。同時に中国では昔から「詩言志（詩は志を言う）」と言われています。詩というのは花鳥風月を詠むものだと考えている人は少なくないわけだけれども、中国の伝統的な考えでは、人間の思想ですね、志を述べるのが詩であるということをいっているんです。だから、最も中国的な伝統を踏まえた詩の作り方を、漱石は実践したのではないか、というふうに考えています。

これで話を終わります。ご清聴ありがとうございました。

（拍手）

律句

中国古典詩（漢詩）は、大きく分けると二種類になる。唐代に作られ始めた近体詩と、それ以前の古（体）詩である。ただし古（体）詩は、唐以後も作りつづけられた。

両者を区別するのは、「平仄《ひょうそく》」の法則を守って作られているかどうか、これが最も基本的な条件である。

近体詩はその句数によって、四句が絶句、八句が律詩、十二句以上が排律と、三種類に分けられる。三種を構成する各句は、すべて平仄の法則を守っているので、近体詩の格律の法則を充たす句、すなわち「律句」と呼ばれる。

律句は平仄について、少なくとも次の三つの要件を充たしていなければならない。

一、「二四不同、二六対《つい》」とする。

たとえば七言（七字）の律句は、二字目と四字目の平仄が不同（平・仄、または仄・平）。それに対して、二字目と六字目は同じ（平・平、または仄・仄）。

二、「下三連」を避ける。

末尾の三文字を、平平平、あるいは仄仄仄と揃えてはいけない。

三、「孤平」を避ける。
平字を仄字で挟む形（仄平仄）に三文字を並べてはいけない。

ところで夏目漱石は、晩年（一九一六年）、小説『明暗』を書きながら、午後には毎日のように七言律詩一首を作って、俗了した気分を癒した、と言っている。いわば「律句」作りに毎日専念していたわけであり、すでに三十九歳の時、小説『草枕』の中で、「ふとでき上がった句」として紹介している七言の句も、見事な「律句」である。

仰数春星一二三　仰《あお》いで数《かぞ》う　春星　一二三

平仄を示すと、

仄仄平平仄仄平

話はとぶが、それから三十五年後、日本の敗戦六年後（一九五一年）、時の首相吉田茂（一八七八―一九六七）はサンフランシスコ平和条約に調印し、その記念アルバムの箱蓋に次のような二句を墨書している（外務省外交史料館『常設展示史料目録』所収）。

和議盟成桑港夕　和議の盟は成る　桑港《サンフランシスコ》の夕《ゆうべ》
飛龍直還扶桑晨　飛龍　直《ただ》ちに還《かえ》らん　扶桑《ふそう》（日本）の晨《あした》

この対句、平仄を示すと

平仄平平平仄仄

平平仄平平平平
後句は規格に合わぬが、前句は「律句」である。
今の政治家たちとちがって、漢詩文の素養があったことを示している。

漱石の漢詩と中国——謝六逸のこと

中国の新刊書目を見て、『謝六逸年譜』（陳江・陳達文編著、二〇〇九年八月北京商務印書館刊）を購入した。二十年ほど前、謝六逸《しゃろくいつ》のことを知ったのは、全くの偶然がきっかけだった。

当時私は、『漱石全集』（岩波書店）に収める漢詩文に訳注を施すべく、漱石関係の資料を渉猟していたが、その一つ、吉川幸次郎著『続人間詩話』（岩波新書）に次のような一節があった。

……私は、漱石の詩が、二人の中国人によって激賞されたことを知っている。一つは謝无《しゃむ》量《りょう》という人の文章である。……日本人の漢詩について感想を求められたのに答えた文章が、たしか「改造」にのっていた。すなわち森槐南《もりかいなん》はじめ明治の職業的な漢詩人の作品をいくつか示されたが、……一こう感心しない。ただ一つ感心するのは、夏目漱石の詩であるとし、……

ここに『改造』にのっていた」という謝无量は、その後調べた結果、謝六逸の誤りであることがわかった。大先生にも、時に記憶違いがある。

『年譜』によれば、謝六逸は大正八年（一九一九）来日し、早稲田大学政治経済学部に入学、同十一年（一九二二）卒業。日本に関する論稿もすくなくない。

漱石にふれているのは、『改造』（大正十五年七月臨時号）に寄稿した「日本古典文学に就《つい》て」と題する論文であり、その一節にいう。

日本人は漢詩を作る必要がない。余が見た漢詩では、只夏目漱石先生の「思ひ出す事など」の中にある二句だけが、最も好いもので、それは——斜陽満径照僧遠、黄葉一村蔵寺深、と云ふのであつて、斯様《かよう》な漢詩を作られることは、真《まこと》に欣佩《きんぱい》に値するが、惜しい哉《かな》多くない。

まことに手厳しい批評だが、これまた日中交流史の一齣であった。

漱石の二句を含む詩は、明治四十三年十月十一日作、七言律詩。全篇とその注解は、『漱石全集』第十八巻二五九—二六三頁を参照されたい。

『謝六逸年譜』は、戦前の日中交流史に関する多くの資料を含んでおり、日本現代史・日本文学研究者によって検討されれば、幸いである。

菊人形

京都に住んでいた小学生の頃、家族とともに大阪枚方《ひらかた》の菊人形を観に行ったことがある。

菊の花や葉で飾りつけた衣裳を作り、それを人形に着せた見せ物である。観た時はただの侍《さむらい》大将やお姫様かと思ったが、多くは歌舞伎狂言に取材した男女の人形だったらしい。子ども心に、綺麗だけど不気味だな、と思った記憶がある。

この見せ物、江戸時代に始まり、明治時代に最盛期を迎え、現在に至る。

むかしは「菊細工《きくざいく》」といったらしく、森鷗外の小説『青年』でも、

「四辻を右へ坂を降りると右も左も菊細工の小屋である。」

という。

しかし夏目漱石の小説『三四郎』には、「菊人形」と見える。漱石は『三四郎』だけでなく、ほかの文章でも菊人形のことにふれ、若い頃には漢文で「観菊花偶記——菊花の偶《ぐう》(人形)を観るの記」という一文を草している(私が訳注を担当した『漱石全集』第十八巻所収、一九九五年、岩波書店)。

これは漱石十八歳(明治十八年)、東京大学予備門予科三級の時、大学に提出した作文である。答案に「九十五」と採点してあるから、優秀作だったのだろう。

冒頭の一部を、読み下し文で紹介する。難しい漢語を使っているが、その意味の輪郭はほぼ推測できるものが多いので、語注はつけない。

都下に菊を養う者有り。秋に至りて菊花の偶を造り、其の門に榜《たてふだ》して客を招く。余も亦《ま》た往《ゆ》きて焉《これ》を観る。

漱石自身、観に行ったというのである。そして、人形の描写。

雲鬢翠黛《うんかんすいたい》、豊頬皓歯《ほうきょうこうし》、宛然《えんぜん》として一美姫なり。而《しこ》うして衣帯皆菊を以て成る。姿態便研《べんけん》、靚粧《せいしょう》して麗服、一見して其の貴公子なるを知る。而うして裙袖《くんしゅう》皆菊なり。竹を編み其の体を造りて、花もてこれに纏《まと》う。……

以上のような人形の描写が終ると、本題に入る。

本題は、当日の客と菊屋の問答の形で、すすめられる。少し長い問答だが、簡略化すると、客はいう。「枝をムリに折り曲げ、人形の形に合わせるのは、菊の本性に反するのではないか。」菊屋は答える。「天下の其の性を曲げ、その天に屈する者、豈《あ》に独《ひと》り菊のみならんや。」――世のニセ紳士どもをごらんなさい。それに比べれば、この美しい菊人形のほうがましですよ。

漱石はこの論法（菊人形を批判し、またそれを借りてする社会批判）を、小説『三四郎』のほか海外小説の批評など、さまざまな文章の中で使っている。

なお「菊人形」は俳句の季語でもあり、漱石自身の句には見えぬが、「俳句歳時記」の類はいくつもの作品を収める。

人形がかざしてゆるる笠の菊　　秋桜子

漱石と豆腐屋

私が子どもの頃、毎朝のようにリヤカーを引いた豆腐屋が、喇叭《ラッパ》を吹きながら家の前を通った。小ぶりの風呂桶くらいの木の箱に水を張り、大きく切った豆腐を沈めて、売り歩く。近所のおかみさんたちが鍋を持って集まって来ると、親爺は豆腐を左の手ですくい、真鍮色の薄く平たい包丁で切って、鍋に配る。

そんな豆腐屋風景は、明治の頃すでにあったらしく、たとえば、漱石の小説や随筆によく出て来る。

豆腐は「湯槽《ゆぶね》」のごとき箱に入れられ（『草枕』）、「喇叭を吹きながら」売り歩く（『夢十夜』）。

漱石は豆腐屋を庶民の代表、あるいは庶民的職業の代表のごとく考えていたようである。

『二百十日』という小説は、碌《ろく》さんなる人物と、豆腐屋の圭《けい》さんとの対話を主軸にして話を展開させる。そこで話題にのぼるのは、豆腐屋と対蹠的な職業に就いている「華族」や「金持ち」といった上流階級の人間たちである。

ところで、漱石晩年の講演「私の個人主義」（岩波版『漱石全集』第十六巻所収、一九九五年）には、次のようなエピソードが紹介されている。

漱石が「高等学校にゐた時分」、といえば二十歳前後の頃、ある「国家主義的な会」に入ったが、すぐ脱会した。その時の演説にいう。

「国家は大切かも知れないが、さう朝から晩まで国家国家と云つて恰《あたか》も国家に取り付かれたやうな真似は到底我々に出来る話ではない。……豆腐屋が豆腐を売つてあるくのは、決して国家の為に売つて歩くのではない。……然し当人はどうであらうとも其結果は社会に必要なものを供するとい ふ点に於て、間接に国家の利益になってゐるかも知れない。」

学生時代のこの演説は、漱石の反権力とまでは言えぬまでも、生涯貫いた非権力の立場をよく示している。豆腐屋贔屓《びいき》は、その象徴の一つであった。

漱石と「支那人」

夏目漱石（一八六七—一九一六）の漢詩作品は、漢詩の祖国中国でも、評価されて来た。

たとえば、日本に留学した経験のある謝六逸《しゃろくいつ》氏は、雑誌『改造』の大正十五（一九二六）年七月臨時増刊号に「日本古典文学に就《つい》て」と題する論文を発表、その中で次のように言っている。

……実際また日本人は漢詩を作る必要がない。余《よ》が見た漢詩では、只夏目漱石先生の「思ひ出す事など」の中にある二句だけが、最も好いもので、それは——斜陽満径照僧遠、黄葉一村蔵寺深、といふのであつて、斯様《かよう》な漢詩を作られることは、真《まこと》に欣佩《きんぱい》に値するが、惜しい哉《かな》多くない。

ここに引用された二句を読み下せば、

斜陽　径《みち》に満ちて　僧を照らすこと遠く
黄葉の一村　寺を蔵すること深し

明治四十三年十月十一日、漱石四十三歳の作、七言律詩「無題」中の二句である。詩全句については、私が訳注を加えた『漱石全集』第十八巻（一九九五年岩波書店刊）をご覧いただきたい。

謝氏は早稲田大学で日本古典文学について学び、のちに上海の復旦《ふくたん》大学教授をつとめた。また、『中国文学在日本』（台北、一九六八年）の著者郭清茂《かくせいも》氏は、『朝日小事典』（一九七七年朝日新聞社刊）の中で、漱石の漢詩作品にふれて言う。

漱石の漢詩は多産とはいいがたいが、その大半はずば抜けて立派である。漢詩に対する漱石の傾倒と成果は、単に彼の趣向と才能によるだけでなく、根底に、中国文化、中国人への敬意があっただろう。明治三十四年三月十五日の漱石日記の一節は、証左の一つとなる。

（原文はカタカナ書き）

日本人を観て支那人と云はれると厭がるは如何、支那人は日本人よりも遥かに名誉ある国民なり、……日本は今迄《いままで》どれ程支那の厄介《やっかい》になりしか、少しは考へて見るがよからう、……世話になつた隣の悪口を面白いと思つて自分方が景気がよいと云ふ（西洋人の）お世辞を有難がる根性なり。

日本人の中国人蔑視は、日清戦争（明治二十七、八年）後に始まったといわれるが、右の文章が書かれたのは、戦争六年後のことである。

漱石と陸游

漱石晩年の詩（「無題」、七言律詩）に、次のような句が見える。

花明《かめい》の為《ため》に　遠樹を看んと欲し
柳暗《りゅうあん》をして　疎簾《それん》に入《い》ら令《し》めず

「花明」「柳暗」という言葉は、宋代の詩人陸游《りくゆう》の七言律詩「山西の村に遊ぶ」に見える。

山重水複疑無路
柳暗花明又一村

しかしこの一事を以て、漱石が陸游詩集の読者であったと決めることはできないだろう。

だが次の書簡などを見ると、漱石が陸游の詩をよく読んでいたことがわかる。書簡は、明治二十八（一八九五）年七月二十五日付。四国の松山から東京の斉藤阿具にあてたもので、その一節にいう。

別に牡丹餅の棚より墜るを望み居り不申行尽天涯似断蓬とか末は放翁の生れ代りにでも相成

る事と存候呵々

「放翁」は、陸游の号。引用された詩句「行尽天涯似断蓬」について、『漱石全集』第二十二巻（一九九六年、岩波書店刊）の注解はいう。

「天涯を行き尽くすこと、断蓬に似たり」。「天涯」は故郷を遠く離れた土地。「断蓬」は根の断ち切れた蓬《よもぎ》、定めのない人生のたとえ。南宋前期の詩人陸放翁（陸游、一一二五—一二〇九）には、例えば「天涯を行き尽くして、白髪新たなり」（「蘇訓直判院・荘器之賢良に簡す」の第一句）、また「身は是れ人間《じんかん》の一断蓬」（「懐旧」の第一句）などの句があり、それらを漱石が組み合せたものであろう。

なおこの注解には引かぬが、陸游の作品にはほかにも「行尽天涯慣断魂」、「行尽天涯年八十」、「不恨生涯似断蓬」、「行偏天涯等断蓬」などの句がいくつか見え、それらの組み合せかとする注解の説は、正しいだろう。

陸游は一万首に近い詩をのこしており、選集もいくつかある。漱石はどんなテキストで陸詩を読んだのか。今後の宿題である。

漱石と海鼠

海鼠と書いて「なまこ」と読む。

漱石に次のような句がある。

安々と海鼠の如き子を生めり

長女筆《ふで》誕生の日の作で、明治三十二年五月三十一日、時に漱石三十三歳。

後に紹介するように、海鼠は冬の季語として漱石の他の句にも出て来るが、小説や論文の中でも、海鼠を比喩としてよく使っている。

『吾輩ハ猫デアル』にも、海鼠は二、三度登場するが、そのメモの一つ（いわゆる「断片」三三）にいう。

海鼠を食ひ出した人は余程勇気と胆力を有して居る人でなくてはならぬ。少なくとも親鸞上人か日蓮上人位な剛気な人だ。河豚を食ひ出した人よりもえらい。

また『虞美人草』に、「海鼠の氷った様な」という表現が見え、最近の全集の注では、「不得要領で冷やかなさま」と説明し、参考として去来の句「尾頭の心許なき海鼠かな」を引く。

漱石はこの句が気に入っていたのか、『トリストラム・シャンデー』についての論考の中で、「尾か頭か心元なき海鼠の如し」と、ほぼそのまま使っている。

更に他ならぬ自作の小説『吾輩ハ猫デアル』について、上編・自序にいう。

此書は趣向もなく、構造もなく、尾頭の心元なき海鼠の様な文章である……

海鼠のえたいの知れぬ所を好んだのだろう。次のような句にも、海鼠が顔を出す。

海鼠哉よも一つにては候まじ
古往今来切つて血の出ぬ海鼠かな
西函嶺を踰えて海鼠の眼鼻なし
何の故に恐縮したる生海鼠哉
発句にもまとまらぬよな海鼠かな

河上肇雑記

〈講演〉河上肇と漢詩の世界

一海でございます。今日はチラシにも載っていましたけれども、私が最初にお話をしてそれから鳥越さんがメインの話をして、という順序ですから、落語で言うと前座をつとめるようなつもりでいたら、鳥越さんが突然ご病気になられて、講演ができないということです。しかしうまい具合に大谷さんに来ていただくことになりました。ただ前座が後ろにまわって真打みたいになってしまって、ちょっと困っているのと、それから、三時四十五分から四時四十五分まで話せといわれていたのですが、それも少しズレて来ました。どうせいいかげんな話ですから、長くても短くてもよいのです。

今年は戦後六十年ということで、ちょうど敗戦の明くる年一九四六年一月に河上先生は亡くなって、仏教で言えば六十回忌ということになります。その六十年を記念するということと、それから河上さんもえらかったけれども奥さんの秀《ひで》さんも大変えらい人でしたので、秀さんの没後四十年も記念するということで、今日は二人を記念するということになっています。

今日の話は、河上肇という人はご存知のようにマルクス経済学を日本に紹介した経済学者ですが、経済学者がなぜ漢詩みたいなものを作ったのか、ということが一つ、もう一つは河上さんにとって漢詩というのは一体どういう表現手段だったのか、この二つのことをお話ししたいと思っています。

一　河上肇はなぜ漢詩を作ったのか

まず第一に河上さんが経済学者であるにもかかわらず、漢詩を作った原因というか理由はいくつもありますが、思いつくだけで大体五つくらいあります。

一つは年寄りだということです。今生きておられたら百二十六歳ですが、お生まれになったのが明治十二年（一八七九年）ですから大変なおじいさんで、その頃は漢詩を作るというのはごく普通のことであったわけです。丁度夏目漱石が十二歳年上で、漱石は慶応三年に生まれていますから、河上さんとは干支が同じです。何の干支かということは大変興味がありますが、干支とその人間とはあまり深い関係はなくて、午年の人に会ってみたら丸顔だったとか、子年と聞いていたのにどっしりとしているとか、そういうことがありまして、あまりあてになりませんが、お二人は卯年でした。どちらも怖い顔をしていますが、卯年です。

明治の初期に十二年という年をはさんで二人が少年時代をすごしたということは今日お話をする漢詩と深い関係があるわけです。

漢詩というのは難しい技術が必要なんですが、当時はそういう技術を身に付けることができる環境があったということです。漱石の友達であった正岡子規は十一歳のときすでに漢詩を作っている。幸徳秋水にいたっては七歳の時におばあさんの誕生日を祝う漢詩をつくっています。例えば漱石の先輩の森鷗外も漢詩人として大変優れていた人でしたし、漱石の弟子の芥川龍之介もたくさん漢詩を作っています。先生の漱石に見せるとしかられるので密かに見せないでいたということです。芥川の手紙を読んでいると芥川自身が作った漢詩がかなりの数でてきます。

文学者が漢詩を作るというのは当然ですが、漱石の弟子の寺田寅彦という物理学者がいますが漢詩を作っています。河上さんの知り合いで少し若い世代の三木清という哲学者も漢詩をかなりの数作っています。今は大江健三郎が漢詩を作ったということは聞いたことがないんですが、当時はそういう時代の雰囲気がありました。

二番目の理由は河上さんが生まれた山口県の岩国という土地柄が中国と関係があった。あるいは長州というと吉田松陰の出身地ですから漢詩漢文と幼い頃から接する土地柄であったということです。このあいだ台風で錦帯橋という橋の一部が崩れましたが、あれは独立《どくりゅう》という中国からきた坊さんが設計したということで、山口という土地柄は中国と関係が深いのです。

三番目の理由として河上さんは子どもの時から漢詩漢文が好きだったらしくて、例えば小学校の時に『日本外史』という頼山陽が書いた漢文の日本史ですが、これを勉強するために塾に通っていたということです。小学校の時にすでに漢文調の日本の将来について論ずる論文を書いているわけです。もともと漢詩漢文の世界が好きだったということがあります。

もう一つは河上さんというのは、詩的な感受性の鋭い人で、河上さんの書いたものを読んでいるとわかるんですが、もともと詩人的素質があって、高等学校のときに戸張竹風《とばりちくふう》というドイツ文学者から「おまえの本質は詩人だ」といわれたということです。経済学を学んでマルクス主義を勉強した人ですが、詩人的素質は一生残っていたということでしょう。

最後の五番目は河上さんの漢詩というのはじつは牢屋から出てきて六十歳になって以降、亡くなるまでのごく晩年になって集中して作られているんですね。そのことは河上さん自身が言っていますが、牢屋から出てきての自分自身の考え方、河上さん自身の言葉で言えば、漢詩を作る何よりもの理由は、漢詩と漢文の調子が自分の思想と感情を表現するのに最も適したものであると思うことがある。他の日本語やヨーロッパ語では表現できないような、独特の表現形式で自分には大変ぴったりくる。しかもそれは牢屋から出てきて特高警察の監視のもとで、うっかりしたことを言えばもう一度牢屋に逆戻りという状況の中で、自分自身の思想を表現するには大変ふさわしい。河上さんの漢詩を読んでいるとその中には毒や棘が含まれていることがわかりますが、それは権力に向けられたものです。露なかたちで表すとまた牢屋に逆戻りということになりますから、一定の知識がないとわからないような漢詩ですね、特高というのは大体教養のない人が多いですから漢詩を読んでもわからない、しかし漢詩の奥にするどい棘が用意されている、そういう表現形式として晩年の河上さんにとっては自分自身を表現するのにふさわしい形式のものではなかったか、そういう風に考えられる。それが河上さんが経済学者であるにもかかわらず漢詩を作られた理由になるのではないかと思います。

二　河上肇にとっての漢詩

お手元にプリントがありますのでそれをごらんいただきたいのですが、河上さんが作った詩、二番は詩ではなくて散文ですが、一、二、三、四とあります。

第一の「無題」ですが、もともと題がついてなかったので「無題」としてあるだけです。

無題

年少夙欽慕松陰
後学馬克思礼忍
読書万巻竟何事
老来徒為獄裏人

昭和八年に治安維持法違反でつかまって牢屋に入れられる前に拘置所にいた時、奥さんあての手紙に書き記してあったものです。漢詩を作り始めるごく初期のまだ漢詩の作り方というか形式をあまり勉強しておられない時に、牢屋の中ですので辞書なんかもありませんでしたから、そういう環境の中で作られた詩です。

一句が七字で七言絶句といいますが、読んでみますと

年少夙《つと》に（吉田）松陰を欽慕し

後に学ぶ馬克思（マルクス）礼忍（レーニン）
読書万巻ついに何事ぞ
老来いたずらに為る獄裏の人
意味は大変わかりやすい詩です。
若い頃には吉田松陰をしたって
のちにマルクス・レーニンを学ぶようになった
たくさんの本をよんだけれども、結局何の役に立ったのか
年取ってから獄中の人となって、手も足も出ない、何の意味があったか

そういう意味なんですが、この漢詩は漢詩の形式から言うとダメな漢詩です。どこが悪いかというと全部悪いんですね。漢詩というのは七言の場合は一句目と二句目と四句目の最後の字で韻を踏む。発音の響きが同じ漢字でそろえるということです。松陰の「陰」と礼忍の「忍」と最後の「人」で韻がそろっているのではないかと思いますがこれは日本の漢字音であって、漢詩はもともと中国の詩ですから、しかも中国の杜甫や李白の時代の発音で韻を踏まないといけないのですが、辞書で調べてみないと韻が合っているかどうかわからないんです。これは三つとも全然あってない。

もう一つは、七言詩というのは上から二字、二字、三字と切れる作り方をしなければならんのです。この詩の三句目と四句目はそれで作ってあります。

読書　万巻　竟何事

老来　徒為　獄裏人

これでいいのですが、前半がいけない。

年少　夙　欽慕　松陰

で二、一、二、二のリズムで絶句を作ってはいけないということになっています。

二行目も

後学　馬克思　礼忍

で二　三　二となっている。

「後に学ぶ」これはいいのですが、あとの五字がリズムの問題で具合が悪い。

もう一つは言葉の問題ですが、マルクスは中国語でも馬克思と書くんです。しかしレーニンはこのような字は当てないんです。列寧と書いてレーニンとよみます。

そういう問題はあるのですが、この詩はじつは内容は大変すばらしいと私は思う。どういうことかといいますと、表面だけ読んでいるとわかりませんが漢詩というのは裏に隠し味みたいなものがありまして、それに気がつくと大変深い意味があるということがわかります。例えば「読書万巻」というのは表面の意味はたくさん本を読んだ、ということですが、じつはこれは最初の句に出てくる吉田松陰の松下村塾という萩にある粗末な建物ですが、松陰が若者を集めて塾を開いていた松下村塾の床の間の両側に太い孟宗竹の塾聯というスローガンをかけてあって

松下村塾塾聯

自非読万巻書、寧得為千秋人。
自非軽一己労、寧得致兆民安。

万巻の書を読むに非ざるよりは、寧《なん》ぞ千秋の人と為るを得ん。
一己の労を軽んずるに非ざるよりは、寧《なん》ぞ兆民を安きに致すを得ん。

その意味は、万巻の書を読んだ者でなければ、千秋万歳に名を残すような人物にはなれない。自分自身の苦労などというものは問題にしないということでなければ、どうして多くの人民を安きに致すことができようか。ということです。

ですから「読書万巻」というのはこの松下村塾のスローガンからとってあるということです。典故といいますが、古典の中に出てくるような言葉を使っている場合は、その部分だけではなくてその前後の部分全体を踏まえて発言しているという不文律、約束がありますから、万巻の書を読んで、後世に名を残すような立派な人間になろうとして、また自分自身の苦労などは省みずに人民のために尽くそうとがんばってきたけれども、結局捕まってしまって今牢屋にとらわれている。これが後半の二句の意味なんです。詩というものは普通花鳥風月を詠《うた》うものでもありますが、中国の詩の伝統は、「詩は志を言う」、人間の思想を述べるのが詩だ、そういう点では河上さんの拙い、形式的には完成していない詩が、中国の漢詩の伝統の一番深いところをとらえて作られているといえます。河上さんの漢詩は、昭和十二年に牢屋から出てきて昭和十三年以後本式に勉強を始めまして、形式的にも大変すぐれた詩を作るようになります。中国人が読んでもとてもいいということで中国でも本が出ていますが、河上さんの漢詩というのは優れた思想的な内容をもっています。

次は下に達筆の書がありますが、河上さんの書です。牢屋から出てきて書いたものですが、漢詩というのはこういう風に字数をそろえて書いていない、さらに漢字自身が難しい、読めない。それを克服しないと読めない。字の数を数えますと一行五字で書いてありまして二十七字、七言絶句は二十八字なんですが、一字足りない。左の方をみますと小さな字で「転句の末に坐の字を脱す」と書いてある。河上さんというのは経済学者のくせに数の計算ができない。間違いが多い、自分でも「間違い上手の私」という随筆を書いています。これも一字抜かしている。転句というのは第三句ですが、末尾に「坐る」という字を補って読んでくれと書いてあります。

それを補いますと、七言絶句になります。

天猶活此翁
秋風就縛度荒川
寒雨蕭蕭五載前
如今把得奇書坐
尽日魂飛万里天

これは上から二二三、二二三、と切れるように本式の漢詩になっていまして、一行目の「川」、二行目の「前」、四行目の「天」と韻がふんであります。

「天は猶此の翁を活かせり」という題は河上さんの作った言葉ではなくて、河上さんが尊敬していた中国の陸游という詩人が作った詩の中に出てきます。陸游という人は河上さんと同じように時の権力からはじき出されるような形で無理やりに隠居させられる生活を送った人ですが、性質的にも似たようなところがあって、河上さんは尊敬していたのです。その人の作った詩句の一つを取って「天は猶此の翁を活かせり」。世の中のことなど忘れてしまっているのに天はなお私のようなじいさんを生かしてくれているという題です。

これを日本式に読みますと

秋風縛に就きて荒川を度りしは
寒雨蕭蕭たりし五載の前なり
如今奇書を把り得て坐せば
尽日魂は飛ぶ万里の天

これは詩としてはそれほど難しいことはないけれども、いろいろと事情を知っていないと実際はこれを理解したことにはならない。漢詩というのは表面の意味は一応取れるけれど実際は奥で何を言っているのかを理解しないと本当に理解したことにならない。そういう含みみたいなものをいろんな言葉の中に持たせて作ってあるんですね。

「秋風縛に就きて」というのは、秋風がふく中を捕縛されて、つかまって荒川の川を渡ると小菅刑務所ですが、手錠をはめられて秋風の中連れ込まれたのは冷たい雨がしとしとと降る五年前のことであった。如今というのは現在のことですが、五年後の今は解放されて奇抜な本を座って読んでいると一日中魂は万里の空をかけめぐる。

表面の意味はそれでいいのですが、一体何を言いたいのかがわからない。そのためのキーワードは、奇書という本の意味と万里という言葉の意味がわからないと、この詩の意味はわかりません。中国で三大奇書というのは水滸伝、三国志、西遊記をさしますが、おもしろい奇抜な本ということです。表面の意味では三国志を読んでいるのかということになりますが、ここで特高に踏み込まれたら牢屋に逆戻りということになりますので、河上さんは自分のメモの形でこの詩の序文を日本語で書いています。それを読むと「昭和十三年十月二十日、第五十九回の誕辰（誕生日）を迎えて、五年前の今月今日を想う。この日、余初めて小菅刑務所に収容さる。当時雨降りて風強く、薄き囚衣をまといし余は、寒さに震えながら、手錠をかけ護送車にのりて、小菅に近き荒川を渡りたり。当時の光景今なお忘れがたし。すなわち一詩を賦して友人堀江君（邑一《むらいち》氏）に贈る。詩中奇書というは、エドガー・スノウの支那に関する新著のことなり」。

エドガー・スノウというのはアメリカのジャーナリストですが、中国の革命根拠地延安のルポルタージュを書いて発表したもの、それを密かに堀江さんが手に入れて河上さんに貸してあげるわけです。毛沢東や周恩来が革命の準備のためにどういうかたちで奔走しているかということをリアルに書いた本で、戦後『中国の赤い星』という題で日本語に訳されて、私も若い頃それを読んで血湧き肉躍ったわけですが、そういうルポルタージュなんです。これなどはもし特高が踏み込んで見つけたら、英語の標題くらいは特高でも読めますから、もう一度牢屋に逆戻りという可能性もある危険な本でした。

「詩中奇書というは、エドガー・スノウの支那に関する新著のことなり。今日もまた当年のごとく雨ふれども、さして寒からず。朝、草花を買い来たりて書斎に置く。夕、家人（奥さんのことですが）余がために赤飯をたいてくれる」。

そういう序文があって、それで奇書のことがわかるわけです。

もう一つのポイントは「尽日魂飛万里天」です。万里という言葉は万里の長城というように中国の端から端まで、中国の一里は五〇〇メートルですから、計ってみると西から東まで五千キロくらいあるんですが、中国の詩で万里といえばほとんど外国というのに近い使い方です。河上さんの作った漢詩は全部で百四十首ほどあります。それを全部読んでみると何回か万里という言葉が出てきますが、全部中国のことを言っています。そうすると「魂は飛ぶ万里の天」というのは、その本を読んでワクワクして現に革命が進行中である中国の空を我が魂は駆け巡るという物騒な詩でありまして、もしこれを警察が知れば大変なことになるわけです。そういう警察や権力に対する棘がこの詩の中には隠されているわけです。それが奇書という言葉であり、万里という言葉です。

これは昭和十三年に作られたものですが、このとき河上さんは独学で漢詩の勉強をしてその年には漢詩を作れるようになっています。

最後に、四の「閑臥」は、なにもしないでのんびり寝ているという詩ですが、これは珍しく四言詩です。四言詩は中国で一番古い『詩経』に出てくる形式ですが、後世の詩人はあまり作らない。

河上さんは実験精神に富んだ人で、詩を作る際にも実験をしているのですが、その一つです。

閑　臥

欲耕無土　耕さんと欲するも土無く
有土力疲　土有るも力疲《つか》る
不作米藷　米藷を作らず
不弁農時　農時を弁ぜず
万骨枯処　万骨枯るる処
一事無為　一事為す無く
惟抱微倦　ただ微倦を抱きて
閑臥作詩　閑臥して詩を作る

昭和十八年の九月ですから戦争がかなり深刻な事態になっておりまして、京都大学でも正門をでた歩道の石畳をひっくり返してそこに芋を植えて、大変な食糧難で悩んでいた時代でした。その時代のことですが、「耕そうとしても土地がない。もし土地があっても私の力ではものは作れない」。そこで「米藷を作らず（米や芋を作らない）。農時を弁ぜず（農業のことはわからない）」。どうしているかというと「万骨枯るる処」この処というのは時と同じですが、中国に「一将功成りて万骨枯る」という有名な言葉がありますが、戦争で一人の将軍が手柄を立てた裏には何万という兵隊の犠牲があるという、今はそういう時代だ。教えた京大の学生たちは兵隊にとられて戦死している。しかし自分にはする事がない。「ただ微倦を抱きて」、何もすることもなくただ気だるい体を抱きかかえて寝転がって詩をつくる。のんきでいいな、ということですが、この裏にも棘がある。なぜかというと、「詩を作るより田を作れ」というが、ワシは田は作らん、詩をつくる。消極的なようですが抵抗精神が裏にある。当時はみんな芋を作っていて全員がお百姓さんになって、私たちも少年時代にはかぼちゃばっかり食べて顔が黄色になるというような生活の時代でした。そういう時代に「芋は作らん。国策に協力しない」という。表面は静かなのんびりした気だるいような詩ですが、じつはその裏に抵抗精神があります。警察権力に四六時中監視されながら、志を密かに述べるという形式として漢詩というのは河上さんにとっては最もふさわしい表現方法ではなかったか。一種の抵抗の手段としてですね。それが河上さんが漢詩を作った大きな理由ではないかと思います。

私の話はこれで終わらせていただきます。ありがとうございました。

河上肇ゆかりの人々

吉田松陰

マルクス経済学者河上肇（一八七九―一九四六）と幕末の志士吉田松陰（一八三〇―一八五九）は、ともに長州（山口県）の出身である。かなり時代のかけ離れた二人のように思えるが、松陰が獄死して二十年後に、河上は生まれている。

少年河上は、同郷の先輩松陰を憂国の志士として深く尊敬し、『自叙伝』等によれば、故郷岩国から松下村塾のあった萩の町まで、何度も徒歩で訪れ、松陰にちなんで「梅陰」という号を名乗って、印を作ったりしている。また東大生だった頃《ころ》（明治三十四（一九〇一）年）には、当時東京府荏原《えばら》郡にあった松陰神社に参詣、「松陰神社々頭に泣く」という文章を、故郷の『防長新聞』に寄せている（岩波版『河上肇全集』第一巻所収）。

それから三十二年後（昭和八（一九三三）年）、河上は治安維持法違反の容疑で逮捕され、東京豊多摩刑務所の中で一篇の漢詩を作った。

年少夙欽慕松陰

後学馬克思礼忍
読書万巻竟何事
老来徒為獄裏人

よみくだし文を示せば、

年少　夙《つと》に松陰を欽慕《きんぼ》し
後に学ぶ　馬克思《マルクス》　礼忍《レーニン》
読書万巻　竟《つい》に何事ぞ
老来《ろうらい》　徒《いたずら》に為《な》る　獄裏《ごくり》の人

「夙に」は、早くから。「欽慕」は、敬い慕う。「老来」は、年とってから。

この詩、獄中から夫人にあてた書簡に見え、「唐人のねごとの真似をした。もとより平仄《ひょうそく》など合つて居るにあらず」というように、押韻《おういん》、リズム、用語などに難がある。しかし出獄後本格的な作品を作り始める漢詩人河上肇の面目は、すでにうかがえる。

たとえば、松陰のことは第一句に見えるだけのようだが、第三、四句も松陰にちなんで、松下村塾の床の間に掛けてある塾聯《れん》（スローガン）が、「典故」という形でかくされているのである。

万巻の書を読むに非ざるよりは、寧《なん》ぞ千秋の人となるを得ん。
一己《いっこ》の労を軽《かろ》んずるに非ざるよりは、寧《なん》ぞ兆民を安きに致すを得ん。

この「典故」を知ることによって、人民の幸福のために万巻の書を読破し、己《おの》れの苦労はいとわずに命がけで闘って来たのに、今は獄中の人となり果てた河上肇の無念さを、うかがうことができるのである。その無念さは、松陰のものでもあった。

山本宣治

私は一度だけ「動く河上肇」を見たことがある。といっても、私たちは五十歳の年齢差があり、河上が亡くなったとき、同じ京都に住んでいたけれども、中学三年の私に面識のあるはずはなかった。「動く河上肇」は、記録映画のフィルムで見たのである。

一九二九年三月五日、東京の旅館で右翼の兇刃《きょうじん》に倒れた山本宣治の遺骨が、京都宇治の旅館「花屋敷」（山宣の生家）に移送され、労働者に守られた「山宣葬」の模様は、日本プロレタリア映画同盟（プロキノ）によって撮影された。「動く河上肇」の登場するそのフィルムは、今も保存されている。

なお東京での葬儀は、死後三日目に行われた。河上は上京して式に参列し、「告別の辞」を読み上げようとした。ところが、「同志山本宣治のなきがらの前に立って、私は謹んで告別の辞を述べる。君の流された尊き血しおは、全国の同志に向って更に深刻な覚悟を促し、断乎たる闘争の」という所で、臨監の警官から「中止」を命ぜられた。

そして同じ月の十五日、京都で行われた労農葬でも、河上が読み上げようとした別の「告別の辞」はまたも官憲によって「中止」された。

東京での「告別の辞」は、後日雑誌『社会問題研究』に収録されたが、刊行後ただちに発売禁止、河上はこれをのちに『自叙伝』に再録し、「追記」を加えて「何一つ悪い思い出の伴わない、山本君はなつかしい」と書いている。

一方、京都での「告別の辞」もひそかにのこされ、今は『山本宣治全集』第七巻（一九七九年汐文社刊）に収録されている。

選挙運動その他の活動の中で二人は親しくなり、河上は山宣の「思い出の記」をいくつか書きのこしている。しかし一九三〇年、「真の科学者山宣」（『産児制限評論』三巻三号所収）を書き、その後三年して河上は治安維持法違反容疑で逮捕投獄、日本敗戦の一九四五年まで、山宣にふれる文章を書くことはできなかった。

河上は敗戦の翌年一月、栄養失調で亡くなるのだが、死の四十数日前、病床で最後の力をふりしぼるようにして、「亡友山本宣治君の墓前に語る」という文章を書き上げた（『河上肇全集』第二十一巻所収）。戦後ようやく撤廃された治安維持法に対し、死を賭して闘った山宣をたたえる文章であり、二人は文字通り闘争場裏《じょうり》の「戦友」であった。

寿岳文章

竹の子の季節が来ると、私は英文学者寿岳文章《じゅがくぶんしょう》のことを思い出す。

ダンテ『神曲』の訳者であり、和紙の研究家としても著名な寿岳は、竹の子の名産地である京都向日町《むこうまち》に住んでいた。若い頃から河上肇と親交があり、季節が来ると竹の子を河上に送り、喜ばれていたのである。

河上に「寿岳文章君見贈新筍味頗美遂得詩三首（寿岳文章君、新筍《しんじゅん》を贈らる。味、頗《すこぶ》る美なり。遂に詩三首を得たり）」と題する漢詩作品（昭和十七〔一九四二〕年作）があり、その第一首にいう。

家貧にして　身初めて健かに
偏《ひとえ》に愛す　野蔬《やそ》の春
嫩筍《どんじゅん》　黄犢《こうとく》の如く
旨甘《しかん》　八珍に抵《あた》る

野蔬は、野菜。嫩筍は、若くてやわらかな竹の子。黄犢は、茶色の仔牛《こうし》。旨甘は、味のうまさ。八珍は、最上の八種の珍味。

戦時下、そろそろ物資が不足し始めていた頃だった。

河上の没後（一九四六年）、寿岳は河上が出獄後書き溜めていた原稿を、いくつか預かっていた。その中に、中国宋代の詩人陸游《りくゆう》の詩の注釈『陸放翁鑑賞』があった。

寿岳はこれに整理を加え、吉川幸次郎に序文を乞うて自らも解説を書き、一九四九年、京都の三一書房から出版した。

上下二冊という厖大《ぼうだい》な量の原稿は、見事な筆跡で書かれ、印刷屋で汚されるのは惜しいというので、寿岳の長女で国文学者の章子が、すべて筆写した。これまた誤写のない、見事な筆耕だったという。

この二冊は出版後たちまち売り切れて幻の書となり、三十余年後（一九八二年）、『河上肇全集』（岩波書店）の一冊として、ようやく人々の前に姿を現わした。ところがこれまたすぐに店頭から消え、二十二年後（二〇〇四年）、単行本として同じく岩波書店が上梓《じょうし》、版を重ねている。

全集版が出る時、私は乞われて校訂の仕事を手伝った。

寿岳は、河上肇が戦後ようやく漢詩人としても評価され始めたことをとても喜び、私が詩人河上を論じた著書や論文を届けるたびに、鄭重《ていちょう》な礼状を送って来た。その一節にいう。

「河上博士の人となりがこのようにして段々理解を知識人の間に深め広めてゆくことに対して、喜びに耐えません」。

昨年、『陸放翁鑑賞』重版の知らせが届いたのが、やはり新筍の出始める頃だった。

河上秀

河上肇、秀《ひで》の二人は、まことに対照的な夫婦であった。

まず体型。肇の方は、自ら獄中の己の姿を「トカゲのヒモノ」と評しているように、瘦軀《そうく》鶴のごとく、他方、秀はふくよかに、ふっくらと肥えていた。

対照的だったのは体型だけでなく、その性格が際立って異なっていた。

長年夫婦のごく身近にいた肇の義弟末川博（元立命館大学総長、秀の妹が末川の妻）は、夫婦の性格のちがいについて、次のようにのべている。

「一方（肇の方）は、気分にムラが多くて、極端から極端に走るはげしい気性の持ち主でありながら、底抜けにお人よしのところもあって、非現実的といってもよいような点があったのに対して、他方（秀の方）は、ものごとを表からも裏からもみて判断するするどい感覚の持ち主であるとともに、世間の社交的なことについてはとかく引っ込み思案で、きわめて常識的に地道に手がたく行動するというふうな現実的な生き方をする人であったといってよいかと思う」。（『留守日記』はしがき）

また秀については、最初会った頃の印象として、次のようにもいっている。

「当時私が受けた印象を一言でいえば、品のよい姐御《あねご》とでもいってよいかと思う。細かいことにもよく気のつく、しかもどっしりしたところのあるふとった立派な奥さんという感じであった」。

この「品のよい姐御」が真価を発揮したのは、河上肇が投獄され、留守宅を守っていた時期である。当時、河上肇の次女や秀の弟も、政治犯として拘置所や刑務所に入れられていた。秀は三日にあげずこの三人の面会に出かけ、差し入れにかよった。その気苦労にひとことのグチも言わず、面会のあとはエノケンやロッパ、またフランスの喜劇俳優シュバリエなどの映画を観て帰った。

河上肇が五年の刑期の途中で、早期の仮出所にのぞみをかけて、当局といささか妥協する気配を見せ、やや動揺していた時、姐御は面会に来てこう言った。

「無理をしてお出になると後悔なさるでしょう。無事つとめあげてお出になりましたのなら、やるべきことをやった、という満足したお気持になれましょう」。（『自叙伝』）

河上肇は、このあとあらためて背中をしゃんと伸ばし、妥協することなく満期出獄するのである。肇にとって、妻秀もまた「戦友」であった。

閑人

「閑人《かんじん》」という漢語は、ふつう「ひまな人」と訳されている。しかし「明日は忙しいが今日はひまだ」というような意味で「ひま」なのではなく、本来「今日も明日もひまだ。毎日することがない」、そういう人、すなわち失業者、退職者、さらには隠遁者のことを、閑人という。

さて、マルクス経済学者河上肇は、五年の刑期を終えて出獄、特高警察監視の下、「閉戸閑人」と号して漢詩を作っていた。

この雅号には、自分から戸を閉ざしたのではなく、当局によって無理やり家に閉じ込められて、することのない人間、という抗議の意味も含まれていた。

出獄後三年目（昭和十五年）、五言律詩一首を作り、その後半にいう。

　髪あるもまた僧の如く
　銭なきもなお貧ならず
　人は生計の拙《まず》きを嗤《わら》うも
　天は恵む　四時の春

このさいごの二句、はじめは、

平生　勤苦の後
天は許す　閑人と作《な》るを

と作ったのだが、さて、結びの句としてどちらがよいか。「今に及ぶもなお取捨に迷う」と自注でのべている。

「閑人」という語を含むこの句、実は河上肇が傾倒していた陸放翁の次の句を踏まえている。

細思すれば造物何に由《よ》りてか報《むく》いん
閑人と作《な》して此の生を過ごさしむ
（「舟中夕望」）

閑人として余生を送らせてくれた造物（すなわち天）に対して、どんなお礼をすればよいのか。この放翁の句、さらにさかのぼれば、白楽天の次の句にもとづいている。

仏は容《い》れて弟子と為し
天は許して閑人と作す

中国の詩人たちは、閑人であることを表面は楽しんでいるふうに見える。しかし退職はおおむね強制によるものであり、「閑人」という語には、本来何ほどかの自嘲と抗議の気味が込められている。

河上肇と郭沫若

中国科学院院長郭沫若《かくまつじゃく》（一八九二―一九七八）は、一九五五年十二月、中国学術代表団団長として日本を訪問した。

京都を訪れた郭沫若は、立命舘大学総長末川博（河上肇の義弟）の案内で、河上家をたずねる。河上没後、九年の歳月が流れており、河上家では秀夫人が出迎えた。

その前年、京都大学の学生たちは、毎年行って来た「河上祭」（この年は第八回）のため、世界の著名な人々にメッセージの送付を依頼した。回答者の中には、アメリカのP・M・スイージー、ソ連のイリヤ・エレンブルグなどがおり、郭沫若からも書簡が送られて来た。そこには次の一文が、墨書して封入されていたという（尾崎芳治京大名誉教授の談話、二〇〇五年一月刊『河上肇記念会会報』八一号所収）。

東方的先覚者
卓越的馬克思
主義的闘士
河上肇先生

永垂不朽！

「馬克思」は、マルクス。「永垂不朽」は、永遠に不滅である。

このエピソードは、二〇〇四年十月、京都法然院での河上会総会で披露され、参会者に感銘を与えた。

郭沫若は一九二四年、日本留学中に、河上の大部な著作『社会組織と社会革命』を中国語に訳し、翌年上海商務印書館から出版した。面識のない二人だったが、郭沫若は河上肇を深く尊敬し、訳書の序文の中でこう言っている。

「中国の初期のマルクス主義者にも、河上博士の影響を受けてマルクス主義に近づいた者が少なくない。私自身がその生き証人のひとりである」

戦後、一九五四年、前述のごとく「河上祭」に書を寄せた郭沫若は、一九六一年、河上を敬慕する人々によって組織された「東京河上会」の設立総会に祝電を送っている。

さらに一九六四年、筑摩書房から『河上肇著作集』全十二巻が刊行されると聞き、編集者あてに祝意をこめて一篇の詩（七言律詩）を送って来た。

その冒頭の二句にいう。

　東風　吹きて　玉笙《ぎょくしょう》を送り来たり

　伝えて道《い》う　寒梅二度開くと

「東風」は、春風。「玉笙」は、美しい笛の音《ね》。その笛の音は、東の国からどんな便りを伝えて来たか。

かつて河上肇は冬の時代、かぐわしい梅の花にも比すべきすぐれた著作を世に問うたが、当局の弾圧によって禁書とされた。それらが今、再び花開く。再版されることとなった。「寒梅二度開く」。二句は、郭沫若の無念と、そして喜びを、よく伝えている。

河上肇と年金

一九〇八年、イギリス議会は、貧乏な老人保護のため「養老年金条例」を可決成立させた。河上肇『貧乏物語』(一九一七年三月弘文堂書房刊、引用は一八年十一月刊第十九版による)は、このことにふれて、次のように述べている。

「一言にして云へば七十歳以上の老人には国家に向つて一定の年金を請求するの権利ありと認めたること、之が此法律の要領である」

そしてこの法律について、特に注意すべき点として、

「年金を受くることをば権利として認めたことである」

といい、その理由として、次の点を挙げる。

「人は一定の年齢に達するまで社会の為に働いたならば、(中略)齢を取つて働けなくなつた後は、

社会から養つて貰ふ権利があるといふ思想、此思想を此法律は是認したものなのである」

当時河上肇は、まだ社会主義者ではなかった。しかしその権利意識は鋭く、この法律成立の意義について、次のように述べる。

「それ故、縦《たと》ひ年金を受くるも、法律は其者を目して卑しむべき人と為さず、又何等の公権を奪ふことなし。是れ従来の貧民救恤《きゅうじゅつ》と全く其精神を異にする所にして、斯《か》かる思想が法律の是認を経るに至りたる事は、蓋《けだ》し近代に於ける権利思想の一転期を劃すべきものである」

後年の河上肇の面目、すでに躍如たるものがあり、一読爽快感を覚える。

『貧乏物語』は何回か通読しているはずだが、年給への言及があることについては、最近国際政治学者畑田重夫氏の教示により、日本共産党の小池晃議員の講演記事を読んで、はじめて気づいた。最近政府の施策は、老人を狙い撃ちにしているように思える。高齢化社会の到来という事情はあるにせよ、政権政党の幹部は大企業の減税などやめて、もう一度『貧乏物語』を読み返すべきではないか。

詩人河上肇

大正末期から昭和初期にかけて、日本にマルクス主義を紹介した河上肇（一八七九―一九四六）は、その思想ゆえに京都帝国大学経済学部教授の職を追われ、実践活動の中で一九三三年（昭和八年、五十四歳）、特別高等警察によって逮捕、投獄された。

日本の国家権力は、獄中の彼に対して、マルクス主義の放棄を硬軟両様の手口で誘導したが、学問的信条を曲げることなく、約五年ののち満期出獄した。

出獄後、経済学者としての生命を絶たれた河上肇は、その晩年、戦時下の八年間、主として次の三つの仕事に専念した。
一、『自叙伝』の執筆。現在、岩波文庫に五分冊の形で収める（一九九六―九七年）。波瀾万丈の人生の真摯《しんし》な告白と達意の文章によって、桑原武夫、加藤周一らから文学作品として高く評価され、多くの読者を得た。
二、中国宋代の詩人陸游《りくゆう》（号は放翁《ほうおう》、一一二五―一二一〇）の詩文の評釈。中国古典詩への愛好は若い頃から続いており、獄中で陶淵明《とうえんめい》、王維《おうい》、李白《りはく》、杜甫《とほ》、蘇軾《そしょく》らの全集を読破。出獄後、最も傾倒する詩人陸游の詩作品一万首から約五百首を選んで、これに注釈を加えた。
その草稿は、河上の没後、一九四九年、『陸放翁鑑賞』と題して三一書房から出版。中国文学の専門家からも評価されたが、たちまち売り切れて絶版となり、三十三年後の一九八二年、『河上肇全集』（岩波書店）に収められ、さらに単行本として同じく岩波書店より刊行（二〇〇四年）、版を重ねた。
三、和歌および漢詩の創作。和歌は獄中から出獄後にかけて集中的に創作され、その数一千首を超える（『河上肇詩集』、一九六六年、筑摩叢書）。漢詩は出獄後、独学によって複雑な法則を習得し、中国人からも評価される作品約百四十首を遺《のこ》した（一海知義注『河上肇詩注』、一九七七年、岩波新書）。河上の詩歌は、主として戦時下に作られたものだが、権力に屈せぬ思想信条を貫いた清冽な表現によって、少なからぬ人々の共感を得、今も読み継がれている。

詩に非ざる詩

漢詩人河上肇の「閑人詩話」（全集第21巻所収）に、次のような一節がある。
「畢竟《ひっきょう》、日本読みにする漢詩は、日本の詩であつて、支那の詩ではないのだ。かうした日本の漢詩を、支那人が支那の詩として見た場合、依然として鑑賞に値すれば、これに越したことはないが、しかしさうでないからと云つて、日本読みにするために作られた日本の漢詩は、日本の詩として依然独立の存在価値を保つことを妨げないのである」

これを読んで、日頃から漢詩を作っている知人から、「我流漢詩に些《いささ》か自信を得た」という手紙が来た。そして、良寛の次の詩を思い出したそうだ。

誰我詩謂詩
我詩是非詩

知我詩非詩
始可与言詩

この「詩に非ざる詩」、読み下せば次のようになるだろう。

誰か我が詩を詩と謂《い》う
我が詩は是《こ》れ詩に非ず
我が詩の詩に非ざるを知りて
始めて与《とも》に詩を言うべし

第四句は、『論語』の中で孔子が弟子の一人をほめて、「お前こそ詩（この場合の詩は『詩経』の詩）のわかる人間だ。お前とならばともに詩を語ることができる（始めて与に詩を言うべきのみ）」といった言葉を、そのまま踏まえている。

しかし孔子があくまでも生真面目《きまじめ》なのに対し、良寛はふざけている。良寛のこの詩は、五言四句、すなわち五言絶句の形を取りながら、押韻、平仄《ひょうそく》その他絶句の法則を全く無視しており、一種の戯《ざ》れ歌である。

けれども、ふざけながら、詩というものの本質をついている。

河上肇にも「詩にあらざる詩」と題する和語の詩がある。

世の常の詩人らは／老いて詩情は枯ると云ふに／六十初めて詩を学び／いま古稀になんなんとして／賦詠《ふえい》日に多し／詩人たらざりし我のさきはひ

河上肇と森鷗外

森鷗外が六十一歳で亡くなった時（大正十一年）、河上肇は四十四歳だった。二人は同時代人だったが、面識はなかった。また鷗外が河上のことにふれた文章は残っていないようである。

しかし一方、河上は鷗外の熱心な読者であり、書簡や日記の中で、しばしば鷗外の文学や人柄に言及している。

河上は昭和八年（一九三三）、治安維持法違反容疑で逮捕投獄されたが、足掛け五年の獄中生活での読書対象の一つは、岩波版『鷗外全集』であった。獄中日記（『河上肇全集』第22巻、一九八三年岩波書店刊）昭和十一年六月二十二日の条に、次のような一節がある。

「……いろいろな人が鷗外さんの偉いことを書いてゐるが、私も実はとうから鷗外さんは偉いと思つてゐた。明治から大正昭和へかけて同氏の右に出づる作家はあるまい。（島崎）藤村氏などは段が違ふやうに思はれる」。

特に高く評価していたのは、鷗外の史伝文学であり、『北条霞亭』『伊澤蘭軒』など具体的な作品名を挙げて、それらが「実事求是」、あくまでも事実を尊重して真実に迫ろうとする手法で貫かれ

ていることに、深い共感を示している。（同年十二月七日の別冊日記）
そして鷗外の史伝文学には、
「一行でもごまかしがないのがとても心持よく感じられ、藤村さんの同じ史伝文学の「夜明け前」などにはでたらめが多くて、それが眼について嫌になります」。
という。（同年九月十七日付書簡）
しかし鷗外に対して、次のような批判もする。
「……それほどの博学を以てして、来らむとする時代の呼び掛けに対しては、殆んど聾に終った人ですね」といい、それが鷗外の作品の価値を限定している、ともいう。（同十月二十五日付書簡）
だが河上の鷗外熱は出獄後もつづいた。鷗外に対する右の批判は、鷗外文学への愛惜の念の告白でもあった。

『河上肇の遺墨』刊行に寄せて

「琴棋書画」という言葉がある。

過去の中国では、七絃の琴を弾じ、囲碁を楽しみ、書を書き、画を描くという四つの事は、文人と呼ばれる人々の必須の教養であり、また資格でもあった。とりわけ書をよくすることは、学者、文人の風格を表わすものとして、尊重された。

唐以前の文人の書は、あまり残っておらず、たとえば李白、杜甫の書を、現代は見ることができない。しかし宋以後の書、たとえば蘇東坡《そとうば》や黄山谷《こうさんこく》、陸放翁《りくほうおう》などの、文字通り墨痕淋漓たる書を、われわれは直接鑑賞することができる。

学者、文人が書をよくするという中国の伝統は、わが国にも受けつがれた。江戸時代の知識人たちの必須の要件は、漢詩漢文が自由に読め、また自ら作れることだった。しかしそれだけでは、文人として尊重されない。「琴棋」は別として、「書画」をよくすることが、江戸の知識人たちのステータス・シンボルであった。その伝統は、時代の流れとともに徐々に稀薄になるものの、明治期の知識人にも受けつがれた。

たとえば、江戸末期、慶応三年に生まれた夏目漱石（一八六七―一九一六）は、英文学者、作家として多くの論文や小説を書き残したが、同時にわれわれは彼の少なからぬ書画を、鑑賞することができる。

漱石よりひと回り年下の河上肇（一八七九―一九四六）は、わが国にマルクス主義を紹介した経済学者として知られるが、彼もまた「文人」と呼ばれるのにふさわしい人物であった。

河上肇は少年時代、友人たちと語らって手書きの同人雑誌を作り、自ら挿絵を描き、文字を墨書して、すでに書画の才の萌芽を見せていた。

山口県の高校から東京帝国大学に進学して、経済学を専攻した彼は、やがて京都帝国大学に教職を得る。きわめて真摯で精力的な河上肇は、積み上げると自らの身長を越すと言われる多くの著書を刊行し、大学教授として多忙な生活を送っていた。そのため、書画の才を発揮する機会には、ほとんど恵まれなかった。ただ、ごく短い期間（大正末期）、風流を好む大学教授たちが、学部の枠をこえて集まり、画家津田青楓を囲んで、それぞれ書を書き画を描いて楽しむ「翰墨会」を、毎月開いたことがあった。

それは当時の河上肇にとって、忙中閑を味わうオアシスであった。しかしそれも長くはつづかず、彼はやがて書斎から出て、社会活動に踏み込むようになり、生活は一層多忙となった。折りにふれて労働組合などに頼まれ、マルクスやジョルジュ・サンドの言葉を揮毫することはあったが、書画を楽しむ余裕などない、厳しい毎日がつづいた。

河上肇がようやく書画に親しむ機会を得たのは、皮肉にも彼が官憲に捕えられて自由を奪われ、獄中の人となった昭和八年（五十四歳）以後のことであった。

彼は獄中で中国の詩人たちの多くの作品を読み、気に入った詩句を選んで、短冊や半截に墨書して楽しんだ。また自ら和語の詩や短歌を作り、これも墨書して残している。

足かけ五年の刑期を終えて出獄したあとも、学者としての研究生活を禁ぜられ、やがて自らも漢詩を作るようになる。そしてそれらの作品を、色紙や条幅に書いて、知人から頼まれれば、これを頒《わか》った。

本書はそれら河上肇の墨蹟を蒐《あつ》めて、これに解説を加えたものである。

私たちは、以前から河上肇の詩と書に傾倒し、〇三年、雑誌『環』（藤原書店刊）に、「河上肇の『詩』と『書』」と題して、彼の漢詩作品や和語の詩とその墨蹟を紹介する連載をはじめた。連載は六回で一応終えたが、読者の要望にこたえて、さらに多くの墨蹟を紹介すべく、本書の刊行を企画した。本書では、新たに「詩人・河上肇」「書人・河上肇」の稿を起こし、漢詩人河上肇の紹介と、書人河上肇の書の分析を試みた。また、彼の生涯を概観していただくため、末尾に「略年譜」を付した。

本書によって、河上肇の墨蹟をゆっくりと鑑賞していただきたい。

信条を貫いた気骨、気品――『河上肇の遺墨』に寄せて

毛筆で文字を書く人は、今ではほとんどいなくなった。

若者はもちろんのこと、かなり年配の人々も、筆を手にすることは少ない。たまに墨書するのは、冠婚葬祭時の袋書きぐらいで、それも硯《すずり》で墨をするということはなく、筆ペンですませてしまう。「御祝」、「御香典」。

「かなり年配」といったのは、大正時代から昭和初期に生まれた人をさす。大正元年生まれは、今年九十五歳。昭和元年は、八十一歳。

明治生まれ、ことに明治初期以前に生まれた人々は、そうではない。日常的に毛筆で手紙を書き、

日記をしるす人が少なくなかった。

そうした環境の中から、すぐれた書をかく人が生まれた。専門の書家でなくとも、技法にすぐれ、きわめて個性的な墨蹟《ぼくせき》を遺《のこ》した人々がいた。

たとえば、学者でいえば西田幾多郎（明治三年生まれ）、歌人の会津八一（明治十四年）、詩人高村光太郎（明治十六年）。彼らの書は今も少なからぬ人々によって鑑賞され、愛好家があとを絶たない。

経済学者河上肇（明治十二年）も、すぐれた墨蹟を遺した一人である。彼は日本にマルクス主義を紹介普及させた人物として知られるが、その思想ゆえに京都大学教授の席を追われ、治安維持法違反容疑で逮捕投獄された。学者、実践家としての多忙な生活の中で、書や詩歌の才能を披瀝《ひれき》する機会はほとんどなかったが、その閑暇を与えたのは、皮肉にも牢獄である。

彼は獄中で、和歌を詠み、和語の詩を作り、李白、杜甫、白楽天などの中国古典詩を熟読した。そしてそれらを、半切や短冊に墨書して、楽しんだ。

学者としての志操を曲げずに満期出獄した彼は、独学で漢詩創作の技法を学び、戦後の中国で編まれた日本漢詩選に採録されるほどの、すぐれた作品を作った。そしてそれらも条幅や色紙に揮毫《きごう》する。河上肇の没後、少なからぬ遺墨が遺族の手許《てもと》にのこされたが、やがて次々と愛好家たちの手にわたり、散逸するおそれがあった。

そこで私は、大学の同僚であった書の専家魚住和晃氏とはかって、それらの写真をとり、これに解説を加えて、編集上梓《じょうし》することを思い立った。ここに紹介する『河上肇の遺墨』が、それである。

私たち両人は、本書出版の四年前、「河上肇の『詩』と『書』」と題する連載を、雑誌『環』(藤原書店)に登載し始めた。連載は六回で終えたが、それらをもとに、新たに遺墨を集め、これに「詩人河上肇」「書人河上肇」という二篇、詩人としての河上の生涯、書人としての河上の技法と精神を分析する、やや長編の論文二篇を加えて、本書を編集した。

本書は、河上肇の技法を具体的に分析紹介するために、書の部分拡大を示して、専家魚住氏が詳細な解説を加えた。また遺墨のさまざまな特長を見ていただくために、条幅、半切、色紙、短冊、扇面などを分類編集して、それぞれに釈文(漢詩には読み下し文)を添えた。

河上肇の遺墨は、戦時下にあって、学者としての信条を貫いた彼の気骨と、凜とした気品をうかがわせる。

『貧乏物語』余談

『蟹工船』の文庫本が、本屋の店頭に平積みされて並び、『貧困』というタイトルの本が、ベストセラーになる。そんな世相を反映し、河上肇著・林直道解説の『貧乏物語』が出版されて、私のところにも送られて来た。

久しぶりに九十年前の名著をひもとき、解説を読んで、新たな感銘を受けた。

しかし、経済学は私にとって門外のことであり、関心と興味は、「河上肇と中国」、「河上肇と漢詩文」の方向に、傾く。

たとえば、『貧乏物語』の中国語訳について。

『貧乏物語』の出版は大正六年(一九一七年)、短期間のうちに三十版を重ねる大ベストセラーとなった。だがこの本、中国人は読んでいたのだろうか。

当時、上海で書店を開いていた内山完造に、次のような証言がある。

「第一次大戦が終り(大正七年、一九一八年)、西洋から社会主義の風が東に吹きつけてきた時に、……私の店のお客様にもそうした本を読む人が多くなった。それは日本人だけでなく、中国のお客も同じだった。……貧乏物語となると実に小説のように売れた」(「本と著者と読者」、『夜あけ』第一集、一九四九年一月)。

また、革命後の中国を訪れた日本の学者たちは、毛沢東や周恩来らと会い、かつて『貧乏物語』を愛読した、という証言を得ている。

『貧乏物語』は、中国語に訳されていたのだろうか。

日本での刊行三年後(一九二〇年)、すくなくとも二種の中国語訳が出版された。

①『貧乏論』止止訳　上海・泰東図書局　一九二〇年七月

②『救貧叢談』楊山木訳　上海・商務印書館　一九二〇年十二月

私の手もとにある②は、一九二五年三月刊の第三版である。

これらの訳書についてはかつてやや詳しい解説を試みたことがある（『貧乏物語』の中国語訳」、塩田庄兵衛編『河上肇『貧乏物語』の世界』、法律文化社、一九八三年）。

次に、漢詩文について。

京都大学経済学部図書館には、数冊の『貧乏物語』が架蔵されている。そのうちの一冊に、石川興二（京大における河上肇の年下の同僚）の旧蔵書があり、その扉に、次のような著者の献辞が記されている。

路逢剣客須呈剣
不是詩人莫献詩
　　大正六年春三月
　録古詩呈石川君

末尾に「貧語著者」なる印が押してある。「貧語」すなわち「貧乏物語」。

この「古詩」二句、読み下せば、

路に剣客に逢わば　須《すべから》く剣を呈すべし
是《こ》れ詩人ならざれば　詩を献ずる莫《な》かれ

出典は、中国唐代の禅語録である『臨済録《りんざいろく》』（行録）。

意味の重点は後句にあり、「詩人でないような者に詩を献ずることはない」。すなわち「貴方こそわが著書を献呈するのにふさわしい人だ」、というのであろう。

河上肇は学術論文の中でも、しばしば漢詩を引用する。しかも引用の仕方が、いかにも適切である。たとえば、『第二貧乏物語』(改造社、一九三〇年)では、末尾に唐の銭起《せんき》の五言絶句「俠者《きょうしゃ》に逢う」を引く。

燕趙《えんちょう》 悲歌《ひか》の士
相逢《あいあ》う 劇孟《げきもう》の家
寸心 言《げん》尽《つ》くさざるに
前路 日まさに斜《なな》めならんとす

劇孟は、体制に抵抗し、悲歌慷慨《こうがい》した、漢代の代表的俠客。ところで、河上肇はその思想のゆえに投獄され、出獄後は特高警察の監視のもと、生涯の課題であった貧乏に立ち向かう社会的発言を封じられていた。

そこで自ら漢詩の創作を始めた。無学な特高などにはその真意がわからぬ、一種の韜晦《とうかい》的表現手段によって、戦時下、ひそかに反戦・非戦の思想を訴えつづけ、晩年の日々を過ごしていたのである。

「河上肇詩注余話」擱筆の辞

一九七七年、河上肇生誕百年の記念行事がおこなわれる二年前、私は岩波新書の一冊として『河上肇詩注』を書いた。
その十四年後、詩注の不備を補うべく、本誌の紙面を借りて、「河上肇詩注余話」の連載を始めた。その第一回（『河上肇記念会会報』三七号、一九九一年五月）に、次のように記している。

当時（一九七七年、『詩注』刊行時）はまだ河上日記のかなりの部分が公表されておらず、書簡（後の全集の五冊分を占める）も、ほとんど集められていなかった。そうした資料的不十分さに加えて、私の河上研究もはじめたばかりであった。

したがって、『詩注』には不備な点がすくなくない。その後、全集編纂の過程で、未見の作品が新たに出てきたり、施注の不備に気づいたりした。

ここでは、それら不十分な点を補正すべく、その後の知見を「余話」としてまとめ、何回かに分けて披露してゆきたい。

さらにその四年後、河上肇没後五十年を記念する集会で、私は次のように述べている（『河上肇詩注余話』余談」、『河上肇記念会会報』四九号、一九九五年四月）。

（「河上肇詩注余話」は）四年ほどの間に、連載回数は八回、河上さんの漢詩百四十首ほどのうち、十八首について書くことができました。

このペースでゆくと、連載が終わったとき、私は九十歳ぐらいになっている計算になります。

それから十二年後、連載は二十八回をかぞえ、採りあげた作品は三十首を超えた（『河上肇記念会会報』八八号、二〇〇七年六月）。ところがその翌年（二〇〇八年）、私は著作集（藤原書店、十一巻別巻一）

を刊行し始め、『河上肇詩注』をその第五巻（二〇〇八年九月刊）に収めた。その間の事情について、同巻「自跋」で、次のように記している。内容に重複する部分があるが、そのまま摘録しておきたい。

この書（『河上肇詩注』）を出版したのは、『河上肇全集』全三十六巻（一九八二—八六年）刊行以前であった。そのため資料的に不備な点が多く、その後全集編集の過程で、新たに発見された資料によって未見の漢詩作品を補い、また記述の誤りを正した。したがってそれは、『新版河上肇詩注』とでも呼ぶべきものとなった。

新発見の資料による補訂作業は、一九九〇年頃から始めていた。『河上肇記念会会報』に断続的に連載して来た「河上肇詩注余話」がそれである。連載は同会報三七号（一九九一年五月）から八八号（二〇〇七年六月）に至る。

一回にほぼ一首という、ゆっくりしたテンポで書き進めていたので、連載は二十八回に及ぶが、採りあげた詩の数は、全作品百四十首のうち四十首に満たない。このテンポで行けば、完結する時、わたしは百歳をはるかに超えているだろう。

本著作集に収めるため、連載は一応打ち切り、この「余話」にも拠りつつ、全作品につき、新資料による補正を加えた。また、「詩話」執筆後に発見した九首の作品を、「補遺」として末尾に加えた。

かくて私は、百歳まで生きる必要がなくなった。

そして幸いにも(?)、岩波新書『河上肇詩注』は、今では絶版となっている。読者は、右の「新版　河上肇詩注」によって河上作品を読んでいただきたい。

連載擱筆にあたり、長期にわたって紙面を提供していただいた河上肇記念会と、辛抱強くお付き合いいただいた読者の方々に、厚く御礼申し上げます。

河上肇と『臨済録』中の詩句

京都大学経済学部編『河上肇文庫目録』の扉に、次頁に掲げるような挿図が見える。活字に直してみると、

途逢剣客須献剣
不是詩人勿呈詩
　閉戸閑人自題

大正十二年五月起稿
資本論略解
編者による挿図のキャプション(説明文)をそのまま写すと、
『社会問題研究』第四五冊と自家表紙

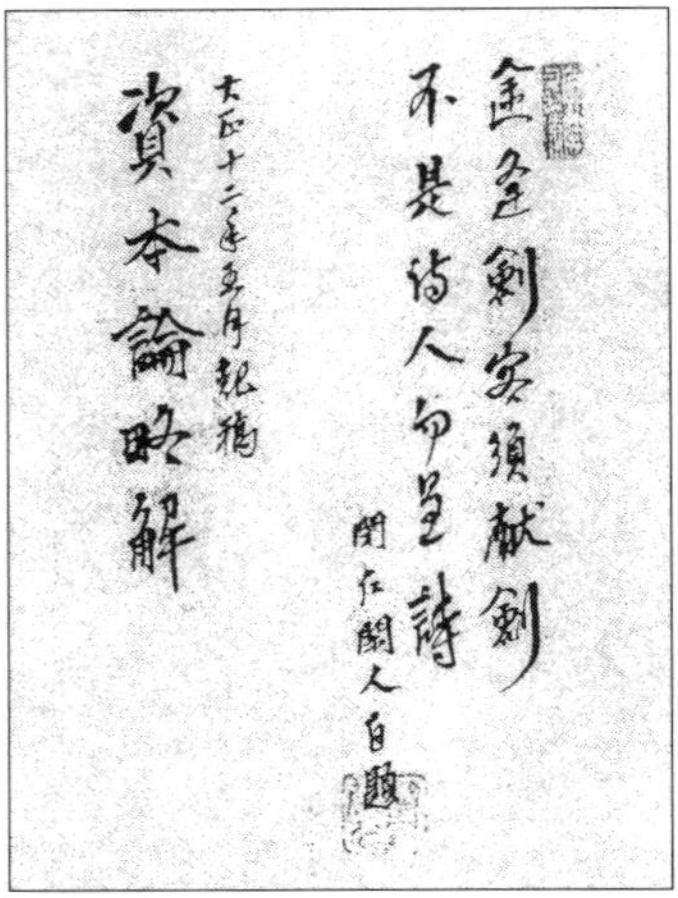

河上博士の個人雑誌に連載される「マルクス資本論略解」は博士の『資本論』研究と普及の本格的展開として記念されるべきもので、自からも表紙をつくり、保存されたのである。

なお『河上肇文庫』には、数冊の『貧乏物語』(大正六年三月刊)が架蔵されているが、その中の一冊、石川興二氏(京大経済学部における河上さんの同僚)旧蔵の書の扉に、次のような著者自筆の献辞が記されている。河上さんは自著刊行直後、石川氏に献呈したものと思われる。

　路逢剣客須呈剣
　不是詩人莫献詩
　　大正六年春三月
　　録古詩呈石川君

「題辞」と「献辞」の間には、若干の文字の異同がある。「途」と「路」、「献」と「呈」、「勿」と「莫」。しかし、両者は同一の詩句と考えてよく、詩意に変りはない。

「献辞」にいう大正六(一九一七)年三月は、『貧乏物語』が弘文堂から出版された月である。同じ二行の詩句が、大正六年の「献辞」に見え、六年後、大正十二年の「題辞」にも見えるのは、当時の河上さんがこの詩句を好んでいたからであろう。

ところで、この詩句、「献辞」では「古詩を録し」というが、出典は何か。

中国古典詩（漢詩）に見える詩句の出典探しは、コンピューターの出現と検索ソフトの開発によって、現在ではきわめて容易になった。

一例を挙げてみよう。たとえば、河上肇『自叙伝』（「幼年時代・少年時代、祖母の手で育てられた私」）に、次のような一節がある。


陸放翁の詩に「果して能《よ》く善人と称せらるれば、便《すなわ》ち故郷に老ゆ可し」という句があるが、私はこうした生涯を郷里に送りえた父を有《も》っていることを、たとい他人《ひと》に向って誇ることは出来なくとも、窃《ひそ》かに自から仕合せとしている。


この陸放翁（中国宋代の詩人、放翁は号、名は游《ゆう》）の五言二句（「果能称善人、便可老故郷」）は、その詩集『剣南詩稿』のどこに見え、詩題は何というのか。

三十一年前（一九七八年）、私が「河上肇『自叙伝』中の詩」（岩波書店刊雑誌『思想』所載、のち二〇〇九年藤原書店刊『一海知義著作集』第三巻所収）を書いた時、右の詩句の出典を調べるために、約一万首の作品を収める『剣南詩稿』八十五巻を、第一頁から繰って探さねばならなかった。

ところが今では、研究者仲間が作成してくれた『剣南詩稿』の検索ソフトをパソコンに入れ、たとえば、「善人」の二字を入力し、ポンとキイを叩けば、たちどころにして先の詩句を含む作品と詩題がわかる。

『自叙伝』には、中国の詩人・文人十五名の四十篇を超える詩文が、題名を示さずに引用されている。コンピューターソフトの開発以前、それらの出典を調べるのは、時間と根気のいる仕事であった。

なお、コンピューターで検索できるのは、中国古典詩（漢詩）だけではない。散文も含む主な中国古典、すなわち、詩経・論語・史記・三国志・文選、そして李白・杜甫はもちろんのこと、それらを網羅的に収録するソフトによって、すべてその語句をただちに検索できるのである。

ところが、先の二句「路逢……」は出て来ない。

盲点は二つある、と私は考えていた。日本漢詩と仏典である。日本漢詩には、網羅的で便利なソフトがまだできていないようである。しかし仏典の方は、今では主な語句の検索は可能だとのことだが、そのことを知る前に、最近幸運にも二句を仏典中から見つけ出すことができた。

中国宋代の仏典『碧巌録』（第三十八則）に、二句は見える。岩波文庫本（一九九四年五月刊、第一刷）によって示せば、

穴云、路逢剣客須呈剣、不是詩人莫献詩。

穴《けつ》は、宋初の僧風穴延昭《ふけつえんしょう》（八九六―九七三）。唐末の僧臨済慧昭《りんざいえしょう》（?―八六七）の第四代法孫だという。

実は「路逢……」の二句、『碧眼録』以前、臨済の語録である『臨濟録』（「行録十九」）の、臨濟禅師と鳳林《ほうりん》和尚の対話中に、すでに見える。そして入矢義高氏の注（岩波文庫本）に、二句は「当時の格言」、という。

なお、京大「河上文庫」には、かなりの数の仏教書が架蔵されており、次のような『臨済録』関

係の図書も収める。河上さんは宗教、特に仏教に深い関心を持っており、これらの図書も読んでいたのであろう。

臨済慧昭禅師録　元禄十二（一六九九）年京都花洛書林刊

臨済録講話　釈宗活　大正十三（一九二四）年光融館刊

ところで「献辞」の二句、読み下せば、次のようになるだろう。

路に剣客に逢わば　須《すべか》らく剣を呈すべし

是《こ》れ詩人ならずんば　詩を献ずる莫《な》かれ

河上さんがこれを自著の「献辞」としたのは、後句に重点があり、「詩人でないような者に詩を呈上することはない。貴方こそわが著書を献呈するにふさわしい人だ」、というのであろう。

河上さんは『自叙伝』や随想だけでなく、学術論文の中でも、しばしば中国古典の詩文を引くが、その引用の仕方はきわめて適切であり、右の「献辞」二句も例外ではない。

河上肇との接点

最初の接点は、私の小学生時代にさかのぼる。

京都の師団に入隊していた長兄から、母あてにひそかに連絡があった。「近く昇級試験を受けさせられるにつき、憲兵が自宅へ蔵書調査に行く。これこれの本を処分しておいてほしい」

小学生の私に、その意味がわかるはずはなかった。しかし母を手伝って、何十冊かの部厚く重い本を、離れ座敷の天井裏の奥に隠した。

その中の一冊が、河上肇『唯物史観研究』（大正十年、弘文堂書房）だと知ったのは、敗戦後、大学生になってからである。この本は、長兄がガダルカナルで戦死したあと、私の蔵書となり、今もわが書斎の手許の書架に収められている。

第二の接点は、河上さんが敗戦の翌年、京都市左京区の寓居で亡くなった時。私は同じ京都市の上京区に住んでいた。中学四年生の私は、河上肇について何の知識もなかった。同じ京都に住んでいたというだけだから、接点といえるかどうか。

河上肇の名前と経歴を知り、その著作を読み始めるきっかけを作った第三の接点、それは「まんじゅう」だった。

京都大学に入学して間もなく、先輩の学生たちが「河上祭」を催し、講演会の入り口で「河上まんじゅう」を売っていた。私は饅頭を買って食い、当時の有名人たちが河上肇について語る講演を聴いた。かくて未知の人だった河上肇の思想と人柄を知り、その著作を読み始めた。

それから三十年、私は専門研究と組合活動などで忙しく、河上肇といささか疎遠になっていた。ところが昭和五十四（一九七九）年、京都大学で河上肇生誕百年祭がおこなわれ、講演者の一人に指名された。その前後から、河上肇のことをやや詳しく調べ始めた。これを第四の接点と呼んでいいだろうが、以後今日まで、ナンバーで呼ぶような接点はない。毎月のように、河上肇のことを書き続け、考え続けて来たからである。

先年、私の著作集が刊行されたが、本巻全十一冊のうち、河上論が三冊を占め、それぞれに「人間河上肇」、「漢詩人河上肇」、「文人河上肇」というタイトルをつけた。

私にとって、経済学や思想は門外のことであり、右のタイトルでもわかるように、私との接点は、「人間」、「漢詩人」、そして「文人」である。

三冊で千八百頁、少し書きすぎたかな、とも思うが、まだ書き足りないことがあり、今後も新しい接点を求めて、書き続けていくだろう。

マルクス経済学者「六十の手習」

マルクス経済学者・河上肇（一八七九―一九四六）が漢詩を作り始めたのは、きわめて晩《おそ》く、文字通り「六十の手習」であった。

「六十初めて詩を学ぶ――六十初学詩」と題する七言絶句にいう、

偶会狂瀾咆勃時　偶《たま》たま狂瀾咆勃《きょうらんほうぼつ》の時に会い
艱難険阻備嘗之　艱難険阻《かんなんけんそ》　備《つぶさ》にこれを嘗《な》む

如今覓得金丹術　　如今《じょこん》　覓《もと》め得たり　金丹の術

六十衰翁初学詩　　六十の衰翁　初めて詩を学ぶ

狂瀾咆勃は、荒れ狂う大波が怒りたけるさま。弾圧・投獄の時代のたとえ。金丹の術は、不老長寿の妙薬を作り出す術。ここは、漢詩創作のことをいう。

この詩、ごく初期の作であるにもかかわらず、七言絶句の諸法則をよく守って、作られている。すなわち、押韻《おういん》（第一、二、四句末に同韻の字を使う。時《ジ》、之《シ》、詩《シ》）、リズム（言葉の切れ目。七言なら、2・2・3）、そして平仄《ひょうそく》、起承転結、など。

河上さんは好きなことを始めると、夢中になり、熱中する人だった。旧蔵書（京都大学経済学部図書館蔵）を調べると、漢詩作法の書を幾冊もそろえていたことがわかる。

本格的に作詩を始めたのは、右の詩を作った六十歳の時、昭和十三（一九三八）年だが、それ以前にも、二、三の作品をのこしている。

たとえば、昭和八（一九三三）年の作。

この年の一月、河上さんは治安維持法違反容疑で逮捕された。詩は、その翌月、拘置所からの夫人あて書簡に添えられている。

詩題のない七言絶句。

年少夙欽慕松陰

後学馬克斯礼忍

読書万巻竟何事
老来徒為獄裏人

詩には返り点や送り仮名、読み仮名がつけられており、それらによって読み下せば、

年少　夙《つと》に松陰を欽《うやま》い慕い
後に馬克斯《マーコ》・礼忍《レーニン》を学ぶ
読書万巻　竟《つい》に何事ぞ
老来　徒《いたずら》に獄裏《ごくり》の人と為《な》る

松陰は、吉田松陰。読書万巻は、単にたくさんの書物を読み尽くしたというのではない。この語、松下村塾の塾聯《じゅくれん》（人格形成の教育目標をかかげた対句）にもとづき、世を救うための学問・読書を重ねてきた、という意味。

「手習」以前の作品だから、絶句の法則からはずれた所がいくつかある。しかし、「詩は志《こころざし》を言う――詩言志」とする中国古来の作詩の原則は、しっかりと守って作られている。

河上肇の陸游賛歌

河上肇（一八七九―一九四六）は中国宋代の詩人陸游《りくゆう》（号は放翁《ほうおう》、一一二五―一二〇九）の詩を愛し、一

万首に近い作品の中から五百余首を選んで、注釈を施した。それは河上の没後、一九四九（昭和二十四）年に、『陸放翁鑑賞』と題して、三一書房から刊行された。

その八年前、河上は「原鼎君《はらかなえ》（友人の画家）、陸放翁全集を贈らる。喜ぶこと甚だし。詩を賦《ふ》して之を謝す」と題する五言絶句一首を作っている。

放翁詩万首　　放翁　詩　万首

一首直千金　　一首　千金に直《あたい》す

挙付斯茅宇　　挙げて斯《こ》の茅宇《ぼうう》に付《ふ》し

教誇月色深　　月色の深きを誇らしむ

そして、その前日の日記にいう。

午後原君を訪ふ。同君、余が放翁の詩を愛するを知り、余のために「陸放翁集」全四冊を買ひ来つて贈らる。版本粗末なれども、これは全集にして、詩の外《ほか》文をも収め、余にとつて此の上もなき結構なるものなり。大に厚意を感謝す。

また、翌一九四二（昭和十七）年には、「放翁」と題する五言律詩を一首、次のような序を付して作っている。

日夕《にっせき》、詩書に親しみ、広く諸家の詩を読む。然れども遂に最も剣南詩稿（放翁の詩集）を愛す。

邂逅蠹書裡　　邂逅《かいこう》す　蠹書《としょ》の裡《うち》

詩人陸放翁　　詩人陸放翁

抱情歌扇月　情を抱《いだ》く　歌扇《かせん》の月
忘世酒旗風　世を忘る　酒旗の風
伏櫪千里驥　櫪《れき》に伏《ふ》す　千里の驥《こま》
蹴空九秋鴻　空《くう》を蹴る　九秋の鴻《おおとり》
愛吟長不飽　愛吟《あいぎん》　長《とこし》えに飽かず
閑暮楽無窮　閑暮《かんぼ》　楽しみ窮《きわま》る無し

出獄後、晩年の河上肇にとって、放翁との出会いは、文字通りの「邂逅」であった。和語の詩「この邂逅に感謝す」の序にいう。「左翼文献に属する図書約六百四十冊を官に収め、身辺殊に寂寞、ただ陸放翁集あり、日夜繙《ひもと》いて倦《う》まず。聊《いささ》か自ら慰む」。

自ら祭る文

わが生を閉じるに当たって、思い浮かぶのは、多くの人々の顔である。
中国の詩人陶淵明は、自らの死を想定して作った「挽歌詩」の中で、

但恨在世時　但ダ恨ムラクハ　世ニ在リシ時
飲酒不得足　酒ヲ飲ムコト　足ルヲ得ザリシヲ

とうたっている。しかし、若いころから浴びるほど酒を飲んできた私に、その恨みはない。思い浮かべるのは酒樽でなく、多くの人々の顔である。

私に愛と優しさと、逞しく生くべきことを、教えてくれた人々がいる。妻と二人の娘と、二人の孫たちである。
妻とは、二十歳のときに結婚し、二人の娘は、三十を過ぎて生まれ、孫たちとは、六十

の坂を越して対面した。そしてそれぞれ、私に人生の節目への自覚を促してくれた。

私に、プラスとマイナスの遺伝形質を与え、晩年の私に、そのルーツ探訪を誘った二人の人がいた。父と母である。医師であった父は、私が小学六年のときに亡くなり、母は私が大学の教師になったことを悦びつつ、八十を過ぎて世を去った。ルーツの探訪は、賤ヶ岳の戦いまで遡れたが、多忙のため中断したままになっている。

私は九人きょうだいの第八子で六男、おかげでにぎやかな（にぎやかすぎる？）子供時代をすごした。しかし、二人の兄はガダルカナルとビルマで戦死し、一人は内地で戦病死した。それぞれに個性的な兄弟姉妹の顔を思い浮かべながら、私は戦争を憎む。

私は傲慢な少年だった。小学校にあがる前から、将棋盤の前で大アグラを組み、大人たちを盤上でなぎ倒した。そして小学校に入ると、学業は他の追随をほとんど許さなかった。その傲慢な少年が、中学校に入って驚いた。おのれを超える連中に出会ったのである。高校に入り、大学にゆき、そして社会人になるにつれて、その驚きはいよいよ拡大した。おのれを超えていたのは、もちろん将棋の腕前や学力だけではない。知的なまた感性的な関心の幅の広さや、人間としての奥行きの深さによって、彼ら彼女らは、私を圧倒した。彼ら彼女らは、私に人間の面白さ、人生の楽しさ、学問の悦びを、味わわせてくれた。

また、世の中の不条理や矛盾を見すごしてはならぬことを、教えてくれた。

私は、彼ら彼女らのうち、ある人々を終生の師とし、また多くの人々を友とすることによって、私の驚きをムダにせぬことに成功した。

私が今思い浮かべるのは、肉親たちと、そして彼ら彼女らの顔である。

世の男たちが、妻以外の女性を友とすること、とりわけ親密な友とすることは、なかなかにむつかしいようである。しかし私には、色気をぬきにした（?）そんな女友達が何人かいる。「生前追悼」というこのケシカラヌ文集を企画したのも、彼女らのうちの一人であった。

ところで、思い浮かべるのは、現代の人々の顔だけではない。二千百年前の司馬遷、千六百年前の陶淵明、八百年前の陸游、五十年前の河上肇。このうち、顔写真があるのは、もちろん河上肇だけだが、私には他の三人の顔も、空想することができる。

私はこの人たちと心の対話をくり返しつつ、人生の後半をすごしてきた。そして対話の結果を、時には論文や随筆に、また本にした。

河上肇に至っては、その人と詩をテーマとして、百篇を越す文章を書き、七冊の本を世に問うた。しかし、対話はまだ終っていない。

四十年以上も前から研究対象としてきた陶淵明とのほんとうの対話は、最近ようやく始まったばかりのように思える。淵明が亡くなった六十三歳という年を私自身も迎えて、本格的な対話が始まり出したような気がするのである。この人たちとの対話を中断して、世を去るに忍びない。

淵明は「自ら祭る文」の末尾で、こういっている。

人生実難　人生ハ実ニ難シ
死如之何　死ハコレヲ如何ンセン
嗚呼哀哉　アア　哀シイカナ

いかんともしがたい死。私もまた思う。まこと人のいのちのむつかしさよ。そして、あらむつかしの人の世や。ああ、哀しいかな。

初出一覧

＊本書収録にあたりタイトルを変更した場合があります

●漢詩放談　一

〈講演〉漢詩のリズム――五言と七言　『朝霧』52巻9号（朝霧社）二〇〇四・九・一〇
〈講演〉漢詩漫談――漢詩判読の七つのハードル　『季刊中国』No.84（日本中国友好協会）二〇〇六・三・一
耳から入ってくる漢詩を理解して心に留めるために　『CDクラブマガジン』06年12月号（ソニー・ミュージック）二〇〇六・一一・一
漢詩と四季――『漢詩一日一首』に寄せて　『月刊百科』No.543（平凡社）二〇〇八・一一・一
漢文の先生の漢詩　『漢文教室』198号（大修館書店）二〇一一・五・二五
一字不畳用の例外規定　『しんぶん赤旗』二〇一二・八・一七（一海知義の漢詩閑談5）
五言と七言　『日中友好新聞』二〇一三・一二・五（漢語の散歩道629）
対句の効用　『機』No.226（藤原書店）二〇一一・一・一五（帰林閑話193）
詩題　『機』No.227　二〇一一・二・一五（帰林閑話194）
〈講演〉漢詩の和訳　『大手前比較文化学会会報』第11号（大手前大学大学院比較文化研究科）二〇一〇・三・二〇
ひらがなの漢詩訳　『日中友好新聞』二〇一四・四・一五（漢語の散歩道641）
ゆくはるの歌　『日中友好新聞』二〇一四・五・二五（漢語の散歩道644）

漢詩の方言訳　『機』No. 170　二〇〇六・四・一五（帰林閑話137）
謡曲「白楽天」　『日中友好新聞』二〇一一・九・一五（漢語の散歩道557）
漢詩の遺言　『機』No. 225　二〇一〇・一二・一五（帰林閑話192）
地震の多さに驚いた清国外交官　『しんぶん赤旗』二〇一二・四・二〇（一海知義の漢詩閑談1）
てんこもり　『機』No. 159　二〇〇五・四・一五（帰林閑話126）
雲煙過眼　『機』No. 160　二〇〇五・五・一五（帰林閑話127）
香風花雨　『機』No. 192　二〇〇八・二・一五（帰林閑話159）
秋水百年　『日中友好新聞』二〇一一・三・一五（漢語の散歩道542）
庶民は尊い　『しんぶん赤旗』二〇一二・一〇・二八（一海知義の漢詩閑談7）
〝将軍と寒村の民〟対比した魯迅　『しんぶん赤旗』二〇一二・六・一五（一海知義の漢詩閑談3）
子規の詩　『機』No. 249　二〇一二・一二・一五（帰林閑話216）
王妃と狼煙　『日中友好新聞』二〇一三・二・五（漢語の散歩道602）
別に史眼あり――大内兵衛と漢詩　『図書』703号（岩波書店）二〇〇七・一〇・一
ホー・チ・ミンの漢詩　『しんぶん赤旗』二〇一二・一二・二一（一海知義の漢詩閑談9）
芥川と陸放翁　『機』No. 236　二〇一一・一一・一五（帰林閑話203）

●漢詩放談　二

詩話　『日中友好新聞』二〇〇五・九・一五（漢語の散歩道366）
漢詩と理屈　『機』No. 167　二〇〇六・一・一五（帰林閑話134）
朝霞暮霞　『日中友好新聞』二〇〇七・四・五（漢語の散歩道416）
春宵一刻　『機』No. 184　二〇〇七・六・一五（帰林閑話151）

表現に奥行き　漢詩の「典故」『北海道新聞』二〇〇八・一・一五（漢語の散歩道440）二〇〇八・一・四夕刊
雪月花『日中友好新聞』二〇〇八・一・一五（漢語の散歩道440）
変り種『機』No.203　二〇〇九・一・一五（帰林閑話170）
ゲーテと漢詩『ミネルヴァ通信』二〇〇九年七月号（ミネルヴァ書房）二〇〇九・六・
頭韻『機』No.222　二〇一〇・九・一五（帰林閑話184）
原爆の詩『機』No.223　二〇一〇・一〇・一五（帰林閑話190）
折り句の詩『日中友好新聞』二〇一一・一〇・一五（漢語の散歩道560）
地震と漢詩『環』Vol.49（藤原書店）二〇一二・四・三〇
風情は色気　中国古典に見る『しんぶん赤旗』二〇一二・七・二〇（一海知義の漢詩閑談4）
吐月『機』No.245　二〇一二・八・一五（帰林閑話212）
詩と詞『機』No.246　二〇一二・九・一五（帰林閑話213）
晦の日に貧乏神を送る『しんぶん赤旗』二〇一二・九・二一（一海知義の漢詩閑談6）
春風江上の路『機』No.248　二〇一二・一一・一五（帰林閑話215）
八十歳　帰還兵士の哀しみ『しんぶん赤旗』二〇一二・一一・二一（一海知義の漢詩閑談8）
雑という字『日中友好新聞』二〇一三・三・五（漢語の散歩道605）
いじめの詩『機』No.253　二〇一三・四・一五（帰林閑話220）
飼い猫『機』No.262　二〇一四・一・一五（帰林閑話225）

●陶淵明研究余話

アイデアマン陶淵明『機』No.156　二〇〇五・一・一五（帰林閑話123）
田園交響曲『機』No.189　二〇〇七・一一・一五（帰林閑話156）

老人の言　『機』No. 252　二〇一三・三・一五（帰林閑話219）
酒の詩人　『機』No. 266　二〇一四・五・一五（帰林閑話229）
ベストセラー　『東京新聞』二〇〇六・四・二（私のデビュー時代）
〈講演〉三題話――陶淵明・陸放翁・河上肇　『環』Vol. 36　二〇〇九・一・三〇

●陸游随想

陸放翁詠茶詩初探――名茶抄　影山純夫・舩阪富美子編『文人と煎茶――小石元瑞とその周辺』（神戸大学文人研究会）二〇〇七・六・五
歯が抜けた　『機』No. 210　二〇〇九・九・一五（帰林閑話177）
読游会十八年　『日中友好新聞』二〇一一・二・一五（漢語の散歩道539）
八十三吟　『日中友好新聞』二〇一二・六・五（漢語の散歩道581）
八十四吟　『機』No. 254　二〇一三・五・一五（帰林閑話221）
読游二十年　『日中友好新聞』二〇一三・六・二五（漢語の散歩道614）
六十年間万首詩　『機』No. 263　二〇一四・二・一五（帰林閑話226）
童心　『機』No. 215　二〇一〇・二・一五（帰林閑話182）
伝神　『日中友好新聞』二〇一二・一・二五（漢語の散歩道569）
猫の名前　『日中友好新聞』二〇一四・一・一五（漢語の散歩道632）
花屋　『日中友好新聞』二〇一四・二・一五（漢語の散歩道635）
物価と詩（一）　『機』No. 264　二〇一四・三・一五（帰林閑話227）
物価と詩（二）　『機』No. 265　二〇一四・四・一五（帰林閑話228）
酒の値段　『機』No. 268　二〇一四・七・一五（帰林閑話231）

琉球　『機』No.269　二〇一四・八・一五（帰林閑話232）

●漱石札記

『草枕』の中の漢詩（一）——陶淵明「悠然見南山」　『図書』671号　二〇〇五・三・一
『草枕』の中の漢詩（二）——王維「明月来相照」　『図書』673号　二〇〇五・五・一
『草枕』の中の漢詩（三）——漢詩創作の機微　『図書』675号　二〇〇五・七・一
漱石漢詩札記　『漱石研究』終刊号（No.18）（翰林書房）二〇〇五・一一・二五
〈講演〉夏目漱石と漢詩　二〇〇七年度国語教育セミナー（於・都島工業高校）二〇〇七・八・二三
律句　『日中友好新聞』二〇〇六・五・五（漢語の散歩道387）
漱石の漢詩と中国——謝六逸のこと　『日中友好新聞』二〇一〇・五・五（漢語の散歩道515）
菊人形　『日中友好新聞』二〇一一・一一・一五（漢語の散歩道563）
漱石と豆腐屋　『機』No.240　二〇一二・三・一五（帰林閑話207）
漱石と「支那人」　『日中友好新聞』二〇一二・三・二五（漢語の散歩道575）
漱石と陸游　『機』No.247　二〇一二・一〇・一五（帰林閑話214）
漱石と海鼠　『機』No.251　二〇一三・二・一五（帰林閑話218）

●河上肇雑記

〈講演〉河上肇と漢詩の世界　『河上肇記念会会報』No.84（河上肇記念会）二〇〇六・一・一五
吉田松陰　『しんぶん赤旗』二〇〇五・六・二三（河上肇ゆかりの人々1）
山本宣治　『しんぶん赤旗』二〇〇五・六・三〇（河上肇ゆかりの人々2）
寿岳文章　『しんぶん赤旗』二〇〇五・七・七（河上肇ゆかりの人々3）

河上秀『しんぶん赤旗』二〇〇五・七・一四（河上肇ゆかりの人々4）
閑人『機』No.163　二〇〇五・九・一五（帰林閑話130）
河上肇と郭沫若『日中友好新聞』二〇〇五・一一・二五（漢語の散歩道372）
河上肇と年金『機』No.168　二〇〇六・二・一五（帰林閑話135）
詩人河上肇『本郷』No.64（吉川弘文館）二〇〇六・七・一（歴史のヒーロー・ヒロイン）
詩に非ざる詩『機』No.176　二〇〇六・一〇・一五（帰林閑話143）
河上肇と森鷗外『機』No.182　二〇〇七・四・一五（帰林閑話149）
『河上肇の遺墨』刊行に寄せて『機』No.186　二〇〇七・八・一五
信条を貫いた気骨、気品――『河上肇の遺墨』に寄せて『しんぶん赤旗』二〇〇七・九・一二
『貧乏物語』余談『季論21』二〇〇九年第四号（『季論21』編集委員会）二〇〇九・四・二〇
「河上肇詩注余話」擱筆の辞『河上肇記念会会報』93号　二〇〇九・四・二五
河上肇と『臨済録』中の詩句『河上肇記念会会報』94号　二〇〇九・八・二五
河上肇との接点『河上肇記念会会報』100号　二〇一一・八・三〇
マルクス経済学者「六十の手習」『しんぶん赤旗』二〇一二・五・一八（一海知義の漢詩閑談2）
河上肇の陸游賛歌『機』No.261　二〇一三・一二・一五（帰林閑話224）
自ら祭る文『生前弔辞』（一海知義停年退休記念文集刊行会）一九九四・七・一五

著者紹介

一海知義（いっかい・ともよし）

1929年、奈良市生まれ。旧制高校理科コースへ進んだが、文学への思いが募り、京都大学文学部中国文学科に進学し、高橋和巳らとともに吉川幸次郎に師事。53年卒業後は、神戸大学教授、神戸学院大学教授を歴任後、神戸大学名誉教授。専攻は中国文学。2015年歿。

著書は幅広く、中国古典詩を扱った『陸游』『陶淵明——虚構の詩人』（岩波書店）『史記』（筑摩書房）や、広く大人にも読まれている『漢詩入門』『漢語の知識』（岩波ジュニア新書）の他、河上肇の漢詩に初めて光を当てた『河上肇詩注』や『河上肇そして中国』（岩波書店）『河上肇と中国の詩人たち』（筑摩書房）など一連の河上肇論でも名高い。軽妙な筆致に中国古典の深遠な素養を滲ませる随筆『読書人漫語』（新評論）『典故の思想』『漱石と河上肇』『詩魔』『閑人侃語』『漢詩逍遥』（藤原書店）もファンが多い。陸游の漢詩を毎月1回読む「読游会」の成果が『一海知義の漢詩道場』（正・続、岩波書店）に結実、また『論語』の新しい読み方を提示した名講義録『論語語論』（藤原書店）も好評を博した。

著者自身の監修による『一海知義著作集』（全11巻・別巻1）を藤原書店より刊行。

漢詩放談《かんしほうだん》

2016年12月10日　初版第1刷発行©

著　者　一海知義
発行者　藤原良雄
発行所　株式会社　藤原書店

〒162-0041　東京都新宿区早稲田鶴巻町523
電　話　03（5272）0301
FAX　03（5272）0450
振　替　00160 - 4 - 17013
info@fujiwara-shoten.co.jp

印刷・製本　中央精版印刷

落丁本・乱丁本はお取替えいたします
定価はカバーに表示してあります

Printed in Japan
ISBN978-4-86578-099-4

中国古典文学の第一人者の五十年にわたる著作を集成

一海知義著作集

〈題字〉榊莫山

中国古典文学の第一人者として、陶淵明、陸游、河上肇など日中両国の歴史のなかで、「ことば」を支えとして生を貫いた詩人・思想家に光を当ててきた一海知義。深い素養をユーモアに包んで、古代から現代まで縦横に逍遥しつつ、我々の身のまわりにある「ことば」たちの豊かな歴史と隠された魅力を発見させてくれる、一海知義の仕事の数々を集大成。

（全 11 巻・別巻一）　**予各 6500 ～ 8400 円**

四六上製カバー装　布クロス箔押し　各 424 ～ 688 頁　口絵 2 頁

〈推薦〉鶴見俊輔　杉原四郎　半藤一利　興膳宏　筧久美子　＊白抜き数字は既刊

❶ 陶淵明を読む
全作品を和訳・注釈し、陶淵明の全貌を明かす。
688頁　**8400円**　◇978-4-89434-715-1（第10回配本／2009年11月刊）

❷ 陶淵明を語る
「虚構の詩人」陶淵明をめぐる終わりなき探究。
472頁　**6500円**　◇978-4-89434-625-3（第1回配本／2008年5月刊）

❸ 陸游と語る
生涯で 1 万首を残した陸游（陸放翁）。その詩と生涯をたどる長い旅路。
576頁　**8400円**　◇978-4-89434-670-3（第5回配本／2009年1月刊）

❹ 人間河上肇
中国を深く知り、また中国に大きな影響を与えた河上肇の人と思想。
584頁　**8400円**　◇978-4-89434-695-6（第8回配本／2009年7月刊）

❺ 漢詩人河上肇
抵抗の精神を込めた河上肇の詩作。名著『河上肇詩注』全面改稿決定版収録。
592頁　**6500円**　◇978-4-89434-647-5（第3回配本／2008年9月刊）

❻ 文人河上肇
近代日本が生んだ「最後の文人」、その思想の核心に迫る。
648頁　**8400円**　◇978-4-89434-726-7（第11回配本／2010年1月刊）

❼ 漢詩の世界　Ⅰ――漢詩入門／漢詩雑纂
最良の入門書『漢詩入門』収録。漢詩の魅力を余すところなく語り尽す。
648頁　**6500円**　◇978-4-89434-637-6（第2回配本／2008年7月刊）

❽ 漢詩の世界　Ⅱ――六朝以前～中唐
三千年の歴史を誇る漢詩の世界。韻文的傾向の強い中唐までの作品を紹介。
424頁　**8400円**　◇978-4-89434-679-6（第6回配本／2009年3月刊）

❾ 漢詩の世界　Ⅲ――中唐～現代／日本／ベトナム
散文的要素が導入された中唐以降の作品と、漢字文化圏の作品群。
464頁　**8400円**　◇978-4-89434-686-4（第7回配本／2009年5月刊）

❿ 漢字の話
日本語と不可分の関係にある漢字。その魅力と謎を存分に語る。
496頁　**6500円**　◇978-4-89434-658-1（第4回配本／2008年11月刊）

⓫ 漢語散策
豊かな素養に裏付けられた漢語論。「典故」の思想家の面目躍如たる一巻。
584頁　**8400円**　◇978-4-89434-702-1（第9回配本／2009年9月刊）

別巻　**一海知義と語る**
〔附〕詳細年譜・全著作目録・総索引　〈最終配本〉